小学館文庫

かみがかり

山本甲士

小学館

目次

眉の巻 5
黒の巻 67
道の巻 131
犬の巻 199
守の巻 271
花の巻 345

眉の巻

備品用のスチールロッカーの扉を開けて中を覗《のぞ》き込んでいた井之口《いのぐち》庶務係長が舌打ちした。机の上で支出命令簿をファイルに綴《と》じる作業をしていた須川沙紀《すがわさき》は、条件反射的に手を止めて、少し身を固くした。

向かいの机でノートパソコンに向かっている後輩の池下晴美《いけしたはるみ》と、一瞬目が合った。しかし池下晴美はすぐに視線をノートパソコンに戻し、何ごともなかったかのようにキーを打ち続けている。

私の知ったことではない、どうせ文句を言われるのはあなた——冷ややかな視線はそう言っていた。

案の定、井之口係長は「須川さん」と大きな声で呼び、手招きした。沙紀は「はい」と答えて席を立った。

また、弱々しい返事をしてしまった。この段階でもう負けている。沙紀は自己嫌悪にかられながら、井之口係長の方に歩み寄る。

「A4の封筒、これだけしかないのか?」

井之口係長はロッカーの中に積まれてあるそれを指差した。普段からあまり笑顔を見せず、しかめっ面《つら》をしている男が、さらに険しい顔を作っている。

「あの……」沙紀は、自分の声が少しうわずるのを感じながら、一度唾《つば》を飲み込んだ。

「二百枚はあると思うんですけど」

「それじゃ足りん」井之口係長は苛立《いらだ》ちをにじませた口調で言った。「さっき学生課から内線電話がかかってきて、三百枚用意して欲しいと言われたんだ。いつも備品は充分な量を確保しとけと言ってるだろう、何やってんだ」

いくらなんでも、こんな言い方をされては、謝る気にはなれない。確かに自分は庶務係で最古参だし、主任という肩書きも付いている。しかし、備品の管理を担当しているのは池下晴美のはずである。

しかし、「私は知りません。担当の池下さんに言ってください」と口にすることはできなかった。お前は主任だろうと怒鳴られそうな気がするし、池下晴美からも恨まれるかもしれない。

「あの……無地の、事務用封筒では駄目でしょうか」

「駄目だ」

学校法人敏南《としなみ》学園の封筒は、敏南短期大学のキャンパス風景が下部に印刷されており、法人名や住所なども刷り込まれてある。色はブルーで、定形と、A４の二種類がある。

「あの……」沙紀は目をしばたたかせた。「学生課は学生課で、封筒はあるはず——」

「急に余計に必要になったから回してくれと、あちらさんが言ってきたんだ」井之口係長は遮るようにして言った。「そういうときに何とかしてやるのも総務の仕事だろう」

「は、はい」

沙紀は、反抗的な目つきで見返すこともできず、うつむいた。

「とにかく、Ａ４の封筒を三百、何とかしてくれ」

「あと百、用意すればいいんですか」

「うちはうちで在庫がなくなったら困る。百は残しておかないといかんだろうが」

「では、あと二百要《い》ると」

「いちいち聞くな」井之口係長はもう一度舌打ちをした。「他の課に頼んで回って、少しずつ分けてもらうとか、業者に余分の作り置きがないか聞いてみるとか、とにかく五時までに何とかしてくれ」

何とかしてくれ。この男の口癖である。何とかしたいから知恵を貸してくれとか、そういう言い方であればまだ救われるのにと思う。

上司に言い返すというのは、沙紀にとってはとりわけ精神的エネルギーが必要なことだった。こういう場面になるといつも頭の中を占めるのは、怒鳴られるのではないか、後で別のささいなミスをあげつらったりされるのではないかという恐怖感だった。

いつの間にか心臓が高鳴っていた。

壁の時計に目をやると、午後四時三十八分。五時まで二十二分しかない。

そのとき、何とかできる方法に思い至った。これなら、他の課に嫌味を言われながら頭を下げて回ったり、業者から「在庫なんてありませんよ」と小馬鹿にしたような返事をされることもない。

「あの……ホームページアドレスやメールアドレスが印刷されていない、古い方のA4封筒なら在庫があったと思いますけど、それでは駄目でしょうか」

それだったら、まだ五百枚ぐらいはあったはずである。

「ああ、あれか」井之口係長も合点がいったらしく、小さくうなずいた。「よし、そしたら、それを持って行ってやってくれ。これしかないと説明したら、あちらさんもまあ、引き下がってくれるだろう」

沙紀はほっとしながら「はい」とうなずいた。

資料室は総務課の隣にあるが、普段は施錠されており、庶務係の者でも出入りすることはあまりない。狭い室内にはブラインドがかかっており、ほこりやかびの匂いがかすかに漂っている。並んでいるスチールラックにファイルが並べられてあったり段ボール箱が積まれてあるだけの陰気くさい空間ではあるが、ここで資料を整理したり点検したりする作業は、他人とやり取りをしなくてもいいから、沙紀は嫌いではない。

目的の段ボール箱を探しながら、先週のことをふと思い出した。

始業前、総務課内のゴミを大型ポリ袋に回収していたときに、井之口係長のゴミ箱の中から、くしゃくしゃに丸められた紙を見つけた。沙紀がそれを広げてみることにしたのは、何かの直感が働いたというより、その紙の丸められ方が、妙に執拗《しつよう》な感じだったというか、丸めた人間の強い意思らしきものが伝わってきて、ちょっとした好奇心にかられたせいだった。

中身は、手書きの便箋《びんせん》だった。一枚の四分の三ぐらいのところで、書きかけのまま終わっていたが、それでも井之口係長の手によるものだということは筆跡で判《わか》ったし、彼の息子に宛《あ》てて書かれたらしいことも、内容で察せられた。

息子は高校生で、体育会系クラブの部員らしかった。そして井之口係長は手紙の中で、他の部員がしでかした不祥事について、見て見ぬふりをするようでは立派な人間になれないし、後悔することになる、というようなことを諭していた。

直接口にするよりも手紙の方が気持ちが伝わると考えたのか、それとも、口でしゃべるつもりのことをあらかじめ書くことで整理しておこうとしたのかは知らない。井之口係長が実際に息子に意思を伝えたのかどうかにも興味はなかった。感じたのは、ざらついた不快さのみ。

息子に不正を見て見ぬふりをしてはいけない、などと講釈たれておきながら、あんたは何なのだ。理事長の数々の不正に対して、何も言えないくせに。

そして、何も言えないでいるのは沙紀自身を含めて他の職員たちもだということに思い至り、不快感はさらに増した……。

封筒はすぐに見つかり、沙紀は三百枚を学生課に届けたが、細身で陰険な顔つきの就職係長から、封筒が旧式のものであることについて文句を言われた。

「すみません、うちの方にも在庫がなくて……」

沙紀は頭を下げた。学生課の職員たちの視線を感じる。

「困るなあ、総務がそんなことでは」就職係長は席に座ったまま、縁なしメガネを人差し指で押し上げる。「内部で使うのならともかく、高校に送る資料を入れるんだ、ホームページアドレスやメールアドレスが入ってないんじゃ、格好つかないじゃないか」

「すみません」

ここは謝り通して済ませてしまうしかない。

しばらくの間、就職係長は不機嫌そうな顔で無言のままでいた。嫌な沈黙の時間が流れ、沙紀は軽いめまいに囚《とら》われた。

「こうしたらどうだ」と、背後の席にいた学生課長が声をかけてきた。「須川さん、おたくの方で至急、ホームページアドレスとメールアドレスのラベルシールを三百、作ってくれない？　それを封筒の余白に貼るから」

当たり前みたいな言い方をされて、沙紀の頭の中が一瞬、白くなった。

「あの、私がそれをするんでしょうか」

「ああ。悪いけど頼むわ」小柄で赤ら顔の学生課長は、全然すまなそうな顔を作らずに言った。「うちの職員はこれから、資料を封筒に詰めたり、宛先のラベルシールを打ち出して貼ったりしなきゃならないからさ。ちょっと協力してよ、ね」

学生課長はそう言うなり、電話機に手を伸ばし、内線電話で総務課に連絡を取った。相手は井之口庶務係長らしい。

三十秒ほど後に、沙紀の残業が決まった。

学生課の手伝いを終えて総務課に戻ったのは、約一時間後だった。残っていたのは西山《にしやま》総務課長と井之口庶務係長だけ。井之口係長はノートパソコンのキーを叩《たた》いており、西山課長はスポーツ新聞を広げていた。

「須川さん、学生課の手伝いさせられてたんだって？」

西山課長がスポーツ新聞をたたみながら言った。この男は普段は物腰が柔らかいのだが、部下が異論を唱えたり口答えすると途端に気色《けしき》ばんでヒステリックになるところがある。頭は薄く、ときどき鼻の穴から白い毛が見える。理事長のイエスマン、というより腰巾着《こしぎんちゃく》で、休日にはしょっちゅう、ゴルフのお供をしているらしい。

「あ、はい」沙紀は机の上を片づけながらも、一応は振り返って答えた。

「あんた、そんなの嫌だったら嫌だって言っていいんだよ」西山課長は小馬鹿にしたように薄笑いを浮かべる。「職場には事務分掌というものがあるんだから。そんなふうにさ、誰にでも気を遣ってたら、そのうち神経が参っちゃうよ」

ねぎらいの言葉ぐらいかけてくれてもいいだろうに。沙紀は小さく「はい」と答えて、帰り支度をしながら井之口係長の方を向いて「これで失礼してよろしいでしょうか」と聞いた。

井之口係長はノートパソコンの画面を見ながら「ああ」と面倒臭そうに言った。

この男もこの男である。学生課の仕事を手伝わされた経緯について課長に説明するとか、ちょっとはかばうような態度を取ってくれてもいいではないか。

総務課の部屋を出るときに「ではお先に失礼します」と言ったが、返って来たのは「あーい」という気怠《けだる》そうな一人分の声だけだった。どちらの声でも構わなかったので、いちいち見て確かめなかった。

一人暮らしのアパートに真っ直《ます》ぐ帰る気にならず、駅前の百貨店や繁華街に寄り、洋服や雑貨などを見て歩いた。金曜の夜だというのに何も予定がないという侘《わび》しい気分があるにはあるものの、それでも明日明後日は休みだという解放感は一応あった。

人通りの多い商店街のフルーツパーラーに入り、パフェを食べながら、雑踏を行き交う人々をガラス越しにぼんやり眺めた。腕を組んでいるカップル。携帯を耳に当ててしゃべっているサラリーマン。馬鹿笑いをしている、ブレザーにミニスカート姿の女子高生たち。

目の前に、見覚えのある長い髪の女が現れた。総務課庶務係の後輩、池下晴美。友人らしき女性と話しながら、こちらに気づく様子もなく歩いている。薄いブラウンのストレートパンツにかかとの高いバックストラップパンプスは長い脚によく映えている。上は、えりの広いシャツブラウスに黒っぽいジャケット。肩にはブランド物のショルダーバッグ。

沙紀は、ガラスにかすかに映る自分の姿に視線を移した。

いかにも気が弱そうな、あっさり系の地味な顔。やせているのだが、少し猫背になる癖があり、スタイルには自信が持てない。野暮ったいベージュのジャケット。店で選んだときは、それなりに格好いいジャケットを手に入れたつもりだったのに。身につける持ち主の容姿や雰囲気が、洋服そのものの印象まで変えてしまったというのだろうか。

聞き覚えのある声がし、沙紀は反射的に身を縮ませ、顔をそむけた。今しがた通り過ぎて行った池下晴美が店に入って来たのだ。彼女は連れの女性に「そっちの奥にしようよ」と言い、沙紀の背後のテーブルに着いたようだった。

幸い、観葉植物に隔てられているせいで、見つからなかった。

沙紀は心の中で、どうしてなのよと呪った。せっかくのプライベートな時間なのに生意気な後輩が近くにいる。なぜ自分が隠れるようにして縮こまっていなければならないのか。

そうこうするうちに、池下晴美の連れの女性が「仕事はどう?」と聞いた。

「全然駄目」池下晴美はいかにも面白くなさそうに言った。「学校法人の総務なんて、やりがいがないことを我慢する代わりにお給料もらいますっていう世界だから。名簿の管理に、施設の管理。会議の手配に電話番」

「敏南学園って、短大だっけ」

「あと女子高も。一応、お嬢さん学校ってことになってるけど、生意気なガキばっかりよ。キャンパス内ですれ違っても誰もあいさつなんかしてこないし。私、近いうちに絶対辞めると思う」

「そんなに面白くないわけ」

「ていうより、このまま仕事続けてたらどうなるかって思うと怖いのよね。総務の主任に三十前のお局《つぼね》様がいるんだけど、あんなふうになったら終わりだよ、絶対」

「何?　晴美、いじめられてるわけ」

「全然。気が弱くて、後輩にも強いことが言えない人だから。でも、何か嫌なんだよね。はっきりものを言わない代わりに、目をうるうるさせてさ、お願いだから言うこと聞いてって顔すんの」

「うわあ」

二人が注文した品が運ばれて来て、しばらく会話が途絶えたが、すぐに続きが始まった。

「その人、仕事はできるんだよ、割と。記憶力とかいいし、書類作ったり整理したりするのも素早いし。だから、重宝がられてるみたいだけど、交渉ごととか対人関係とかは駄目で、その分みんなになめられるわけ」

「じゃあ、あんたとはキャラ違うわけだから、あんな風になりたくないって心配しなくてもいいじゃない」

「そういうことじゃなくってさ、このまま仕事続けてたら、あの人みたいに、やばいことさせられるんじゃないかっていう心配があるわけよ」

「やばい？」

「これ、内緒よ。人に言わないって約束できる？」

池下晴美の声が急に低くなった。

「判った、約束する」

「うちの学園、理事長が独裁体制敷いてんのよ。要するにワンマン経営ってやつ。事業でも予算でも何でも理事長が決めるし、職員たちは、ささいなことでも理事長にお伺いを立てなきゃいけないの。理事長を怒らせたらアウトなわけ」

「アウトって、クビってこと？」

「そ。実際、理事長に口答えしてクビになった職員、何人もいるのよ。理事会も、主だった顔ぶれは理事長の親族で占められてるしね」

「ふーん、何か、ドラマの世界みたい」

「でしょ。それでさ、やばいっていうのはね、そのお局様、実際には開かれてないのに表向きは理事会が開かれたことにするための議事録とかを作ってるの。つまり理事長は、理事会に諮《はか》らないで何でも決めちゃってるわけよ。詳しいことは知らないけど、自分が役員やってる会社に学園の資産を融資したり、不動産の転売をしたり、そういうことやってるらしいわよ。これって、横領とか、背任とか、そういう犯罪になるわけよ、本当は」

「ふーん」

「総務課内では公然の秘密って感じで、それについての話はタブーになってて――」

沙紀は我慢できなくなり、そっと席を立とうとした。池下晴美に気づかれないよう、店を出るつもりだった。

だが、気が動転していたせいか、パフェのグラスに手を引っかけて倒してしまい、テーブルの上で派手な音を立てた。

池下晴美が振り返る。あ、という顔。その顔がモノクロになり、白い部分と黒い部分が反転して、ネガフィルムのようになった。

がばと跳ね起きた。

三階建てアパートの、二階にある自分の部屋。テレビがついていて、お笑い芸人がコントをやっている。

夢だったのか。沙紀はテレビの画面を呆然《ぼうぜん》と見つめながら、ため息をついた。

一人でワインを飲むうち、ソファで居眠りをしてしまった。目の前の小さなローテーブルの上には、アタリメや柿の種の袋、安物のワインの空びん。

なんてひどい夢。沙紀はリモコンでテレビを消し、もう一度ソファに寝そべった。手で顔を覆い、「最低」とつぶやいた。

自分はきっと、かなり追い詰められているのだろうなと、どこか他人事のように思った。生き甲斐《がい》のようなものも見出せないでいる。不正に荷担している。三十前で恋人もいない。高圧的な上司。生意気で神経に障る後輩。孤独、不安、自己嫌悪。

沙紀はもう一度、「最低」とつぶやいたが、言葉にするだけでお茶を濁そうとしているように思えて、ますます気が滅入った。

土曜日は、空は青く澄んで、少し東側にすじ雲が泳いでいた。太陽も十一月にふさわしい穏やかさで、まぶしくはあっても照りつけるという感じではない。

朝食、部屋の掃除、洗濯などを済ませた後、ジーンズにパーカーという軽装でスポーツバッグを肩に掛けてアパートを出た。運動不足解消と健康管理のため、沙紀は平日に最低一回、それと土日のうちにも一回、近所の体育館にあるトレーニングルームで軽く汗を流すようにしている。以前はもっと豪華なフィットネスクラブに入会していたのだが、利用頻度の割に会費が高かったので辞めてしまった。しばしばクラブ主催のパーティに参加するようインストラクターたちから誘われることも苦痛だった。一度だけ参加したことがあるのだが、ゲームなどで場が盛り上がれば盛り上がるほど、沙紀は何だかしらけてしまってかえって孤独感に囚われてしまうのだ。騒ぐのは好きになれない。

細い道から車道に出ようとする軽自動車に前を遮《さえぎ》られた。ハンドルを握っている、キャップを斜めにしてかぶっている若い女は、歩行者を足止めしておいて知らん顔で、車が途切れるのを待っている。

視線に気づいたのか、その若い女がこちらを見た。だが、それだけで、ふん、という感じで相手は視線をそらせた。

よくあることだった。たいていの人間は、相手の顔や風貌を見て、瞬時に取るべき態度を判断する。沙紀は自分が典型的な〔なめられるタイプ〕だと、判っている。

軽自動車は、車道に入るよう促してくれた四駆に向かって会釈をし、ハザードランプを数回点滅させながら走り去った。

繁華街に近い交差点で信号待ちをしているときに、横から「こんにちはー」と見知らぬ女から声をかけられた。派手な化粧、見事な作り笑い。手には書類をはさみ留めるボードとペンを持って、首から携帯電話を吊《つ》り下げている。

キャッチセールスらしいと気づいたものの、満面の笑みと共にあいさつをされて知らん顔をすることができず、沙紀は「こんにちは」と同じ返事をした。

「あのー、実は今、お化粧品についてのアンケート調査をしてるんですけれど、お時間は取らせませんので少しだけお答えいただけませんでしょうか」

こういうのに応じてはいけない。ちょっとだけなんて大うそに決まってるし、近所の喫茶店に連れ込まれて三人ぐらいの口の達者な連中に囲まれて高価な契約をさせられるのだ。

きっぱり断らなければ。沙紀は、鼓動が早まっているのを感じながら、「すみませんが、急いでますので」と答えた。周囲の人たちから、あ、この人キャッチに捕まってると思われているだろうなと想像すると、それだけで全身が強張《こわば》ってくる。

「これからどこかへお出かけですか」

断りを入れたのに、相手は構わず話しかけてくる。

「ええ」

「お仕事は、お休み？」

「ええ、まあ」

信号が青になったので、振り切るようにして歩き出した。相手は当たり前のように並んでついて来た。

「お化粧品とか、決まった商品を選ぶ方ですか」

無視しようとしたが、笑顔で話しかけられているのに気まずい沈黙を作ることも嫌で、「いえ、特には……」と答えてしまう。

交差点を渡った後も相手は並んで歩き続けていた。

「あー、そうですか。失礼ですけど、お年は二十代の前半ぐらい？」

見え透いたお世辞を言わないでよと思いながら「いえ」と頭を振る。

「じゃあ、二十代真ん中ぐらい？」

「いえ……」

「えーっ、そしたらもう少し上？　全然見えませんね、ほんと。お肌なんか、きれいだし。年より若く見られるでしょう」

「…………」

無視したというより、どう返事をすればいいのか判らなかった。

「でも、油断してると、お肌って、急にしみやしわができたり、くすんできたりするんですよ。特に二十代後半ぐらいはお肌の曲がり角って言われてますしね。それでですね、今は秋の特別キャンペーンとして、アンケートにお答えいただいた方には弊社の化粧品が半額になるサービス券を――」

「あの、本当にごめんなさい。これから用事がありますので」

沙紀は早足になった。

「あ、そうですか。そしたら歩きながらで構いませんので、アンケートだけ――」

「ごめんなさいっ」

沙紀はさらに早足になり、振り切ることにした。

さすがに相手もあきらめたようで、それ以上追って来る気配はなかった。

角を曲がったところで振り返り、ほっとすると同時に自分のふがいなさに対する苛立ちがこみ上げてきた。

迷惑を被ったのは自分の方なのに、どうして何度も「ごめんなさい」と言わなければならないのか……。

外出していきなり不愉快な目に遭ってしまったが、体育館のトレーニングルームでエアロバイク（固定式自転車）を漕いでいるうちに、気分も少しずつよくなってきた。

沙紀はこれといってスポーツ歴などはないが、身体を動かすこと自体は好きだった。特に、トレッドミル（ランニングマシン）でのジョギングやエアロバイクは、複雑な動作を必要としないし、頭の中を空っぽにできるので気に入っていた。ここでは、トレッドミルかエアロバイクのいずれかを軽い負荷で二十分程度こなした後、簡単なマシントレーニングをして最後にストレッチをするのがお決まりになっている。

ストレッチをしているときに、横から「身体、柔らかいですね」と声がかかった。しばしばトレーニングルームで顔を合わせる男性が、Tシャツにハーフパンツ姿で立っていた。これまで話をしたことはなかったが、細身ながら引き締まった体格や精悍《せいかん》な顔つきのせいもあって、何となく気になる存在ではあった。

その相手からいきなり声をかけられて、沙紀は頭の中がかーっとなってしまい、軽い混乱状態に陥ってしまった。

どうしよう、何て答えようか。早く何か言わなければ。

気の利いた言葉を必死で探したものの何も浮かばず、結局口から出たのは「そうでもないですよ」だった。

言ってから、笑顔を忘れていたと気づいた。かなり無愛想な答え方をしてしまったのではないか。

「何かスポーツをされてるんですか」

さらに男性から聞かれ、沙紀は「いえ」と頭を振った。

馬鹿。また笑顔を忘れた。

気まずい間《ま》ができた。男性は軽く微笑《ほほえ》んでから、トレーニングマシンが並んでいる方に行ってしまった。

三十前にもなって、何を緊張してんだ、この馬鹿女。沙紀は開脚前屈をするときに、額をマットにぶつけた。


アパートに戻る途中、コンビニに寄った。自炊で昼食を作る気にならず、弁当と紙パックのお茶をカゴに入れた。スナック菓子とチョコレート菓子を手に取るが誘惑を断って棚に戻す。

先に会計をしていた客の後ろに並んでいると、片手に缶チューハイ二個を持った若い女が割り込んで来た。

ちょっと、割り込まないでよ。

言わなければと思ったが、口に出そうとすると全身が強張ってしまう。大声で何か言い返されるかもしれない。こっちが言いがかりをつけたことにされてしまうかもしれない。

前の人との間に少し距離を取り過ぎていたのがいけなかったんだ。そのせいで、この若い女は人が並んでいるとは思わず、割り込んだという意識もなかったのかもしれない。

無理矢理自分を納得させようとしているような気がしないでもなかったが、沙紀は何も言わないで我慢することにした。会計がほんの少し遅れたぐらいで、目くじらを立てるのも大人げないし、自分でトラブルを起こすなんて、馬鹿馬鹿しい……。

アパートに戻ると、郵便受けにメール便が入っていた。実家の母親からだと判り、中身に見当がついた。

階段を下りてきた若い女性と会釈を交わした。沙紀と同じ二階に住んでいる、清滝《きよたき》とかいう名前の女性である。半年ほど前に彼女が引っ越して来てあいさつをしたので、そのときに互いに簡単な自己紹介はしたのだが、それ以上のつき合いはなく、何の仕事をしているのかも知らない。ただ、この女性が自分と同類に属する、内向的なタイプだということは察していた。

部屋に入ってメール便を開けると、案の定、中身は見合い写真だった。沙紀は中身を見ないで厚紙封筒に戻した。

母親は最近、しきりに見合いをさせようとする。一度だけ、説得に負ける形で実家に戻り、親が経営している内装会社で専務の立場にあるという男性と会ったことがあるのだが、その体験だけですっかり懲《こ》りてしまっていた。

相手は下膨《しもぶく》れの顔で舌足らずなしゃべり方をする、生理的に好きになれそうもない男性だった。お陰で会話も弾まず、沙紀は母親に断りの電話を入れるよう頼んだ。ところが、先に向こうから断りの電話が来た。ここ数年のうち、最も屈辱的な気分にさせられた出来事だった。

シャワーを浴びた後、テーブルの上でコンビニ弁当を広げ、リモコンでテレビをつけた。韓国の恋愛ドラマで、酒に酔った女が男に抱きかかえられている場面だった。沙紀にも男性とのつき合いがなかったわけではない。大学生のときにつきあい始めた同学年の男とは卒業後も、一応は恋人と呼べる関係がしばらく続いた。温厚で、面白い冗談も言う、悪くない相手だったのだが、就職して二年目に彼は遠くに転勤し、その後は尻すぼみのような感じで関係が終わってしまった。一時期、その彼の友人である元同窓生の男性が気を遣ってくれ、電話で話したりするうちにデートらしきことをするようになったこともあったのだが、結局は恋人と呼べない段階で終わってしまった。

昼食を終えて空容器を捨てようとしたときに、壁を這《は》う大きなクモを見つけて悲鳴を上げた。虫は全般に苦手だが、クモは特に嫌いだった。

流し台の下から殺虫剤を出して、クモ目がけて噴射するが、クモはその直前にささっと逃げ、冷蔵庫の裏に消えてしまった。

そういえば、クモ一匹で別れた男と女がよりを戻すという映画をいつか見たことがあった。決定的な破局を迎えたのに、女が突然電話をかけてきて「クモがいる」と泣く。それを聞いた男は一目散に駆けつけ、抱き締めるという、馬鹿みたいな話だった。学生だったあの頃は、そんな話に涙していたわけか。沙紀は力なくため息をついた。


午後は洋服でも買いに行こうかと考えたが、すぐにその気は失《う》せた。先日入ったブティックでは、店員にしつこくつきまとわれて、危うく五万円もするセーターを買わされそうになった。免れることができたのは、店員が新たに入店して来た他の客に話しかけた隙をついて、それこそ逃げるようにして店を出たからだった。

姿見に身体を映してみて、そういえば髪が伸びたなと思った。枝毛も増えて気になっていたところである。

でも、どこで切るか。

あの店にはもう行きたくなかった。何年も通っていた馴染《なじ》みの店だったし、担当していた店員とも友達のような関係だと思っていたのに、ひどく不愉快なことを言われて、もう行くものかと決めたのだ。

あの日、沙紀は思い切って髪形を変えてみることにして、カタログをめくり、こんな髪形でと頼んだ。すると店員は、「あなたのように細くて癖のある毛では、このとおりにはならないわよ。後で文句言わないでね」と、冷たく言い放った。さすがに頭に血が上ったが、それでも言い返すことができず、結局はいつもと同じカットをして帰ったのだった。

あのときの気分がよみがえったせいで、沙紀はますます、どこか他の店で髪を切りたくなった。そして、格好良くイメージチェンジして、人を小馬鹿にしてくれたあの店の前をわざと歩いてやるのだ。ガラス越しに店員はそれに気づき、あっという顔をする。それを後目《しりめ》に、冷笑して立ち去る。

沙紀は自分があまりにも子供っぽい想像をしていることに気づいて、一人苦笑した。

よし、とにかく今度こそイメージチェンジしよう。

そうすれば、何かが変わるかもしれない。

沙紀は、さっそくハローページやフリーペーパーで近くにある美容室を探した。歩いて行ける範囲で、こんな外観だったなと思い出すことができて、悪くない印象の店を選んで電話をかけてみた。そうでないと、予約をしたはいいが行ってみたら年輩のおばさんたちのたまり場だった、ということでは困る。

五軒かけてみたが、どこも予約がいっぱいだと言われた。

もっと範囲を広げようと考えかけたときに、すぐ近所に一軒、気になる店があったことを思い出した。

美容院ではなくて、いわゆる理容店、散髪屋だった。でも、やっているのは男ではなく、自分と同い年ぐらいの女性だ。独身なのか既婚なのかは知らないが、とにかく彼女が一人で切り盛りしているようである。客はもちろん男性客が中心だが、ときおり女性客も来ている。帰宅するときに前を通っているので、観察するつもりはなくてもそれぐらいのことは何となくガラス越しに見て知っている。店主の女性をじっくり眺めたことはないが、気の強そうな、きりっとした感じの人だったように思う。

思い切ってイメージチェンジをするのなら、理容店というのもいいかもしれない。そうだ、カットのついでに産毛を剃《そ》ってもらおう。口の周りの産毛が前から少し気になっていたのだけれど、美容院ではやってもらえず、自分で剃るのも失敗するのが怖くてできないでいたのだ。

さっそく電話をかけると、今すぐなら予約も入っておらず大丈夫と言われ、沙紀はすぐに向かった。

店主の女性は、何度か見かけて抱いていた印象よりも小柄で、案外かわいい感じだった。愛想がよくて、おしゃべりが好きで、以前一緒にやっていた夫と離婚したときにこの店をぶんどってやったということや、男性客中心の理容店の方が気を遣わなくて済むといったことを、沙紀を仰向けにして髪を洗いながら話してくれた。

女理容師はなかなか聞き上手で、自然な会話の中で沙紀は自分のことも話し始めた。以前利用していた店に行くのをやめた経緯を聞いた女理容師は、信じられないという感じでため息をついた。

「髪形というのはね、カットやセットの仕方次第で、いくらでも変えられるんですよ。確かにお客さんの髪は細めで、少し天然パーマ気味ですけど、何とでもできますよ。任せてください」

きっぱりと、そして励ますように言われ、沙紀は、ここに来て正解だったと思った。ヘアカタログを見ながら女理容師の意見も聞き、短めで、額を見せる感じの髪形にしてみることになった。カットの工夫と、ところどころを茶髪にすることで立体感を出し、先端をしゅっとシャープに仕上げることで理知的でしかも野性的な感じにできそうだった。沙紀は、自分の顔に合うだろうかという不安を少し口にしたが、「大丈夫、きっと凄《すご》くいい感じでイメチェンできますよ」と言われて、すっかりその気になった。

手際よくカットされ、みるみるうちに髪形が変わった。「最近何かいいことありました?」と聞かれ、いいことはないけれどアパートに大嫌いなクモが出たと話したところ、女理容師は笑いながら「でも、家に出るあの大きいクモ、ゴキブリを捕まえて食べてくれるんですよ。益虫なんですよ」と教えてくれた。

髪を染めているときに中年の男性客がやって来て、女理容師はその男性と釣りの話を始めた。沙紀は、途中から安心感も手伝ってか、午後の穏やかな陽が差し込む中で、うとうとし始めていた。

女理容師は肩や首のマッサージもしてくれた。たいした腕前で、指圧を受けるたびに身体の凝《こ》りが解消されてほぐれてゆく感じがした。お陰で眠気はさらに増し、仰向けで顔の産毛を剃るときになると、もう睡魔にあらがうことなどできなかった。

心地いい無意識の時間の後、「起こしますよ」との声で目を覚ました。自動椅子が起き上がり、沙紀は鏡と向き合った。

誰、これ。沙紀は目を疑った。

髪形のことではなかった。髪は……そう、ちゃんと頼んだとおりに仕上がっていた。だが、顔が違う。

眉毛。眉毛が、きりっと細く、吊り上がっていた。それはどこか、見る者を威圧するような凶暴性さえ放っていた。

「ま、眉が……」

「どう、いいでしょ。髪形にもぴったり」

女理容師はいかにも満足げに笑っている。

「あ、あの……眉毛を剃った、ん、ですか」

「ええ」女理容師は自信に満ちた笑顔でうなずく。「眉はどうしますか、髪形に合うように任せてもらっていいですかって聞いたら、はいとお答えになったので、こういう感じに仕上げさせてもらったんですよ。どうです、いい感じでしょ、凄く似合ってますよ」

あまりに堂々と言われ、文句を口にしかけた沙紀の気持ちがぐらついてきた。

そういえば、うたたね状態の中で、そんな返事をしたような気がする。

「格好いいですよ」女理容師は口をにゅっと吊り上げて、沙紀の両肩を軽くもんだ。

「あなたに似合ってる、凄く」

帰り道、あの女理容師は本心を言ったのだろうかと沙紀は疑い始めた。

さっき鏡で見た顔は、普段の自分とは全く別人だった。もしかして、女理容師も内心はしまったと思ったのではないか。しかし、それが態度に出るようではプロではない。似合ってる、格好いいとほめまくるのが当たり前の世界だろう。洋服の売り子が試着した客に「お似合いです」とお世辞を言うのと同じだ。

なら、文句を言えばよかったではないか。言えないくせに。沙紀は自己嫌悪にかられた。

女理容師は、本当に格好良く仕上げたつもりかもしれないではないか。何が格好いいかなんて、人それぞれだ。それに、曲がりなりにも任せるという意思表示をしたのではなかったのか。

そもそも、既にこうなってしまったものは、どうしようもない。時間は元には戻せない。

でも、こんな眉になってしまって、他人からどう見られるだろうか。怖い人、言いたいことをずけずけ言う人、冷たい人だと思われてしまって、これまで以上に他人とのコミュニケーションを取りづらくなるのではないだろうか。

余計なことを考えていたせいで、反応が遅れた。横の小道から出て来た自転車が急ブレーキの音をきしませ、前輪が沙紀の膝の辺りに触れたところで止まった。

大柄で丸顔で、口の大きな中年女性。

きっと睨《にら》んできた。と思った次の瞬間、なぜか急に相手は気まずそうに笑った。

「ごめんなさい。当たった？」

沙紀が返事をしないでいると、相手は「すみません。つい、うっかりして」と、すまなそうに頭を下げた。

どう返答すればいいか迷っているうちに、相手はもう一度「ごめんなさい」と頭を下げてから、逃げるようにして自転車を漕いで行った。

実際、歩行者の方が優先だろうから、あちらが謝るのが筋ではあった。でも、あのおばさんは最初、睨んできたのに、急にしまったという感じになって、謝った。

もしかして、眉毛のせいなんだろうか……。


帰宅して、姿見に自分を映してみた。

きりっと細く、吊り上がった感じの眉。見ているうちに、髪形を変えたついでに眉が変わったというより、眉に合わせて髪形がこうなった、というふうに思えてくる。それぐらいに眉が自己主張していた。

「やっぱり、怖い」

沙紀は鏡の向こうにいる自分につぶやいたが、さらに見続けているうちに、少し馴《な》れてきた。やがて、悪くはないかもしれないなというふうに思えてきた。

「何よ、あんた」鏡の自分を睨み返す。「そっちが悪いんでしょ、どういうつもり」言ってから、苦笑した。何だか自分が別人に変身したような気がしてくる。髪形や洋服というのは、性格や気分に合わせて選ぶものだと今までずっと思っていたけれど、その逆もあるのではないか。新しい髪形になって気分が変わる、新しい眉になって性格が変わる、とか。

唐突に、しかし連鎖的に思い出した。

ジェームズ・ディーンは映画〔理由なき反抗〕の撮影に入る前、他の俳優やスタッフたちに紹介されたときに、「何だ、お前ら、何見てやがる」というような毒づき方をしたという。テレビの中でその話をしていた映画評論家は、ジェームズ・ディーンはそのとき既に役柄が乗り移っていたのだ、というような解説をしていた。作られた伝説なのか、実話なのかは知らないけれど、俳優が実際は穏やかな性格の持ち主であっても、仕事で冷酷で粗暴な人格を演じるなど、他人になってしまうことがしばしばあるのは確かだ。それは単に演じているというより、自己暗示、あるいは潜在的なもう一人の自分を呼び出している、と考えることができないか。

もう一つ、思い出した。ドラマなどによく出てくる中年の男優のエピソードだ。彼は若いときに仕事がなく、電化製品の販売店で働いていたことがあった。もともと他人と話をするのが苦手で、接客業などとてもできるものではない、すぐに辞めてしまおうと思っていたのだが、せっかくやるのなら勉強を兼ねて販売員を演じてみようと考え直した。そして数か月後、彼はチェーン店で最も売り上げに貢献した優良店員となり、いつの間にか他人と話をすることも平気になっていたという。

もう一人の自分か……。沙紀は鏡の中の自分を見返し、口もとを意地悪そうに歪《ゆが》めた。

自分の内面を、性格をすっかり変えてしまうというのは、少々無茶なことかもしれない。でも、演技だということで自己暗示をかければ、いつもの自分とは別の言葉を口にしたり、別の行動を取ったりすることが、できなくはないのではないか。いつもの自分よりも、もっと気が強くて、はっきりものを言う女。そういう役柄を与えられた女優。そういうことなら、どうだろう。

沙紀は、腕組みをして、鏡を見ながら、毅然《きぜん》とした表情を作ってみた。やり手の女弁護士。依頼人である会社社長が偉そうな態度なので言い返す。

「ちょっとお待ちなさい、社長さん。私はあなたの部下じゃないわよ、何様のつもりっ」

今度はあごを突き出して、仁王立ちになった。極道世界の姐《あね》さん。

「……マサ、あんた最近、仁義忘れてんのとちゃうか。ええ加減にしとかんと、血ぃ見ることになるで」

ちょっとやり過ぎか。沙紀は失笑した。

鏡に映る自分を眺めるうち、妙な違和感を覚えた。眉がきつ過ぎるということではない。眉自体には、だいぶ馴れてきた。馴れてきたというより、眉の力強さに、心の方が影響されて組み伏せられつつあるような感覚だ。

しばらく考えて、化粧が眉に負けている、ということに気づいた。そうだ、眉だけでは駄目だ。眉に合わせて化粧も変えるべきだ。

沙紀は、本棚に突っ込んだままになっていたファッション雑誌のバックナンバーをめくってメーキャップの情報を仕入れ直し、洗面台の前に場所を移した。いったん気持ちをリセットするためにも、クレンジングオイルを使って化粧を落とし、化粧水、乳液、下地クリーム、ファンデーションをつけ直した。

女理容師が施した眉のペンシルラインも消えてしまったので、慎重にペンシルで描き直す。持っていたペンシルの色は、元の色と微妙に違っていたが、ブラシでぼかすと、遜色《そんしょく》ない仕上がりになったので、安堵《あんど》すると同時にさらに意を強くした。

さて、この眉に合う化粧……ファッション雑誌に目を通した限り、口紅の色はさほど重要ではなさそうだ。でも、アイラインとアイシャドーは重要だ。それからチークも。

沙紀は、めったに手にすることがないアイライン用ペンシルを使って、上も下もインサイドにしっかり描くようにした。こうすると眼差《まなざ》しに強さが出ると、雑誌に書いてある。

続いて、これまたずっとご無沙汰だったビューラーを使っての睫毛《まつげ》カール。

「おー、ますます別人」

沙紀は鏡の向こうの自分を見つめ、小さくうなずいた。確かに、弱々しかった目つきが、ぐっと力強く自己主張し始めて、眉の力強さに合ってきたように思える。

　これまでやっていた惰性の化粧は完全に間違っていたのだ。小さなしみを隠したり、顔色をよくしたり、化粧をしてますよと他人に知らせるだけのものは、本当の化粧なんかではない。本当の化粧は、内面を変えてしまうものなのだ。

「沙紀、やればできるじゃないの。ついでにマスカラでもつけるか？」

　そこまでやったらお水の女みたいになってしまって、コンセプトから外れてしまうか……。

　茶色系のアイシャドーを塗ったところ、今ひとつという気がした。ファッション雑誌のモデルの顔を見直して、違いが判った。ラメだ。金色のラメが入れば、目の輝きが増して、もっと力強くなる。

　沙紀は化粧を中断して、近所のドラッグストアまで歩いた。

　店内でラメ入りのペンシルアイシャドーを三点選んだ。

　レジで精算しているときに、若い女の店員がバーコードを二度読みさせたような気がした。ピッという電子音が四回聞こえたからだ。

　釣り銭を受け取って、レシートを確認すると、やはりそうだった。三点のうちの一点が、二つ買ったことになっている。

　これまでにもコンビニやスーパーなどで、二度読みの被害に遭ったことがある。そのときは、忙しそうにしている店員や並んでいる客への気兼ねがあり、何よりも文句を言う勇気がなくて、泣き寝入りしたのだが、今は全くそんな気持ちにはならなかった。

レジでは別の女性客が既に精算を始めていたが、沙紀は店員に言った。

「ちょっと。会計間違ってるわよ。三点しか買ってないのに、四点買ったことになってるんだけど」

店員は最初、眉根を寄せて見返したが、沙紀と目が合うと、気圧《けお》されたような弱気な表情に変わった。

「すみません、少しお待ちください」

待ってやろうじゃないの。沙紀はレジの隅に、叩くようにしてレシートを置いた。精算をしていた三十代後半ぐらいの女性客がちらとこちらを見たが、目が合うと、申し訳なさそうにうつむいた。

精算を終えた店員がレジを確認して、少し顔を強張らせた。

「どうもすみません、確かにこちらのミスです。すぐに返金させていただきますから」

店員は過払い分の現金を渡してから、ポケットティッシュ二つと、ビタミン剤の試供品を小さなポリ袋に入れて「申し訳ありませんでした」と差し出した。

「ティッシュ、もう少しもらえる？」

言おうと意識したつもりはなかったのに、そんな言葉が口から出た。もう一人の自分が勝手にしゃべったような感じだった。

店員は素直に、さらに三つ、ポケットティッシュを入れてくれた。

店を後にしたときに、そういえば文句を言うときに、ちっとも身体が強張ったり声が震えたり、心臓が高鳴ったりしなかったなと気づいた。

帰宅して、ハニーイエローのラメ入りアイシャドーを塗ると、ますます眉の周辺に力がみなぎってきた感じだった。

ブラシでチークをほおに塗った。顔がシャープに見えるよう、ほお骨の下の少しくぼんだところをベージュ系で自然な影ができるようにし、ほお骨の高いところは血色よく見えるよう、赤系を使った。

一方、口紅は、眉や目のように自己主張させず、控えめな淡い赤茶系の色にした。

出来上がりを見て、深く息を吐いた。悪くない。気合いを入れれば、化粧も上手くいくものではないか。

鏡の向こうにいるのは、まさしく別人だった。沙紀は、もう一人の自分を見るうちに、身体が芯《しん》から熱くなってくるのを感じた。それは、外観が変わっただけではなく、それに応じて内面も変化しつつあるという実感だった。

視界の隅に、黒い小さなものが動くのを捕らえた。

ゴキブリが長い触覚をゆらゆらさせながら、壁の上の方を伝っている。

沙紀は、手もとにあったファッション雑誌をそっと丸めて、右手に握った。

人間様をなめているのか、ゴキブリは逃げようとしない。

沙紀はゆっくりと近づき、丸めた雑誌を叩きつけた。しかし、ゴキブリはその攻撃をぎりぎりでかわし、あろうことか、ばさばさっという音と共に飛翔して沙紀の方に向かって来た。

「わーっ、このっ」

ゴキブリは胸もとに着地したが、沙紀がすぐに払い落とした。

足もとをささっと逃げ去ろうとするゴキブリ。沙紀は半ば無意識に、それを踏みつけた。

右足のかかとに嫌な感触。ゆっくりと持ち上げてみると、濁った汁が床を汚していた。

かかとを持ち上げると、ゴキブリは足の裏で潰れて、白っぽい体液を腹からにゅっと出しながら、こと切れていた。

ケンケン立ちのままティッシュに手を伸ばし、ゴキブリを包んでゴミ箱に捨てた。

もう一枚のティッシュでかかとと床の汚れを拭き、それから洗面台に右足を乗せて、石鹸《せっけん》でかかとを洗った。

洗いながら、何でこんなことしたんだろうとおかしくなった。

ドアチャイムが鳴ったので、タオルでかかとと手を拭き、玄関ドアの前で「はい？」と問い返した。

「こんにちは、お届け物ですが」

宅配便だと思ってドアを開けると、立っていたのはポロシャツの上によれよれのジャケットを着た、目つきの良くない中年男だった。手には包装された軽そうな箱を持っている。

「どうも」中年男はにやついて会釈し、手に持っていた箱を沙紀に押しつけるようにして渡した。「須川さん、新聞は今、どこを取っておられますか」

沙紀は相手を睨みつけ、渡された箱を押し戻した。

「間に合ってますから。いりません」

中身はバスタオルかシーツだろう。

相手の男は、一瞬、睨まれてひるんだようだったが、すぐににやけた顔に戻った。

ドアを閉められないよう片手で押さえて、一歩踏み出して来た。

「取ってないんですかぁ？　やっぱり社会人として必要でしょう、新聞は。取りましょうよ。ね」

「間に合ってるって言ってるでしょうがっ。間に合ってるというのは、もうよその新聞を取ってるということに決まってるでしょ」

沙紀は玄関に侵入しようとして来る男を箱と共に押し返した。

「三か月だけでもいいから、替えてもらえませんか。私ね、営業成績悪くて、クビになりそうなんです。どうか助けると思って、ね、三か月だけ、お願いします」

男は気持ちの悪い猫なで声で手を合わせた。そんな泣き落としに誰が騙《だま》されるか。

「成績上げたかったら、他を当たりなさいよっ」

沙紀が怒鳴るように言い返したので、相手はさすがに唖然《あぜん》としたようだった。

だが、男は次の瞬間、「わっ、クモっ」と、声を裏返らせてドアから手を放し、沙紀に押しつけていた箱を奪い返した。そして、「頑固なネエちゃんだな」と悪態をつきながら、逃げるようにして階段を下りて行った。

見ると、ドアの側面を大きなクモが這っていた。

クモぐらいであんなにあわてて、だらしない奴。

沙紀は条件反射的にそのクモを払い落とそうとして手を上げたが、思い直した。このクモはゴキブリを捕る益虫なのだと、女理容師が言っていた。

「おい」沙紀はクモに言った。「踏みつけられたくなかったら、ちゃんとゴキブリを捕れ、ゴキブリを」

言葉が通じたわけでもないだろうが、クモは尻に火がついたかのように猛スピードで靴箱の下に消えた。

今度も平常心で対処できた。いいぞ。沙紀は心の中で自分をほめた。

新聞勧誘員を追い返した後、沙紀は、自分が持っている服を取っかえ引っかえ着ては、姿見に自分を映した。

最初は、新しい顔に合わせて新しい服を買わなければと考えていたのだが、そんな必要はなさそうだった。

顔つきと髪形が変わったことで、服の印象ががらりと変わったのだ。これまでは、野暮ったいと感じていたジャケットやパンツ、スカートが、今はことごとく持ち主を引き立てようとしてくれている。まるで服に意思が宿っているかのようだった。

数年前、従妹《いとこ》からもらったはいいが着る勇気がなくてずっと袖を通さないままでしまい込んであった赤茶色のレザージャケットがこんなに似合うなんて。沙紀は姿見の前でしばらく、さまざまな向きになった。油断するとすぐ猫背気味になってしまう癖があったのに、いつの間にか無意識に胸を張っている。

再び玄関チャイムがなり、ドアの前で「はい」と応じると、「水道管の点検に参りました」という男の声がした。

また、ろくでもない詐欺まがいのセールスだなと確信した。今日は、まるで自分を試すかのようにやって来るなと思い、少し苦笑する。

沙紀はドアチェーンをかけようとしたが、思い直してチェーンをかけないままドアを開けた。四角い顔をした作業服の男。短い髪にがっしりした体格。年は四十ぐらいか。愛想笑いに狡猾《こうかつ》さが透けて見えた。

沙紀が冷めた目で見返すと、男は一瞬だけ身構える顔になったが、「どうも」と口もとを緩めながら会釈した。「水道局の方から参りました。水道管の点検をさせていただきたいのですが」

何が水道局の方から参りました、だ。紛らわしい言い方をして。沙紀は「うちの水道は何の問題もありませんから、飛び込みの業者さんに点検してもらう必要はありません」と言った。

「いいえ、飛び込みなんかじゃありませんよ、何言ってんですか」男は少しむっとした態度になった。「うちの会社はこの地区を受け持っている、市の指定業者なんですから」

「じゃあ、その証拠を見せてください」

「いいですよ。これです」

男は作業服の胸ポケットから、ラミネート加工されたカード状の証明書らしきものを見せた。地元自治体の指定業者であることらしい文言と、会社名などが書かれてある。

「こんなものを見せられても、本当に信頼できる業者かどうか判らないでしょう」

「はあ？　そんなことを言う人、初めてですよ。これで信用していただけないというのは、ちょっとねえ」男はさらに険しい顔になったが、すぐに愛想笑いを取り戻した。「でも、水道管の点検をするだけで、別に代金を請求するようなことはありませんから。すぐ終わりますので、ちょっとお願いしますよ。さっきも言いましたように、うちの会社がこの地区を受け持ってまして、ちゃんと点検しないことには、まずいんですよ」

沙紀は、悪徳業者だと確信した。ニュース番組などで手口も学習済みである。すぐに終わるから点検をさせろと要求する。たとえ点検はただでも、このまま放置していたら水漏れが起きるとか、水道管が古いから取り換えないと健康に悪影響が出るなどと脅《おど》して、工事の契約を迫るのだ。そういうことは大家と交渉してくれと言っても、賃借人が負担しなければならないことが条例で決まっているとか、適当なうそを並べるのだろう。気の弱い人間は、そうやってしつこく言われ続けるうちに、この状態から逃れたいと考えたり、水道管の修理は本当に必要なのだと自分に言い聞かせたりして、契約してしまおうかという気分に傾いてくる。

だが、相手のうそを暴く必要などなかった。追い返すのみである。

「とにかく、おたくに点検してもらう気はありませんから。どうしてもというのなら、来週にまた来てください。それまでに水道局に電話をかけて、おたくの会社のことを問い合わせておきます。ドアを閉めますから下がってください」

相手は険しい目つきと苦笑とを混ぜたような顔になって、下がった。沙紀がドアを閉めると、向こう側で舌打ちする音が聞こえ、足音が遠ざかった。

一人ファッションショーを再開し、チャコールグレーのストレッチパンツにレンガ色のシャツを身につけたときに、ドアが控えめにノックされた。

「チャイムがあるだろうが、チャイムが」

沙紀はぶつくさ言いながらドアに近づき、わざと剣呑《けんのん》に「はい」と答えた。

「あの……」とか細い女の声。「私、同じ階に住んでる清滝ですが」

何だろう。いつもうつむいている感じの色白の彼女の顔を頭に浮かべながら、もう一度「はい」と言った。

相手が何も言わないので、沙紀の方からドアを開けた。

少し顔を赤らめて、紙袋を持って彼女は立っていた。白いニットのハイネックセーターにジーンズ。首には遠慮がちに、細い金のネックレスが光っている。

「あ……」彼女は、沙紀の顔を見て表情が強張ったようだった。「あの、突然すみません」

「いえ」

「あの、これ」

「はあ……」

おずおずと差し出された紙袋を受け取る。

「田舎から送って来たものなんですけど、よかったら……」

沙紀はようやく、お裾《すそ》分けだということに気づいた。

「あら、私に？」

「ええ」彼女は少しはにかんだ感じの、ぎこちない笑顔でうなずいた。

下心があってのことではなさそうだった。

「ありがとう……」

受け取って、袋の中を見ると、干したタコや貝柱が入っていた。

「うちの実家が、そういうものを扱ってるもので」

「へえ、美味《おい》しそう」少し間が空き、沙紀は少しだけ迷ったが、「あの、よかったら、ちょっと上がらない？　むさ苦しくって何だけど」と誘ってみた。

え、という感じの、しかし嬉《うれ》しそうな顔。

「今、忙しい？」

「いえ」彼女はあわてて頭を振る。「暇です。じゃあ、部屋の鍵締めて来ます」

　彼女はすぐに戻って来て、恐縮した様子で部屋に入った。ダイニングの小さなテーブルに向かい合って座る。沙紀が、「もらったものが美味しそうだから、ちょっと食べてみたいんだけど、飲み物、ビールでもいい？」と聞くと、彼女は「あ、はい」と了解したので、冷蔵庫から買い置きの缶ビールを二つ出して置いた。

「ええと」と沙紀はプルタブを押し込んでから缶を持ち上げた。「お近づきの印に」

「あ、どうも」

　彼女もあわてて缶を上げて、乾杯した。

　タコも貝柱も、噛《か》みごたえがあって、旨味が詰まっていた。

　缶ビールはすぐに二人とも空になり、冷蔵庫からもう二缶出した。彼女も、沙紀に勧められて、タコをかじり始めた。

　最初のうちは、互いの仕事のことや年齢のこと、出身地のことなど、当たり障りのない話をした。彼女の名前は正確には清滝奈津美《なつみ》といい、沙紀よりも五歳下の二十四歳で、隣市にある小さな縫製会社で事務仕事をしている、とのことだった。

　話をするうち、もしかしたら清滝奈津美は、職場でも住まいでも孤独で、何かにすがりたい心境だったのではないかという気がしてきた。

　二つ目の缶ビールが空になった頃には二人ともほろ酔い状態で、奈津美も打ち解けてよくしゃべるようになってきていた。当然のようにまだ飲みたいね、そうですね、ということになり、奈津美は「私、コンビニで買ってきます」と言い、沙紀が代金を渡そうとするのを「いいです、いいです」と押しとどめ、缶ビールの六缶パックを二つ、買って来た。外は暗くなっており、部屋に明かりを灯《とも》した。

互いに恋人がいないことが判り、あらためて乾杯した。

「私、沙紀さんが変なセールスを追い返すの、聞いてたんです」奈津美は少しろれつが回らなくなっており、ほおも赤く染まっていた。「それで、わあ、凄い人だな、この人と知り合いになりたいなって急に思ったんです。私、セールスとか、つきまとってくる店員とか、凄く苦手で、いつも最後は泣きそうになっちゃうから」

「ふーん。それで、タコを持って来てくれた、と」

「はい。そしたら沙紀さん、最近までの印象と違って、すっごくきりっとした感じの人になってたから、びっくりしちゃって。私、別の人かと思いましたもん」

「あははは。ちょっとイメチェンしたからね」

「何だか、顔に何かが宿ってるっていうか、力がみなぎってるっていうか」

「大袈裟《おおげさ》だよ。眉毛剃って、髪形と化粧を変えただけなんだから」

何となく、尊敬されているらしいと感じたため、居眠りしている間に勝手に眉を剃られたことがすべての始まりだったということは教えないことにした。沙紀は心の中でぺろっと舌を出した。

「私も、強そうな顔になりたいなー」

「じゃあ、奈津美ちゃんも、眉剃っちゃえば」

「よし、私も剃るぞー、って、自分で剃るんですか」

「ううん。近所にある散髪屋さん。女の人がやってるから安心だよ」

「あー、あそこですか」

「そう、あそこ」

「よし、私も眉を剃って、変身するぞー」

「おーっ」

おなかすいたねー、そうですねー、ということになり、二人でコンビニに出かけ、おにぎりやサンドイッチなどを買い込んだ。食べて、飲んで、おしゃべりをした。話し込むうちに清滝奈津美は、一時期妻子持ちの上司とつき合っていたが徐々に自分が惨めになったため別れたのだと打ち明けた。沙紀も、あまり豊富でない男遍歴を語ったが、不思議と場が暗くなったりはせず、二人ともへらへら笑っていられた。そして、明日は清滝奈津美の軽自動車で行き先を決めないドライブをしようということになり、午前二時前に女二人の宴《うたげ》はお開きとなった。

日曜日は遅くに目覚め、二日酔いのせいで少し頭が重かった。食欲が湧《わ》かず、朝食はインスタントコーヒーをブラックで飲むだけにした。

眉の剃った部分が少し生え始めていたので、毛抜きで丁寧に抜いた。最初は痛みを感じたが、やっているうちに何ともなくなった。

酔った勢いでドライブに行く約束をしたものの、清滝奈津美の方はそれを忘れてしまったか、あるいは約束したことを後悔しているかもしれないと思い、沙紀の方から声はかけないことにした。彼女の方から何も言ってこなければうやむやにするつもりだった。

その奈津美が沙紀を訪ねて来たのは、午前十一時過ぎだった。

「わっ、奈津美ちゃん、別人」

沙紀は呆気《あっけ》にとられ、彼女を見つめた。

「行って来ました」

奈津美は口もとを少し緩めた。見事に眉が細くなっており、表情全体が、早くも自信ありげな、どこかふてぶてしささえ感じられるようになっている。沙紀よりも睫毛が長く、目も切れ長だからか、ことさらに化粧まで変えなくても、充分に変身している。

「凄い、凄い」

奈津美は少し照れたように笑った。

「鏡を見てるうちに、内面まで変わってくるような気がするんです」

「外に出かけたい気分だったりは？」

「だったりしますね」

「じゃあ、ドライブ行く？」

「いいですか？」

「いいよ。言っとくけど私、ペーパードライバーだから、運転お願いね」

「押忍《おす》、先輩」

奈津美は空手選手の真似《まね》をして、胸の前で両拳をクロスさせてから振り下げた。

急いで化粧をし、黒いえり付きシャツの上に赤茶色のレザージャケットを身につけ、ジーンズをはいた。外に出ると、奈津美は既に軽自動車のエンジンをふかして待っていた。

助手席に乗り込むと、奈津美が「本当に場所を決めないで行きますか」と聞いた。

「いいよ。直感で方向決めてよ」

「わっかりましたぁ」

奈津美は発進させる前にカーラジオをつけた。天気予報をやっていて、曇り空が続くが降水確率は二十パーセントだと告げていた。

北西に向かった。奈津美は自分の眉が変わったことに興奮しているようで、何度も首を伸ばしてはルームミラーに映して、小さくうなずいていた。

好きな音楽、好きなタレント、好きな男性のタイプなどの話をした。でも、二人が共通して口にしたのは、そういった好みは、これから先、大きく変わるかもしれないということだった。

ファミリーレストランで昼食をとり、さらに軽自動車を走らせた。その頃になると二日酔いもなくなり、頭もすっきりしていた。

川沿いに上り坂が続くようになり、カーブの多い林道へと入った。中央線がなく、道幅は狭い。この頃になると、前後に車は見えなくなり、対向車ともめったにすれ違わなくなっていた。

しばらく経《た》って急に、後ろからクラクションを鳴らされ、パッシングされた。振り返ると、白いマークⅡらしき車が迫っている。フロントガラス越しに、たちの悪そうな若い男女が見える。男は短い金髪で、サングラス。女はガムをくちゃくちゃやりながら、こちらを睨みながら指差し、男に何か言っている。

「何だか、変なのがからんできましたね」

奈津美は、昨日までの彼女と同じ人物だとは思えないほど落ち着いた物言いだった。沙紀にしても、心の動揺はなかった。

しばらくそのまま走っていると、さらにクラクションが鳴らされ、何度もパッシングをされた。車間距離も詰められた。

「追い越したいだけでしょ」沙紀は前に向き直った。「左に寄せて、先に行かせてやれば」

「そうですね」

奈津美はハザードランプを点灯させて、左に寄せて停止させた。

マークⅡが横に並んで停まり、スモークガラスのサイドウィンドウを下ろした。

「ちんたら運転してんじゃねえよ、ぼけなす」

男の方がそう怒鳴った。女の方も攻撃的な表情で睨んでいる。

沙紀も奈津美も、何も言い返さず、見返していた。

女が、かんでいたガムをぺっと吐いた。

走り去るマークⅡを見送り、姿が見えなくなってから、奈津美が「馬鹿どもが。何様のつもりですかね」と吐き捨て、再発進させた。

沙紀は、あいつらに何か不幸が訪れますようにと、心の中で三回唱えた。ついでに、おまじないのつもりで、自分の両眉を指先でなでた。

しばらく進むと展望台が見えてきた。数台分の駐車場があり、そこにさっきのマークⅡがあった。ただし、普通に駐車してはおらず、傾いていた。

立っていた金髪の男がこちらに気づき、苦笑いで手を振ってきた。よく見ると、マークⅡは駐車場隅の側溝に、左側だけ前輪後輪とも、見事に脱輪していた。女は展望台のベンチに座って、不機嫌そうに腕と脚を組んでいる。

奈津美は駐車場に入る手前で停止させ、「うそぉ」とつぶやいてにやっと笑った。

「私、あいつらに天罰が下りますようにって、心の中でお祈りしたんです。そしたら本当になっちゃってる」

「うそぉ。私も似たようなことやったよ」

二人で顔を見合わせて、まじまじと見つめ合った。

金髪の男が近づいて来た。ベンチに座っている女は、一度こちらを見てからぷいとそっぽを向いた。

奈津美が「どうします？　私、こんな奴ら乗せたくない」と言った。

「私に任せて」

沙紀が助手席側のサイドウィンドウを下ろしたので、男はそちら側にやって来た。もみあげを長く伸ばして、下唇の下のところだけにひげが生えている。サングラスを頭の上にかけて、照れ隠しのつもりか、両手をぱんぱんと合わせている。

「さっきは悪かったね、おネエちゃん」男は軽自動車の屋根に手をかけた。「脱輪しちゃってさ、携帯でＪＡＦ呼ぼうとしたんだけど、圏外でさ、弱ってんだ」

「…………」

沙紀は返事をせずに、冷めた目で見返した。

「悪いけど、途中まで乗っけてくれよ」

沙紀がなおも返事をしないで見返していると、男は少し苛立った感じになって、「な、いいだろ」と詰め寄るような言い方をした。

「あんたたちを乗せる気はないわ」沙紀はきっぱりと言った。「その代わり、私たちがＪＡＦに連絡したげるから、ここで待ってて」

男は不満そうではあったが、「判った、それでいい。その代わり、早くしてくれよ」と言い、屋根から手を放した。

軽自動車は駐車場内で切り返し、来た道を戻った。

「沙紀さん、呼びますか、ＪＡＦ」

「あいつらのためになることって、何かな」

「はあ」

「やっぱりあれよね。人に迷惑をかけるということがどういうことか、しっかり反省させた方が、あの二人のためよね。放っといても、死ぬわけでもないし」

奈津美が「あははは」と派手に笑った。「沙紀さん、尊敬してます」

その後、沙紀たちは暗くなるまでドライブを続けた。アパートに戻り、奈津美の部屋で一緒に宅配ピザの夕食を取り、ビールを飲んだ。飲みながら二人は、職場でも変身したことを周りに判らせてやろうという約束を交わし、裏切ったらケツを蹴り上げられても文句を言わない、ということになった。

月曜日、沙紀は目覚まし時計を止めて布団から跳ね起き、洗面台の前に立って、まず毛抜きを使って眉の手入れをした。つづいて洗顔、化粧。鏡を見返して、自分は変わったのだ、別人を演じることができるし、その別人は本当は単なる別人ではなくもう一人の自分でもあるのだと、心の中で呪文《じゅもん》のように言い聞かせた。

買った後、格好つけ過ぎのような気恥ずかしさを感じてあまり着ていなかった、ダークグレーのパンツスーツを身につけた。下は開襟《かいきん》シャツブラウス。姿見に映して、「よし」と気合いを入れた。

ドアを開けて外に出た。空は昨日と同様の曇天《どんてん》だが、重苦しさなど感じない。

奈津美は沙紀よりも出勤が早いそうで、朝に出会ったことはない。一足先に、あのきりっとした眉でさっそうと職場に向かったことだろう。

いつもと同じ道を歩き、駅のホームの同じ場所から列車に乗った。口をきいたことはないが通勤時に見かける人たちの何人かが気づいたようで、さかんに視線を感じた。駅を出て、敏南学園に向かっているときも、それは同様だった。沙紀はいちいち相手を見返したりはせず、無視するようにして、肩の力を抜いて歩いた。

職場である総務課のフロアに入って「おはようございます」と声をかけると、先に来ていた後輩の池下晴美が、口をあんぐり開けた。

「……どうしたんですか、須川さん」

「何が」

「だって……顔が別人みたいになっちゃって……」

「そう?　お湯は」

「あ、沸かしてます」

「ありがと」

池下晴美は、言いたいこと、聞きたいことが山ほどありそうな顔だったが、何をどう尋ねればいいのか判らないという感じのまま、結局は黙っていた。

出勤して来た他の職員や上司らも、沙紀を見るなり一様に目を見張った。池下晴美と同じように「どうしたんですか」と聞いて来る者や「がらっと雰囲気が変わったね」と言ってくる者もいたが、沙紀は誰に対しても「そうですか」としか答えなかった。そして、「そうですか」と冷めた表情で疑問符付きの返事をされた相手は、みんなそれ以上の言葉に詰まってしまって、気まずそうにあきらめるようにして、引き下がった。

始業時間を告げるチャイムが鳴り、西山課長と井之口係長が筆記用具を持って部屋から出て行った。毎週月曜日の朝は部課長会議がある。部課長会議という名称ではあるが、係長職も加わっている。

三十分ほどして会議を終えて戻って来た西山課長が、「須川さん」と呼んだ。「はい」と答えて机の前に歩み寄ると、西山課長が「これ、頼むわ」と書類を突き出した。

また理事会の議事録作りらしい。西山課長が手書きで箇条書きにしたメモを元に、もっともらしい議事録を作るのである。実際には開かれていない理事会の。

いつもなら機械的に受け取って席に戻るところであるが、沙紀は受け取って「何ですか、これ」と、他の職員に聞こえるように言った。

「何ですか、じゃないだろ」西山課長は途端に険しい顔になった。「議事録を作ってくれと言ってるんだ。いつものことだろう」

「この中にある、これ何ですか。一億円以上もする不動産を勝手に購入するんですか、実際には理事会に諮ってもいないのに」

「何だぁ」西山課長は、たちまち顔を朱に染め、「ちょっと来いっ」と言うなり、手書きメモを奪い取って、部屋から出て行った。

後に続いて廊下に出ると、後ろに気配を感じた。井之口係長がついて来たのだなと判ったので、いちいち振り返らなかった。

小会議室に入り、長机をはさんで西山課長、井之口係長と向き合って座った。

「あんた、頭でも打ったのか」西山課長が刺々《とげとげ》しい表情と口調で言った。「急にいつもと違う化粧や身なりで出勤して来たかと思うと、いきなり反抗的な態度になって。ヒロインが活躍する荒唐無稽《こうとうむけい》な映画でも見て影響されたか、ああ?」

沙紀は西山課長を睨み返した。沙紀に気持ちの高ぶりはなかった。

「これ以上、不正行為の手伝いはできません」

西山課長はしばらく睨みつけていたが、「ふん」とあざけりの表情になった。「何様のつもりだ、一職員の分際で」

「学校法人敏南学園は、最高決定機関である理事会で重要なことが決められることになっています。理事長が何でも決めていいことにはなってません。実際には理事会が開かれてないのに、開かれたことにして理事長が勝手なことをするのは犯罪行為です。そんなことにこれ以上荷担することは拒否します」

「所属長である俺には、職務命令に従わない部下を解雇する権限がある」西山課長はそこでいったん言葉を切り、沙紀を睨みつけた。「今すぐ考えをあらためて、頭を冷やして普段通りに仕事をするのなら、今回だけは見逃してやる。二度同じことは言わんぞ」

井之口係長をちらと見ると、瞑想《めいそう》するように目を閉じて、腕組みをしていた。この男は要するに、いつもは高圧的で偉そうにしているくせに、非常事態になるとこうやって見て見ぬふり、聞いていないふり、かかわっていないふりをして逃げるのだ。クビなど怖くはなかった。何をやってでも生きてやる。プライドこそが生きるエネルギーだ。そのエネルギーを失うぐらいなら、こちらから辞めてやる。今までどうして、こんな職場にしがみついていたのか、自分のことながら理解に苦しむぐらいである。

「違法な命令は職務命令ではありません。私をクビにするというのなら、これまでに私が知った不正行為をすべて公にしますよ」

「……何だとぉ」

西山課長の顔が再び朱に染まり始める。

「学校法人敏南学園を健全な状態に戻すために、理事長は辞任すべきです」

「係長っ、このいかれ女を何とかしろっ」西山課長は声を荒らげて長机を平手でばんと叩いた。「切れた奴とはまともに話もできん。冷静にさせて、あんたが話をしてくれ」

「切れてるのは課長の方じゃないですか」

「黙れっ」西山課長は席を立った。その勢いで、パイプ椅子が後ろに倒れた。「どういうつもりか知らんが、何回もチャンスはやらんからなっ。十分経ったらここに戻って来る。それまでに頭を冷やして、よく考えろっ」

西山課長はそう言い残してドアを開けた。ドアを叩きつけるようにして閉めるつもりだったらしいが、油圧式でゆっくり閉まるようになっているので、力の無駄遣いに終わったようだった。

井之口係長と二人になった。しばらくして井之口係長が目を開き、腕組みを解いた。

「土日の間に君に何があったんだ」

井之口係長の視線が、おそるおそる探る、という感じのものに変わった。

「誰でも、心に蓄積したもので変わることはあります」沙紀は静かに口を開いた。「おとなしかった人が突然切れることもありますし、元気だった人が自殺したり、急に派手になったり、明るくなったり、人それぞれですけど、何かがきっかけで変わることはあるものです。外から見ていただけでは判らなくても、本人でさえ判っていなくても、沸点に到達すれば劇的に変わってしまうことがある、ということですよ」

「君の内面でも、何かが溜《た》まりに溜まってて、ついに変わったってわけか」井之口係長はぎこちなく苦笑して、小さく頭を振った。「判るようでよく判らんが……一つ言える」

何です、と視線で問い返した。

「俺にとって、ここは人生の分かれ目らしい」

「………」

「理事長が、敏南学園の資金で購入しようとしてる土地は、宝徳《ほうとく》ケミカルという化学薬品処理会社に使わせるのが目的だ」

「さっき見せられた、課長のメモにあった、あれですか」

「うむ。理事長は宝徳ケミカルの役員でもある。その宝徳ケミカルに安く土地を貸してやって、キックバックを受け取る、という図式だ」

井之口係長はいったん言葉を切ってから、ため息をついた。

「何で俺、こんなことしゃべってんのかな……もう一人の自分がいて、勝手にしゃべってるみたいな感じがするよ」井之口係長はかすかに苦笑して頭をひねった。「まあ、とにかく、だ。あまり格好つけた言い方をしたくないんだが……君の眼差しの強さのせいで、背中を押されたってことかな」

眼差しじゃなくって、眉の力。眉が眼差しに力をくれたのよ。沙紀は心の中で訂正した。

「じゃあ、味方してくれるんですか」

「一職員の君が不正に立ち向かってるのに、俺が知らん顔したら、この後ずっと、夢見が悪い。毎晩、君のその眼差しにうなされたら、これはきつい」

沙紀は、井之口係長が息子宛てに書こうとしていた手紙のことを思い出した。この人はこの人なりに、息子に説教しておいて自分は何なのだという、葛藤があったらしい。

「係長。クビになるかもしれませんよ」

「だから、そうならないように、何とかするんだ。理事会の議事録のデータ、コピーを取ってあるのか」

「いえ」

「それじゃ駄目だ。そういうことは宣戦布告の前にやっとかないと」

言われてみればそうだった。そもそも作戦など立ててもいなかった。

「よし、それは俺がやろう」井之口係長は座ったまま、居ずまいを正した。「それから、仲間を増やさないとな。職員もだが、理事長の子飼いでない理事から順に接触して、理事長解任に動いてもらえるよう説得しよう」

「弁護士にも相談した方がいいですね」

「ああ、そうだ。これから大変だぞ。敵は強い、こっちがぼろぼろにされるかもしれん。腹をくくらにゃな」

沙紀は口もとを緩め、「大丈夫。私がついてる」と、子供を諭すように言った。

井之口係長は苦笑することもなく、催眠術にでもかかったかのように、一点を見つめて素直にうなずいた。

その目は確かに、沙紀の眉にからめ取られるように吸い寄せられていた。

黒の巻

身体が細かく震えて、私は目を開けた。

どこかで鳥が鳴いていた。どんよりとした曇り空。風はないが、身をすくませる冷気が淀《よど》んでいる。

頭が重かった。今ここにいる理由がよく判《わか》らない。夢か、現実なのかをしばらく考えて、現実らしいと見当をつけた。

上体を起こして、自分が枯れ葉の中に倒れていたらしいことを知った。

あらためて寒さに身体がぶるっと震えた。吐く息は白くはならないが、それでもこんな場所でいつまでも気を失っていたら生命にかかわると思った。

左側には、赤土がむき出しになった崖のような急斜面が迫っていた。右側は下りのゆるい傾斜で、木々が茂っており、暗くて見通しが利かない。

身体のどこかに異常がないかどうかを確かめてみることにした。右肘、右ひざ、首の回りなどに痛みがあったものの、打撲程度で、骨折などはしていないようだった。手のひらを見ると、白い軍手をはめており、手の甲に何か所か赤茶色の血がにじんでいる。

軍手を外してみると、小さな切り傷がいくつかできていた。傷口はまだ新しく、かさぶたになっていない。ということは、気を失ってから意識を取り戻すまで、さほどの時間が経過していない、ということか。

頭に怪我はしていないようだった。しかし、顔のあちこちを触ってみると、いくつか擦《す》り傷があるようだった。

私は黒地に金のラインが入ったウインドブレーカーの上下を着ていた。ところどころに赤土がついているが、さほどの汚れではない。

私は立ち上がって、辺りを見回した。

山の傾斜地らしかった。道が見当たらない。

時間を確かめようとしたが、腕時計を持っておらず、陽が傾きかけている頃らしいということしか判らない。

身体に付着した赤土。しばらく気を失っていたらしいこと。それらのことから、目の前にあるこの急斜面を滑落して、意識を失ったのではないかと思った。

だが、私が理解できたのはせいぜいそこまでだった。

なぜこんなところから滑落したのか。

ここに何をしに来ていたのか。

そういったことが、さっぱり判らないのだった。

それだけではなかった。

私は、自分が誰なのかが判らない。名前を思い出そうとしても、何も頭に浮かんでこない。自分が男だということや、子供ではなく若者と呼ばれる年齢も既に越えているはずだということぐらいは判るのだが、どこの誰で、どういう人間なのかがさっぱり判らないのだ。

頭が混乱してきた。しかし、まずはこの寒さから逃れたいという思いの方が先に立った。私は周囲を見渡して、進めそうな方向を選びながら歩き始めた。頭が重い感じがして、あれこれものを考える気にならない。

右ひざの辺りが少し痛むため、かばうような歩き方になった。

しばらくさまよって、細い山道に出ることができた。それからは、下に向かって歩いた。身体を動かしているうちに、寒さは消えてきたが、今度は空腹感がやってきた。細い道が急に途切れて、コンクリートの階段が現れた。その数段先は、アスファルト舗装された道路だった。舗装道路に出ると、ガードレールの向こう側に麓《ふもと》の街が見えた。ビルや民家などが案外近くに見える。

安堵《あんど》した半面、自分が誰なのかが判らないという問題が、再浮上してきた。相変わらず頭は重かったが、焦るような気持ちが湧《わ》いてきて、考えないではいられなくなった。

私は道路を下りながら、所持品をあらためてみた。

ウインドブレーカーのポケットに、裸銭の状態で一万円札が二枚、千円札三枚、その他硬貨が六百円ほど入っていた。あったのはそれだけで、身分などが判るものは一切ない。なぜそうなのかは、もちろん判らない。

そして、身体の一部に異常があることにも気づいた。

左手小指の、第一関節から先がなかった。爪のない短い指先はつるんつるんで、かなり以前からこういう状態らしいと判る。ただし、なぜ指先がないのかということについては見当もつかなかった。

要するに、記憶を失っている状態なのだと理解するしかなかった。

しかし、どういうことなのだ。自分のことがさっぱり判らないのに、それ以外の知識はちゃんとあるという感じがする。記憶喪失というのは、そういうものなのか。

背後から短く二回、クラクションを鳴らされた。振り返ると軽トラックが近づいて来て横で停止し、窓が下りた。初老の作業服を着た男が「どうかしたの。足をひきずってるみたいに見えたけど」と尋ねてきた。

「ああ……うん、ちょっとね。一人で山を歩いていて、転んじゃって」

「こんな時期にかね」相手はあきれ顔になった。「あんた、地元の人じゃないね」

「うん、まあ……」

「この山は、迷ったら厄介なんだから、気をつけないと。素人がハイキング気分で登るようなところじゃないよ」

「……そうみたいだね」

「よかったら乗りなよ。できるだけ行ってやっから」

私は礼を言って、助手席に乗り込んだ。このとき、私は自分の言葉が標準語のイントネーションであることを知った。


JR線の駅前で降ろされた私は、あらためて礼を言い、手を振って軽トラックを見送った。移動中、初老の男性は「仕事は何をしてるの」と尋ねてきたが、失業中だと答えると、聞いて悪かったと思ったらしく、それから先はほとんど何も聞かれることはなかった。お陰で、どこから来たかとか、何者かという作り話をせずにすんだ。

駅名を見て、関東の地方都市の外れにある街だということは判ったが、私の記憶と結びつくような刺激は何も得られなかった。この地が、私にとって馴染《なじ》みがある場所なのかどうかも、さっぱり判らない。

駅のすぐ横に交番があった。私は迷ったが、何となく気が進まないという直感めいたものを優先することにし、駅前のスーパーに足を向けた。

スーパーのトイレの洗面所で鏡を見た。私の年は三十過ぎぐらいだろうか。初めて見るような顔でもあり、見慣れた顔のようでもあった。精悍《せいかん》といえば精悍のようでもあるが、どこか頼りなげな感じもする。ほおや額、あごの辺りに小さな擦り傷ができている。

髪は長くもなく短くもなく、という感じだったが、かなり乱れていたので、水をつけて手櫛《てぐし》で斜めに上げる感じで整えた。トイレットペーパーを水で湿らせて、ウインドブレーカーに付着した赤土をぬぐい取った。

スーパーから出ると、陽が暮れてしまっていた。とりあえず今日はどこかに泊まろうと思ったが、この辺にとどまっていることは危険なのではないかという気がした。何かのトラブルに巻き込まれた結果、山中で記憶を失ったのだとすれば、何者かが今も私を狙っているかもしれない。考え過ぎかもしれないが、注意するに越したことはなかった。

私は二十分ほどJR列車に揺られ、県内の別の街に移動した。駅前には申し訳程度にビルが建ち並んでいるが、こぢんまりした印象の街である。県の中心部を避けて、この街を選んだのは、その方が敵に（いるとすればだが）見つかりにくいと考えたからだった。

まずは腹ごしらえである。私は駅の裏通りにあったうどん屋に入り、鍋焼きうどん定食を食べた。腹が温まってくると、冷え切っていた身体の節々が弛緩《しかん》してゆくのが判る。そうすれば気持ちも緩む。私は、意識を取り戻してからここまで、実はかなり緊張していたのだということを知った。

交番に行く気にならなかった理由を考えてみた。

警察を頼れば、身元がすぐに判るかもしれない。

だが、警察に身元を知られることが、自分にとってどうなのか、いいことなのか、それとも悪いことなのか迷いが生じて、急に気持ちが鈍ったのだった。そう、とっさに頭の中で警笛が鳴った感じがしたのだ。

わずかな所持金しか持たない男が、なぜか山の中にいた。

記憶を失うような出来事に巻き込まれた。

左手小指の第一関節から先がない。

これらのことから導き出しうることを漠然と感じて、交番に行かなかったのだ。

山中にいたのは、何かそれなりの事情があったのではないか。

敵に命を狙われて、あるいは警察に追われて逃げていた。そして滑落して、頭を打つなどして記憶を失った。

素直な思考によってたどりつけそうな推理は、そんなところだった。

自分がそういう世界の人間だという可能性については、まるっきり実感がない。しかし、自分の名前や過去さえ、見当がつかないのだから、否定することもできない。

とにかく今日のところは、温かい場所で眠り、体力を回復させるべきだった。

うどん屋で電話帳とペンを貸してくれと頼み、県内の適当な地名と番地、電話番号を手のひらに書き留めた。このとき、私はあまり字がうまくないことを知った。

ドラッグストアに寄って頭痛薬を買った。さまざまな日用品も扱っている店だったので、新しい下着と靴下も買った。

所持金に余裕があるとはいえないので、安いビジネスホテルを探した。その途中で何度となく背後や周囲に注意を払ってみたが、何者かに尾行されているとか、監視されているといった気配はなさそうだった。

駅から少し離れた人通りの少ない場所にあったビジネスホテルに入った。予約をしていない場合は前払いですと言われ、代金を支払う。名前や住所の記入を求められ、米原和彦《よねばらかずひこ》という偽名と共に、電話帳で拾った住所や電話番号を改竄《かいざん》したものを書き込んだ。

部屋に入って服を脱ぐと、右腿《みぎもも》の外側やひざの辺り、それから右肘と前腕部分に内出血があり、どれも青紫色になっていた。

身体に刺青《いれずみ》などはなかったが、もしかすると銃弾痕《こん》かもしれないと思える丸い傷跡が、左の前腕部にあった。体格は中肉中背。特に鍛えているという印象はないが、運動不足という感じでもない。

ユニットバスは中が全体に黄ばんでいたが、それでも熱いシャワーはこの上ないひとときの安らぎをもたらしてくれた。私は何度もため息をつき、口に含んだ湯を吐き出した。

頭痛薬を飲んだ後、一時間以上経《た》っても頭の重さは変わらなかった。しかし、少なくとも眠りを促進する効果はあったようだった。


翌朝、私はチェックアウト時間が迫っているという内線電話で目を覚ました。フロントで図書館の場所を尋ねたところ、歩いていける距離にあったので足を向けた。空は今日も曇天《どんてん》で、行き交う人々はみんな身を縮めるようにして歩いている。私は昨夜と同様、背後や周囲への注意を怠らないよう気をつけた。幸い、ぐっすり眠ったせいで身体の節々の痛みは気にならないほどになっていた。

図書館で精神医学の専門書が並ぶ棚を探し、記憶喪失について調べてみた。まずは自身が置かれている状況を理解して、それから次に何をするべきかを考えようと思ったからだった。

小一時間後には、ある程度の知識を得ることができた。

記憶喪失というのは世間での呼称で、専門的には逆行性健忘症というらしい。要するに、過去の一定期間の記憶が失われることである。もう少し詳しくいうと、犯罪、災害、病気、事故などのショックにより意識障害に陥った後、数時間から数週間にかけて記憶が失われる状態である。記憶がなくなるのは当人の過去の生活史だけであり、普通の知識は失われない。このため、買い物をしたり切符を買って列車に乗ったりという日常の生活は問題なくこなすことができる。海馬《かいば》という脳の一部分が生活史を記憶する役目を担っており、ここが正常に機能しなくなることによって記憶喪失に陥る、ということらしかった。

生活史すべてを思い出せないものを特に全般健忘といい、過去のある特定の人物や状況に関する記憶だけが戻らないものを選択健忘という。私の場合は前者だろう。

原因については、心因性の場合と、脳の一部損傷など器質性のものがある。前者は心の傷に対する防御反応として意識の一部が解離して別人格になる解離性ヒステリーなど、後者は頭部打撲など。私の場合、山の斜面を滑落したときに頭などを打ったせいでこうなったとすれば、器質性の全般健忘ということになるわけだが、実際どうだったのかははっきりしない。何か耐え難いショック体験があり、それに対して心が強い防御反応を起こし、記憶を失ったのだとすれば、心因性の全般健忘ということになる。

治療法については、はっきりした答えを見つけることができなかった。目についた記述としては、医者に任せたからといって間違いなく治るという種類のものではないということや、部分的な症状については薬物療法が有効な場合もあるということぐらいのものだった。どうやら、専門家たちが治療として重視しているのは、記憶を取り戻すことそのものよりも、当人の苦痛を取り除くために周囲が症状を理解して接するなど、トラブルを防ぐことらしかった。

要するに私は、過去の生活史すべての記憶を失った健忘症であり、その原因がはっきりしておらず、いつ記憶が戻るかも判らない、という状況下にあるのだった。ただ、数週間以内に記憶が戻る事例が多いらしい、ということに希望を見出すことはできた。

さて、これからどうするべきか。私は図書館内にあったソファに身を沈めて考えた。

結果、とりあえずは生きるために仕事を探そうという、当たり前といえば当たり前の結論に到達した。贅沢《ぜいたく》を言わなければ、住み込みで働ける仕事の一つや二つ、なくはないはずである。もちろん、そのためには、偽の履歴書を作り、名前や住所などを決めておくなど、ある程度の自分史を作っておかなければならない。

最寄りのファストフード店で朝食を兼ねた昼食を取った後、私は駅を起点にして周辺を歩いてみた。記憶を失っているにしても、生活史以外の知識がどの程度のものであるかを探ることで、得るべき仕事の方向性を定めることができるかもしれないと思ったからだった。例えば、車道を見るとさまざまな車が走っている。私は、普通車の運転は支障なくできるという自信があるので、普通免許は持っていたのだろう。しかし、大型トラックを運転しろと言われると、無理のような気がする。このことで、大型免許は持っておらず、トラック運転手などを経験したことはない、ということが判る。また、車の詳しい仕組みも頭に浮かんでこないということは、自動車修理や車の販売にもかかわったことがない、ということにならないか。

　この要領で街を歩きながら自分の知識水準を探っていけば、仕事だけでなく、場合によっては本来の人間像をかなりのところまで推測できるかもしれない。

　私は、自分探しの興味に突き動かされて歩いた。背後や周辺に常に注意しながら。

　道路の向かい側にパチンコ店がある。パチンコのやり方ぐらいは知っているが、釘を読む知識まではない。つまり、私はパチンコに精通してはいない、パチンコ店経営者やパチプロなどではないということだろう。

　飲食店。厨房《ちゅうぼう》での作業の知識はない。歯科医。見当もつかない。楽器店。これも全く心に引っかかるものなし。

　解体された建物。油圧ショベルが廃材を持ち上げ、オフロードダンプトラックに積載している。その向こうにはホイールローダーが停まっている。私は足を止めた。

　一般人が知らない呼称ではないか。パワーショベルだとか、トラックという程度の表現ならともかく、ホイールローダーは世間で通用する名称だろうか。

　何か、自分に関連している要素がここにあるような気がした。

　例えば、廃棄物処理業にかかわっていたと考えられないか。

　だが、それをたぐろうとすると、頭の中にもやがかかったようになって、怪しくなった。記憶を掘り起こすことを、何かが妨害しているかのようだった。

知識は知識でも、生活史とかかわりが深い知識は、思い出せないようになっている、ということなのだろうか。

その後もしばらく歩き回ってみたが、何を見ても、自分探しはおろか、得るべき仕事の方向性も、全くといっていいほど判らなかった。何かあると感じたのは、解体された建物の廃材を見たときぐらいだ。しかし、それを手がかりに記憶をたぐろうとすると、かえって頭が混乱して、訳が判らなくなってしまう。

私は方針転換し、最寄りの書店で求人誌をめくってみた。条件は、住み込みで、できれば日給で報酬をもらえることである。自分探しも大切だが、今日明日の寝泊まりと食事を何とかしなければならない。

パチンコのホール係、建設現場、風俗店、健康食品のセールスなど、寮に入居できる条件の付いているものがいくつかあったが、日給で報酬が支払われるという条件のものが見当たらなかった。しかし、その辺は交渉すれば、一部前払いをしてくれるところがあるかもしれない。

私は求人誌を購入し、公衆電話を探した。多少の時間を要したが、公民館前に見つけた。

次々と電話をかけて、報酬の支払い条件について尋ねたところ、日給方式で支払ってもいいという下水道の配管工事会社が見つかった。仕事は一般家庭の下水道工事の補助。現在、市内で下水道整備事業が進んでいるところで、経験の有無を問わず人手が欲しい、普段着のままでいいから午後三時頃にでも面接に来てくれという。

まさに渡りに船。私は「ありがとうございます。では伺いますのでよろしくお願いします」と即答し、受話器を戻した。


午後三時までまだ間があったので、散髪ぐらいはしておこうと思った。スーツを買うほどのカネの余裕はないが、せめてもの身だしなみである。

すぐに理髪店が見つかり、私はドアを押した。

「いらっしゃいませ」と笑顔で出迎えたのは、二十代後半か三十ぐらいの小柄な女だった。この女性理容師が一人でやっている店らしい。他に客はおらず、鏡の横に置いてある小型の薄型テレビが控えめなボリュームで料理番組を映し出していた。

三つある席の真ん中に案内され、腰を下ろした。店内はあまり暖房が効いていないようなので、ウインドブレーカーは着たままにしておいた。

「お客さん、いらっしゃるの初めてですよね」

鏡越しに笑顔で尋ねられて「ん」とうなずく。

「近所にお住まいなんですか」

「あ、いや……ちょっとこっちの方に野暮用があって」

「そうですか。お顔、ちょっと怪我されてますね」

「ああ……山で転んじゃって」

「あら。でも、大怪我にならなくてよかったですね。髪はどうカットしましょう」

「適当に頼む」

「ひげを剃《そ》っても？」

「ああ」

まず洗髪をされ、それから「ひげを先に剃りますね。怪我をされてるところには注意します」と言われて椅子が倒れ、仰向けになった。蒸しタオルを顔に載せられているうちに、心地よい安堵感を得て、急に眠気を感じた。

女理容師は割とおしゃべり好きらしく、カミソリでひげを剃っている間に、以前一緒にやっていた夫と離婚したときにこの店をぶんどってやったということや、男性客中心の理容店の方が気を遣わなくて済むといったことを話していた。

椅子を起こされ、今度は首や肩をマッサージされた。指圧を受けるたびに身体の強《こわ》張《ば》りが解けて、安堵感が広がってゆく。

女理容師はさらに何かしゃべっているようだったが、抗し難い睡魔に襲われた私は、その声がかえって子守歌のように聞こえて、言葉の意味などどうでもよくなっていた。

私は「さ、終わりました」との声で目を覚ました。

鏡と向き合った私は、言葉を失った。

いつの間にか、髪をばっさりと切られていた。側頭部はこめかみ辺りまで見事に刈り上げられ、上の部分もかなり短くされていた。

それだけではない。眉が細くされた上に、よく見ると側頭部がトラやシマウマみたいな縞《しま》模様にされていた。髪が残っている黒の部分と、剃られてしまった白の部分によって縞模様が作られているのだった。

「な……」

何だ、これは。

私の先手を取るかのように、女理容師は鏡越しに笑った。

「少し大胆な感じにしてもいいとおっしゃったので、こういう感じに仕上げてみたんですよ。お似合いですよ、凄く」

これでは完全に筋者《すじもの》ではないか。だが、戸惑いの気持ちがある一方で、奇妙な満足感を得てもいた。この気分は何なのだろうか。

そのとき、中年の男性客が一人、店に入って来た。一瞬身構えたが、相手は私には興味がないようだった。近所の馴染《なじ》み客らしく、町内会長が心筋梗塞《こうそく》で死んだという話を始め、女理容師がそれに対して、誰それから聞いた、というようなことを答えた。

私は文句を言うタイミングを失ってしまい、結局は何も言わないまま代金を払って店を出ることになった。

数時間後、私は児童公園のベンチに座り、途方にくれていた。

面接の約束を取りつけた下水道の配管工事会社を訪ねたところ、先方はすぐに私の顔や髪形を見て、困惑した表情になった。そして形だけの面接はすぐに終了となり、近日中に採用するかどうかの連絡をすると告げられた。

不採用になることは、面接をした五十がらみの男の態度ですぐに判ったので、私はでたらめな連絡先を伝えて会社を後にした。電話で問い合わせたときは、人手が必要なので即採用したいという感じだったのに、近日中に連絡すると言ったのは、明らかにノーだということだろう。それぐらい誰でも判る。

あの女理容師のせいだ。いくら何でも、側頭部をこんなふうに縞模様に刈るなんて、非常識が過ぎる。

なのに、なぜあのとき怒鳴り上げなかったのか。

あの笑顔に騙《だま》されたのだ。それと、「お似合いですよ、凄く」というお世辞に。眠りから覚めたばかりで頭がぼんやりしていたこともあって、戸惑いながらもそれを受け入れてしまったのだ。

だが、今さら文句を言ったところで、この頭を元に戻すことなどできはしない。もしかすると指名手配犯かもしれないという立場の身で、トラブルを起こすのはまずい。それに、何となくだが、うたた寝状態の中で女理容師の提案を了承する返事をしてしまったような気がしないでもない。

やはり自分は筋者なのだ――私はますますそれを事実として受け入れる気分になっていた。こういう髪形になったから余計にそう思う、ということではない。あの女理容師が私の雰囲気や目つきなどから何かを感じ取ったのだ、きっと。だから、私に似合う髪形として、こういうふうにしたのだ。筋者には筋者の匂いというものがある。

私は髪形のことから、今後のことに思考を切り換えた。このままだとすぐに所持金も底をつき、飢えと寒さで死ぬ可能性だってある。何とかしなければ。

ふと見ると、そばにあった金網製のくず入れの中に、まだ新しそうな雑誌を見つけた。

雑誌を拾って路上で百円で販売するか。しかし、それぐらいでは、食うことはできても、ホームレス生活に転落だろう。

くず入れから雑誌を取り出してみた。実話雑誌。表紙に、広域暴力団の跡目争いに関連した見出しが躍っている。

めくってみると、求人コーナーがあった。

何かの業界紙の会社らしい。〔寮あり〕という文字が目に飛び込んできた。

こういう雑誌に広告を出す業者というのは、かなり胡散《うさん》臭いことを覚悟しなければならない。しかし私の今のこの見てくれだと、雇ってくれそうなのはそういうたぐいの仕事しかない。

職種として〔企業情報誌関連業務〕と書いてあるだけで、具体的なことは記されていない。〔やる気のある真面目な男性を求む〕とあるが、年齢制限は書かれていない。会社名は一色タイムス。なぜか住所が載っておらず、連絡先として電話番号があるだけだった。

駅の公衆電話から連絡を取った。「はい、一色《いっしき》タイムス」という低い男の声。その声だけで、やはり堅気の業者ではなさそうだなと感じた。しかし、寝泊まりができて、しばらく食いつなぐことができるのなら、贅沢《ぜいたく》は言っていられない。

雑誌の求人広告を見たということを告げ、仕事の内容について聞いてみた。

「あのね、うちは企業情報誌なんです。ただね、小さい会社なんで、仕事はいろいろあると思ってもらった方がいいね。掃除とか、届け物の使いとか、電話番とか、まあ要するに、雑用仕事をしてくれる人を探してるってことですよ。おたく、年は?」

「三十、です」

「あ、そう」

「それで、雇っていただければ、すぐに寮に入れますか」

「住むところに困ってるの」

「ええ、まあ……」

「いいよ、入れるよ」

「厚かましい話ですけど、多少の前借りなんかはできますでしょうか」

「はあ」相手はあきれたようだった。しかし即座に「いくら」と聞いてきた。

「生活するために最低限あればいいんですけれど」

「要するにあんた、無一文なの、今」

「ええ、失業中なもので」

「借金抱えてんの」

「いえ」

「だったら、カネ貸しから借りたらいいじゃないの」

「できたらそうしたいんですけど、身分証が今なくて」

「ふーん」

不審に思っているのか、それとも素姓について特に気にしてはいないのか、よく判らない生返事だった。

しかし、「まあ、やる気があるんなら今からでも来てよ。会って話をしないと、先には進まないから」という言葉が続いたことで、相手は私が置かれている状況にたいして興味はないらしいことが察せられた。

住所を尋ねると、東京の都心部から少しはずれたところだった。ここからだとＪＲ線を使うなどして、一時間以上かかるだろう。

私は「では、二時間以内に伺います」と答えた。

一色タイムスが入居する雑居ビルは、高速道路沿いの、大小のビルが密集する区域の中にあった。細長い五階建ての二階だったが、看板が出ていないので探すのに多少苦労した。

階段の踊り場に面した出入口は重厚そうなスチールドアで、鍵穴が二つあった。ドアの上には監視カメラ。一色タイムスの名前はどこにも表示されていない。

チャイムを鳴らすと、インターホンで「はい」と応答があった。

「あの、さきほど電話をかけて面接に来ました、米原と申しますが」

しばらく待たされた。監視カメラで見られているのだろう。

二つのロックが解除される音がしてドアが開いた。ダークグレーのスーツを着た細身の男が現れた。年は私と同じぐらいだろうか。ノーネクタイでえりが開いたシャツを着ており、首に細長い金のネックレス。髪は後ろになでつけられ、あごの下だけにひげを生やしている。明らかに堅気ではない。

相手の方も、私に対してそういう印象を持ったらしかった。鋭い目つきで私をじろじろと睨《ね》めつけながら、「あんた、筋もんか」と聞いてきた。電話で話したときのような言葉遣いとは、明らかに違っている。

「いえ、違います」

相手はわたしの返答を信用する気がないようだった。外に出て、後ろ手にドアを閉めた。

「ちょっと、ボディチェックさせてもらおうか」

「はあ」

私が両手を上げると、相手は脇の下や腹、背中、脚などを触って調べた。

「よし、入れ」

ドアを開けられ、先に入った。事務机が二つと、スチールラックやコピー機、パソコン、応接ソファなど、最低限のものが置かれてあるだけの狭い事務室。隅には流し台やガスコンロなどの簡単な給湯設備と冷蔵庫。私を出迎えた男以外、誰もいなかった。

　事務室内にはさらに別の部屋に通じるドアが二つあった。一つはトイレだろうか。右手の壁の上には神棚があった。

ソファに座るよう促され、腰を下ろした。

相手はひざを開いてふんぞり返って座り、なおもじろじろと、攻撃的な目つきで私を見ていた。

私はあらためて「米原和彦と申します。こんな格好ですみません。よろしくお願いします」と頭を下げ、履歴書を広げて差し出した。履歴書は求人誌に付いていたもので、記入した中身はもちろんでたらめである。高校卒業後、水産会社、建設会社、金融会社などで働いたということにしてある。

相手の男は履歴書を一瞥《いちべつ》して、あまり興味なさそうにテーブルの上にぽいと置いた。

「筋もんだろうがよ」

「違います」

「堅気がそんな頭するかよ」

「はあ……」私は申し訳なさそうな態度を心がけて頭をなでた。「何となく、こういうふうにしちゃいまして」

「エンコ詰めてるじゃねえか。隠すな」

相手はあごで私の指先を差した。

「いえ、違います」私は苦笑して手を振った。「建設会社で働いてたときに、電動カッターでやっちゃったんですよ」

「マエは」

「は？」

「前科」

「ありません」

「何かトラブル抱えてんのか」

「いえ。仕事を探してるだけです」

たっぷり十秒以上、無言で睨《にら》まれた。

「まあ、いいか。別に堅気じゃねえと使わねえってわけじゃねえし」

「堅気です、本当に」

「車の免許、ないのか」

「はい、違反が重なって取り消しになっちゃいまして」

相手は舌打ちをした。しょうがねえなあ、という感じに見えた。

「電話でも言ったけど、うちは企業情報誌ってのをやってるわけよ。いろんな企業の情報を集めて、それを活字にする。それをいろんな企業が購読する。あるいは広告料を払ってもらう。な」

「はい」

だいたいの事情は飲み込めた。要するに、企業から購読料や広告料の名目でカネを集める、いわゆるブラックジャーナリズムというやつだろう。当然、ヤクザか右翼あたりが背後にいるわけである。

「しかし、あんたに取材をしろとか記事を書けとか、会社に出向いて購読契約取って来いとか、そういうことをやれってんじゃない。そういう専門的なことは俺と、ここの代表がやる。あんたにはこまごました雑用をやってもらう。主にここの留守番と掃除、購読者への郵送手配、買い出し、いろいろだ」

「はい」

「今日からやれるか」

「はい。あの、それで……」

と聞きたいことを口にしかけたときに、チャイムが鳴った。まだ名前も聞かされていない私の上司は「ちょっと待ってろ」と言い置いて席を立ち、インターホンの受話器を取った。インターホンには小さなモニター画面があるが、私の位置からははっきりとは見えなかった。

「はい……はあ？　西坂《にしざか》がそう言ったんですか。お待ちください」

訪問者との短いやり取りの後、ドアのロックを解除。

上司の男は、手をだらんと下げたまま、なぜか後ずさって戻って来た。

訪問者は、六十前後と思われる、ダブルのブレザー姿の男だった。白髪を後ろになでつけ、白い口ひげも伸びている。中肉中背だが、全体の雰囲気や目の据わり方に威圧感があった。

　上司の男がなぜ、無言で後ずさって来たのかが判った。

　初老の訪問者の手に、小型のオートマチック銃が握られていた。私にとってはそれが、どうも現実のことには思えず、ドラマの撮影を見学でもしているような気分だった。

「そこに座れ」

　銃口を向けたまま促された上司は、私の隣に腰を下ろした。

「ちょっと、おたくさん。そういう物騒なものは、引っ込めてもらえませんかね」

　上司は場慣れしているということか、冷静な口調だった。

「黙れ」初老の男は立ったまま、銃口を上司に向け続けた。「西坂を呼べ」

　どうやら、西坂というのがここの代表者らしい。

「西坂は今ここにはおりませんがね」

「だから呼べと言ってるんだよ、馬鹿野郎」

「今、どこにいるのか判りません。用件があったら私が伺いますよ」

「お前みたいな下っ端のチンピラに用はない。西坂の携帯に電話かけろ」

「残念ですけど、西坂は携帯、持ち歩いとらんのです」

「おい、ふざけんなよ、こら」初老の男は私の方に銃口を動かした。「こいつの頭、吹っ飛ばして脳味噌《のうみそ》ぶちまけてやろうか」

初老の男と目が合った。何か言うべきだと思った。

「私みたいなチンピラ撃ち殺して、何になるんです」私は、ドラマの台詞《せりふ》をしゃべるような気分で口を開いていた。「そんなことしたら、何年も塀の向こうですよ。次にこっちに帰って来られるのは、何年先になるんですか」

初老の男が上司の方を向き、少し首をひねった。そして、「ぐふふっ」と、腹から絞り出すような声を出した。

「また、えらく肝の据わった奴が来たな、樋口《ひぐち》よ」初老の男は笑いながら、ソファの向かいに腰を下ろした。「極道もんか」

「本人は堅気だと言ってますがね」と、上司が無表情に答えてから、「こちらが一色タイムス代表の西坂さんだ」と私に説明した。

その西坂が銃をテーブルの上に置いた。

「モデルガンだってのは、判ってたのか」

私は「いえ」と頭を振った。

「こいつ、何か隠してやがるな」西坂は口もとを歪《ゆが》めた。「まあいい、しばらく使ってやれ。見込みがありそうだったら、鍛えてやるのもいいな」

おそらく、混乱している内面が表情に出ていたのだろう。樋口という名前らしい上司は、「お前をちょっと試したんだ。あんまりだらしないところを見せたら、ケツを蹴り飛ばして追い出すつもりだったんだがな」と説明した。

要するに、面接試験に合格した、ということのようだった。

いつの間にか、すりガラスの窓の外は暗くなっていた。

最初に命じられたのは掃除だった。樋口は私に、粘着ローラーでカーペットを掃除し、トイレを柄《え》の付いたたわしやモップで磨き、化学雑巾《ぞうきん》で室内や窓などを片っ端から拭くよう命じただけで、「俺たちはちょっと出るから、内側から施錠しとけ」と言い、西坂と一緒に事務室から出ようとした。私はあわてて「あの」と呼び止め、「電話とか来客があったら、どうしたら……」と聞いた。

「俺の携帯に自動転送されるようにしとくから、取らんでいい。来客もどうせないから、チャイムの音が鳴っても放っとけ」

私は「では、ここで失礼します」と頭を下げて、出て行く二人を見送った。

言われたとおりに掃除した。奥にあったもう一つの部屋は代表である西坂の専用らしく、応接ソファと大きな机が置いてあった。机のすぐ横の壁には日本刀の大小が飾られている。真剣なのか模造刀なのかは判らない。その近くの隅には高価そうな大きな磁器の壺《つぼ》。来客が座る位置から見て正面の壁には何と書かれてあるのかよく判らない豪快な書が額縁入りでかかっていた。一方、机がある位置とは反対側の隅にはゴルフのパターが立てかけてあり、長細い練習用グリーンが敷いてある。

多少の好奇心にかられて、西坂の机の引き出しの中を見ようとしたが、すべてに鍵がかかっていた。一方、事務室にあった二つの机は引き出しの中を見ることができたが、どうということのない事務用品しか入っていなかった。

一度、電話機が鳴ったが、二度のコール音で終わった。樋口の携帯に転送されたらしい。

事務室のパソコンを拭いているときに、私は操作法を知っているらしいことに気づいた。電源が入って立ち上がっていたので、ワープロ画面に切り換えて少し打ってみると、あまり手間取らずに文章を書くことができた。ついでにインターネットの辞書で逆行性健忘症について調べた。得られた情報は図書館で知ったことよりも少なかった。

ブラックジャーナリズムの名称で検索をかけたところ、膨大な件数になった。ざっと眺めてみたが、大手新聞社をブラックジャーナリズム呼ばわりする批判や悪口ばかりで、狭い意味でのブラックジャーナリズムの情報には、なかなかたどり着けない。一色タイムスについて検索してみたところ、数件ヒットした。いずれも週刊誌か何かの記事から引用された情報のようだった。

代表者はかつて総会屋として知られた西坂兼一《けんいち》。総会屋としても一色タイムス代表としても逮捕歴はないが、若いときに傷害で短期の服役をしたことがある。このときに刑務所内で知り合ったのが、広域暴力団河南《かわなみ》組の直系組員で、後に番場《ばんば》組組長となる番場厚男《あつお》という男。以来、二人は兄弟分のような関係が続いているらしい。

その他、一色タイムスによる告発がきっかけとなって週刊誌などが追いかけるようになったというくつかの記事を読むことができた。それによると、与党で幹事長を務めた大物政治家が女性スキャンダルによって先の衆院選で落選したのも、一色タイムスが最初に取り上げたことが発端らしかった。

勝手にこんなことをしているのを見つかるとまずいので、私は掃除に戻った。

ひととおりの作業を終えて、流し台で手を洗っているときに樋口が戻って来た。樋口は部屋を見回したり、指先であちこち触って埃《ほこり》がないことを確かめ、「よし、そしたら話の続きをするから、座れ」とソファを指差した。

向き合って座り、樋口はスーツの内ポケットからマルボロの箱を出して、一本を口にくわえた。私はテーブルの上にあったガラス製のライターに手を伸ばしかけたが、樋口は「いらん。俺はそういうごますりみたいなことされんのは好きじゃねえんだ」と言い、自分のライターで火をつけた。

「それで」と樋口は細い煙を吐いた。「住み込みを希望してるって言ってたな」

「はい」

「そしたらここで寝ろ。エアコンがあるから毛布なしでもいいだろう」

そういうことか。

「あの、このソファで」

「ああ」樋口は煙草《タバコ》をくわえたまま、セカンドバッグから分厚い財布を出し、無造作に数枚の一万円札を抜き取って私の方に突き出した。「当座のカネだ、これで飯を食え」

「いいんですか」

「さっさと受け取れ」

「あ、はい」受け取ってみると、一万円札は五枚あった。「では五万円だけ前払いでいただいたということで」

「やると言ってんだよ。ごちゃごちゃぬかすな」

「あ、はい」

「いつ何の用事でお前を使うか判らんから、飯は近くのコンビニとかで買ったもんをここで食え。夜だけは外食してもいい。風呂は、晩飯のついでに銭湯でもサウナでも行け」

「はい」

「いいか、代表はお前を気に入ったらしいから、簡単にケツ割るなよ」

「承知してます」

「どっかの極道もんの差し金だと判ったら、ただではおかんぞ」

「そういうことはありません」

樋口はしばらく私を睨みつけてから、煙草を灰皿に押しつけた。

「代表がここに来たときは、頭を下げて挨拶《あいさつ》。それから缶の野菜ジュースとお手拭き用の濡《ぬ》れティッシュを差し出すこと。どっちも切らすな」

「はい」

どうやら、そういう費用も五万円の中で賄わなければならないらしい。

「お前、パソコン扱えるか」

「ある程度は」

「ほう」樋口は少し感心したような顔になった。「だったら文書も作れるな。手紙とかも」

「ええ、大丈夫です」

「まあ、すぐにそういう仕事をやれって言ってんじゃない。よし、今日は何もないから終わりだ。どっかで飯食って来い。これがドアの鍵だ。出かけるときは二重ロックしろ。鍵は絶対なくすな」

樋口はセカンドバッグから鍵を出して寄越した。

「あの、いくつか聞きたいことが」

「何だ」

「西坂代表と、樋口さんの下のお名前は」

代表のフルネームは判っているし、樋口の下の名前を知りたいわけでもなかったが、立場上、そういうことは聞いておくべきだった。

樋口は席を立ち、事務机の引き出しから二枚の名刺を取り出して私の前に置いた。

一色タイムス代表　西坂兼一
一色タイムス編集長　樋口康宏《やすひろ》
名前と肩書き以外には、電話番号しか入っていない名刺だった。

「あの、一色タイムスは代表と編集長のお二人で……」

「もう一人、最近までいたんだが、訳ありで辞めたからよ、お前を入れたわけだ」

訳あり……まさか殺されたとか、そういうことじゃないだろうな。私は気になったが、どうせ本当のことは教えてはもらえないだろうと考えて、聞かなかった。単に一身上の都合で辞めたとか、悪くても服役したとか、その程度の事情であることを願った。

「ええと、一色タイムスは有限会社か何か、でしょうか」

「そんなこと聞いてどうする」

「いえ、何となく」

「いちいち細かいことを気にするな、ケツの穴の小せえ奴だな」

「すみません」

どうやら法人格はない、登記もされていないということらしい。

「ぶしつけな質問ですけど」

「何だ」

「代表や編集長は……ヤクザなんですか」

「何言ってやがる」樋口は眉間《みけん》に深いしわを刻んで、目の前のテーブルを片足でぐいと押した。テーブルの縁が私のひざに当たって、鈍い痛みが走った。「企業情報誌だって言ってるだろうがよ。ヤクザがそんな商売、するかよ」

「失礼しました」

「お前、俺たちがヤクザだと思ってんのか」

「いえ……」

「おい、米原、よく聞け、こら」

樋口が身を乗り出してきて、指先を曲げてこっちに来いと合図した。それに従って身を乗り出すと、両手でほおを軽く、何回も叩かれた。

「米原。俺たちはジャーナリストだ。企業の不正を知ったら、市民を代表してこれを告発する。それによって、社会を浄化する。判るか」

「はい」

樋口は私のほおをぺちぺちと叩き続ける。

「その辺の極道もんとはモチベーションてもんが違うのよ。普通にチンピラをやっていたいってんのなら、どこぞの組にでも出向いて、小僧にしてもらえ」

「いえ、そんなつもりは……」

樋口がやっと叩くのをやめた。叩き方が軽かったので痛みは感じなかったが、顔が熱くほてっていた。

「特に代表は、チンピラヤクザ扱いされるのを嫌う人だ。口には気をつけろ」

「はい、すみませんでした」

西坂にしても、樋口にしても、怒らせたら何をするか判らないところがありそうで、私はここに来たことを早くも後悔した。しかしその一方で、市民を代表して企業の不正を告発する、という樋口の話には、胡散臭さを差し引いても、どこか引きつけられるものを感じたのも確かだった。

夕食は近所のコンビニで買った弁当で済ませた。缶ビールも買い、誰もいない事務所のソファでちびちび飲んだ。私は酒にはあまり強くないらしく、二缶飲んだだけでトイレで用を足すときに足もとがふらついた。

なかなか眠くならなかったこともあり、私はスチールラックや事務机の中を物色してみた。事務所の留守番役を任されたのだから、別に構わないはずである。

何冊ものファイルに綴《と》じてある、一色タイムスのバックナンバーをめくった。

一部たったの八ページ。しかもサイズは普通の新聞の半分である。構成は普通の新聞に似ており、写真入りの記事や広告が入っている。記事の内容は、企業の不祥事や企業幹部たちのスキャンダルばかり。粉飾決算、リコール隠し、不正融資、投資の失敗、価格カルテル、インサイダー取引、事業による環境破壊といった、やや堅めのネタから、社長や役員を名指ししてのセクハラ疑惑や愛人の暴露、会社の経費で購入した美術品の私物化、借金、息子や娘の非行、交通事故、病気など、あらゆるスキャンダルが週刊誌風の文章でつづられている。病気などは当人を責める理由にならないと思うのだが、こんな病人を会社の役員にしておいて経営は大丈夫なのかといった圧力になるのだろう。

記事全体の中で半分近くを占めていたのは、愛人などの女性問題だった。実際に事例としてたくさんあるからだろう。また、掲載写真の多くを占めていたのは、決定的な瞬間をとらえたものではなく、標的となった会社役員たちの普通の顔写真である。

パソコンを使って一色タイムスの文書類を見ようと思ったが、パスワードを入力しないと開くことができないようになっていた。その代わり、スチールラックのファイルの中に、帳簿や購読者名簿などがあった。

それらにざっと目を通してみて、一色タイムスの全体像が見えてきた。

毎月、複数の興信所に百万円以上の調査料を支払っている。この意味するところは、取材は外注、ということだろう。ネタの情報をつかむのも、取材をするのも、興信所にやらせているわけである。

複数のライターに対しても毎月数十万円の支出がある。このことから、記事もフリーライターなどに書かせているらしいと窺《うかが》える。要するにゼネコンと似たようなもので、一色タイムスは面倒な仕事のほとんどを下請け業者にさせている、ということだろう。となると、代表の西坂兼一や編集長の樋口康宏は、帳簿を管理したり、企業と交渉したりするだけ。道理で少人数でやっていけるわけである。

その他、ハイヤーを運転手代わりにかなり使っていた。羽振りがいいのだろう。

一色タイムスの発行部数を記録した台帳によると、一色タイムスは二か月に一回発行されている。部数は増減が激しく、三千部程度のときもあれば一万部近くになるときもある。そして、三百ほどの企業が、取材相手でもあり、広告主でもあり、購読者でもあるという、奇妙な構図。

例えば、ある会社の社長が秘書と不倫関係にあったとする。そのネタをつかんだ一色タイムスは、さっそくその会社に接触し、記事にすることをほのめかす。企業トップに愛人などというのは珍しいことではないが、だからといって無視するわけにはいかない。なぜなら、記事になった号が、会社の取引先や株主、一般マスコミなどに送りつけられるからである。当然、こんなセクハラ野郎をトップにしておいていいのかと、方々からつつかれることになる。銀行は融資をためらい、その他の取引先もつき合いを考え直す。会社内の敵対派閥もこれを利用して足もとをすくおうとするだろうし、株価も下がる。

そういうわけで、一色タイムスにネタをつかまれた会社は、記事にしないでくれと頼み、見返りとして広告料や購読料の名目でカネを支払うことになる。

もし広報部長なり総務部長なりが〔毅然《きぜん》とした対応〕をしたがために記事になってしまったらどうなるか。トップから何をやってるんだと怒鳴りつけられ、結局は発行を止めてくれと一色タイムスに泣きつくことになるのだろう。一色タイムス側は待ってましたとばかり、発行部数を大幅に増やして、それをまとめて買わせる。

一色タイムスには河南組系番場組という援軍があるので、毒をもって毒を制すというやり方も通じない。仮に会社が敵対勢力のヤクザを使ったとしても、一色タイムスは会社とヤクザとの癒着ぶりを記事にするだけだろう。

最後の最後まで〔毅然とした対応〕を取り続ける会社も、まれにあるかもしれない。すると当然ながら、スキャンダル記事が取引先、株主、マスコミに送りつけられて、方々から叩かれることになる。そしてトップが引責辞任したり、会社の経営状態が悪化したりという結末を迎える。このとき、一色タイムスはカネを取り損ねた形だが、必ずしもシノギに失敗したということにはならない。なぜなら、一色タイムスにカネを支払わなかったらどうなるかという神話が、勝手に膨らんでゆくのだから。

そのため、現時点では何の不祥事も抱えていないはずの企業でも、要求があれば渋々、十部程度の部数は定期購読することになる。一色タイムスにあら探しをされないための保険だと割り切れば、あきらめもつく。

一色タイムスは一部が三万円。五千部刷ったとすれば……一億五千万円。興信所、フリーライター、ハイヤー会社、番場組などへの支払いなどの諸経費を差し引いても、大変な金額が残るはずだ。購読料だけでなく、広告料も入る。簡単にいうと、旨味の大きいシノギ、ということか。

西坂や樋口が実際にどれだけのカネを懐に入れているのかを調べようとしてみたが、そういう数字はどこにも記載されていなかった。警察などに摘発されたときのことを考えて、そうしているのかもしれない。

一色タイムスの実状が判ったものの、私は「ふーん」と思っただけだった。やばいことにかかわってしまったという焦りもなければ、よし自分も一色タイムスのおこぼれにありついてやろうという卑しい考えも湧いてこない。

理由には察しがついた。私は、自分がどこの誰で、何を欲しているのかが判らない。カネの使い道さえ判らないでいる、ということなのだ。

翌朝、編集長の樋口が九時過ぎに事務所にやって来て、「米原、今日はここに行け。タクシーを使え」と、メモ紙と一色タイムスの購読者ファイルを渡された。メモ紙には印刷会社の名前と住所が書かれてあった。

「はあ」

「要領は印刷屋が教えてくれる。作業が終わったら戻って来い」

「判りました」

言われたとおり、タクシーで移動。小雨が降っていた。

十五分ほどで到着した印刷会社は、古びた三階建てだった。一階の受付らしきところで名乗ると、小柄で愛想のいい作業服姿の中年男が応対し、奥に案内された。大きな印刷機械が作動しているやかましい場所を通り、作業部屋に入ると、長机が並んでいて、その上に一色タイムスの冊子や封筒、ラベルシールが積み上げられてあった。

見ただけで、作業の要領は判った。中年男が説明した手順も予想どおりだった。封筒に宛名《あてな》が印刷されたラベルシールを貼り、購読者名簿を見ながらそれぞれ決まった部数を封筒に入れてゆくのである。封筒は開封口についているテープをはがして閉じるだけでいいようになっていた。

印刷会社の中年男は、「終わったら内線電話で一番を押して、教えてください」と言っていなくなった。

単調な作業を続けながら、今のこのもどかしいような気分の正体は何なのだろうかと考えた。

心の奥から何かがしみ出てきているような妙な感覚だった。もしかすると、閉じ込められている記憶がよみがえりかけているのだろうか。

実際、断片的に何かを思い出しそうな気がしないでもないという感覚があった。頭の中に確かに記憶はあるという感じがする。しかし、それをほじくり出すことができない。喉に魚の小骨が刺さっているような気分だった。

近いうちに突然、記憶を取り戻すことになるのかもしれない。しかしその一方で、あまりそういう期待をし過ぎると、余計にもどかしさを味わうことになるから今はあれこれ考えないでいた方がいい、とも思う。

ゆっくりペースでやったが、それでも二時間ほどですべて終了。内線電話でその旨を伝えると、さきほどの中年男がやって来てチェックし、「お疲れさまでした。後はこちらで宅配業者を呼んで、持って行かせますから」と言った。

タクシーで事務所に戻った後は、掃除をしながらの電話番をさせられた。だが電話はほとんど鳴らず、たいがいは事務机の上に足を乗せてスポーツ新聞を読んでいる樋口の携帯に直接かかった。話の内容からすると、電話をかけてくるのはたいがい興信所かフリーライターで、樋口はそれに対して「そしたら女の調査員を使って接近させてみりゃどうだ」とか「悪いけど、あの件はちょっと義理のある人が間に入って来たんで、なしになった。代わりの仕事をまた頼むからよ、ちょっと待っててくれ」などと答えていた。

掃除が終わった後は、購読料の支払いが遅れている会社に催促の電話をかける作業を命じられた。件数としてはあまりなく、しかも相手はすべて、すぐに振り込みますと、少しあわてた様子で返答するので楽なものだった。

翌日も、その翌日も、掃除と電話番、たまに使いっ走りをする生活が続いた。代表の西坂はその間、全く姿を見せず、樋口も外出が多かった。樋口はほとんど雑談をしない男で、いまだにどういう人間なのかよく判らない。だが、理不尽な要求をしたり怒鳴ったり手を上げたりすることはないので、私は多少、信頼を寄せる気分にはなっていた。

一色タイムスの事務所に住み込んで四日目の午後、外出から戻って来た樋口が数枚の一万円札を突き出して、「おい、渋いスーツ買って来い。あとシャツと靴。ネクタイはあってもなくてもいい」と言った。一万円札は七枚あった。

「あの、俺のですか」

「当たり前のことを聞くな。すぐに行って、予算内でちゃっちゃと買って来い。寸法直しで時間がかからんやつにしろ。買ったらスーツを着て戻って来い」

事務所であくびを嚙《か》み殺しているよりはよっぽどましなので、私は素直にそれに従い、樋口に教えられた近くの洋服店であまり高くないスーツを買った。黒に近いダークグレーで、イージーオーダーだったがすぐに寸法直しは終了した。待っている間にくすんだ感じのブルーのシャツと金地に複雑な模様のネクタイ、それと近くの靴店で黒光りする革靴を買った。スーツだけでは寒いのでコートも買いたかったが、予算内では無理のようだったのであきらめた。

ウインドブレーカーを入れた紙袋を提げてスーツ姿で事務所に戻ると、樋口は私を見て、まあいいかという顔をし、ブリーフケースを手に「よし、行くぞ」とソファから立ち上がった。

流しのタクシーを拾って乗り、樋口はシティホテルの名前を告げた。

「お前は俺の横に座ってるだけでいい」と樋口は言った。「相手の奴に何か言われても返事をするな。黙ったままガンつけとけ」

「はあ」

「何だぁ、その返事は」

肘でどんと突かれた。

「すみません。判りました」

ほどなくして到着。私は樋口の後についてエレベーターに乗り、三階にある小会議室らしい部屋に入った。

先客が二人。いずれも五十前後かそれ以上と思われる男たちで、七三分けの髪形といい、地味なスーツといい、一見して堅気だと判る。顔つきはいたって平凡で、ぎらついた感じがない。ただ、スーツやその下のワイシャツなどは高級そうだった。

二人の男は慇懃《いんぎん》に頭を下げ、自己紹介をしながら名刺を差し出した。二人とも、中堅どころとして知られている自動車メーカーの取締役である。樋口は無言で名刺を受け取った。

丸いテーブルをはさんで、二対二で向き合う形で座った。相手二人は私がただのおまけだと判っているようで、樋口の方だけに視線を向けている。

「それで」と樋口が切り出す。「どうです。結論は出ましたか」

「はい」と、髪の薄い方が愛想笑いをしながらうなずいた。「弊社では購読料や広告費という名目では、ちょっと支出しにくいものですから、コンサルタント料ということで、支払わせていただければと」

「金額は、先日言ってた広告費と同じですね」

「はい」

「書類は」

「はい、用意してまいりました」

隣の銀ぶちメガネがアタッシェケースから、ホチキスで綴じられた書類を取り出した。樋口が手に取ったのを覗《のぞ》き見て、コンサルタント契約書らしいと判った。同じものが二部ある。

樋口は契約書をぱらぱらとめくって、「そしたら、目を通してからハンコ押して、一部を送り返しますんで」と言い、それを持参したブリーフケースに収めた。相手二人はほっとした表情で頭を下げる。

エリートコースを進んで大企業の幹部になった連中が、おそらく子供の頃からろくでもないことを繰り返してきたであろう樋口に、ぺこぺこしている。私にはそれが何か、たちの悪い冗談のように思えた。

会談はそれだけで終わりだった。私は、席を立った樋口の後に続いて部屋を出た。

エレベーターの中では樋口と二人だけだったので、私は「あの自動車会社が、何かやらかしたんですか」と聞いてみた。

気まずい沈黙。聞いたことを後悔し始めたところで、樋口が口を開いた。

「リコール隠しだ。派閥抗争に負けて会社を追い出された奴が、ネタを持ち込んできた。あいつら頭悪いぜ。クビになった奴が何するかぐらい、判らねえのかっての。しかも、俺たちの口を押さえたって、どうせそのうちどっかからばれるのによ」

確かにその通りだと思った。

「まあ、そのお陰でこっちはシノギができてるわけだけどよ」

樋口はそう言って小さく舌打ちした。


夜になり、外食と銭湯での入浴を終えて戻って来たら、事務机の上のファックス電話機が留守電を告げる点滅をさせていた。押してみると、「俺だ。携帯に電話しろ」という樋口の声が入っていた。

かけ直すと、樋口に「スーツ着てるか」と聞かれた。ウインドブレーカーに着替えてますと答えると、代表がお前にも飲ませたがってるからすぐに着替えてタクシーで来いと言われた。私は、告げられた店の名前と番地を控え、すぐに行きますと答えた。

繁華街にある高級そうなクラブだった。西坂と樋口の二人は、それぞれ両隣にミニスカート姿の若いコンパニオンを座らせて水割りらしきものを飲んでいた。樋口はいつもと同じ仏頂面でマルボロの煙をくゆらせていたが、西坂の方は顔全体が緩んでおり、かなり出来上がっていて機嫌が良さそうだった。

私を見つけた西坂が「おう、座れ、座れ」とあごで席を示した。私は「お疲れ様です」と西坂と樋口にそれぞれ頭を下げてから、コンパニオンが空けた場所に腰を下ろした。

コンパニオンが作った水割りを、少しだけ口に含んだ。酒には強くないので、気をつけなければならない。

「どうだ、米原」と西坂が言った。「もう馴《な》れたか」

「はい……何とか」

「様子見ながら、ちょっとずつ、お前にも仕事任せるつもりだから、しっかりやれよ」

「ありがとうございます」

「あら、米原さんは、一色タイムスにお入りになったばかり?」と、西坂の隣に座っているやや年長と思われるコンパニオンが私に微笑《ほほえ》みかけてきた。「頑張ってくださいね」

私は「どうも」と儀礼的に会釈した。西坂を楽しませるための場であることぐらいは、判っている。でしゃばるのは禁物だった。

「お前」と西坂がグラスを持った手で私を指差した。「事務所のパソコンで、俺のことを調べたな」

私は脇の下や背中にどっと冷や汗が出るのを感じた。そういえば、検索キーワードを消去し忘れていた。

樋口を見ると、知らん顔で煙をすーっと吐いている。

私はとりあえず「すみません」と頭を下げた。

「別に謝らんでもいい。知られて困ることは何もないからな」

西坂はそう言って水割りを飲み干してグラスを置いた。隣のコンパニオンが新しいものを作り始める。

怒ってはいないらしいと判り、胸をなでおろした。急に喉の渇きを覚えて、自分の水割りを飲み干した。

「米原。俺はな、世間からブラックジャーナリズムと呼ばれたって、いっこうに構わねえんだ。ホワイトジャーナリズムができねえことを俺たちがやってるっていう自負があるからな。そうだよな、樋口」

樋口が「おっしゃる通りです」と低い声で言った。

コンパニオンの一人が「ブラックとかホワイトとかって、どういう意味ですぅ？」

と聞いた。別のコンパニオンがたしなめる仕草をしたが、「だって、判んないんだもん」と口を少し尖《とが》らせる。

西坂が「米原、教えてやれ」と言った。

ホワイトジャーナリズムという言葉は初めて聞いたが、察しはついた。要するに、ブラックジャーナリズムではない、日の当たるところにいるジャーナリズムだろう。

「ええと……ホワイトジャーナリズムというのは、普通の新聞とか、テレビとかです。ブラックジャーナリズムというのは……えー……ホワイトジャーナリズムがさまざまな理由で見逃している事件や不祥事を取り上げる、一色タイムスのような媒体のことです」

「まあ、そういうこった」西坂が口もとを緩めた。「俺たちはな、ホワイトの奴らが手を出せないことを追及するんだ。実際よ、上からの圧力で記事を潰されたホワイトの記者なんかが、しょっちゅう、ネタを持ち込んで来てるしな」

確かに、そういうこともあるだろう。私は「へえ」と相づちを打った。

「しかしな、俺たちは企業の連中をいじめるのが目的でやってんじゃねえんだ。ホワイトの奴らはいい気になってしょっちゅう、そういうことをやってやがるけど、企業がちゃんと反省して改善するっていうんならよ、場合によっては勘弁してやることも必要なんだ。そうだろ」

「はい」

「飲めよ」

「はい」

仕方ないので飲み干した。隣のコンパニオンがすぐに作り始める。

〈企業の連中がちゃんと反省〉というのは要するに、一色タイムスに購読料や広告料を払う、という意味なのだろう。

「ホワイトの奴らはその辺のことが判ってねえで、正義の味方気取りで、見境なく袋叩きにしてやがるだろ。あれはいじめだ、いじめ。そのくせによ、自分とこのスポンサーの不祥事は報道しねえんだ。たとえ報道部の記者が記事にしようとしてもよ、広告代理店の方から広告部に圧力がかかって、何だかんだと別の理由こしらえて記事を潰すわけだ。だから、ホワイトの記者連中は不公正なことをやってるっていう意識を持たなくっても済む。いつまでもことの本質を理解できないまま、記者クラブでのうのうとしてられるってえ寸法よ」

私が「なるほど、ホワイトの方がよっぽどたちが悪いんですね」と言うと、西坂は満足そうに「そういうこった」とうなずき、水割りを口に運んだ。

話が途切れたため、コンパニオンの一人が「西坂さんて、交通遺児のための基金作りとかもなさってるんですよねー」とおべんちゃら口調で言った。

私は「本当ですか」と条件反射的に聞いていた。何でこの男が、という野次馬的興味を持った。

「米原よ」西坂は口に運びかけたグラスを置いた。「人間、一人じゃあ生きては行けねえよな。お前がここまで成長できたのも、世間様の、いろんな人たちのお陰じゃねえか」

「はあ」

「だったらよ、たまにはその世間様に何か一つや二つ、お返しができたら悪くねえとは思わねえか」

「……おっしゃるとおりです」

「お前に、今すぐに何かやれとは言わねえけどよ。頭の隅っこにでも留めといて、いつかお前はお前なりに、世間様へのお返しをしろや」

私はいつの間にか、飲めない酒を許容量以上に飲んでしまっていたようだった。この辺から先の記憶は、かなり曖昧《あいまい》だった。

気がつくと、タクシーの後部席にいた。乗っているのは私だけだった。

運転手に行き先を確かめてみると、一色タイムスの事務所が入っている雑居ビルにちゃんと向かっているところだった。乗ったときに、そういう指示をしたらしい。

スーツのポケットをまさぐってカネがあることを確かめた。だが、どこで使ったのか、あるはずの所持金が一万円減っていた。

奇妙な物がスーツの外側ポケットに入っていることにも気づいた。

金魚の形をした、しょうゆ入れが一個。中に入っているのはしょうゆではなく、わずかに黄色がかった透明な液体だった。

そういえば、とおぼろげに記憶がよみがえる。

ハイヤーに乗る西坂を見送り、樋口とも別れた後、よろよろと歩いているときに誰かからしつこく何か言われたような気がする。その相手にカネを渡して、代わりにこれを受け取ったのではなかったか。

ふたを外して匂いをかいでみた。よく判らないので、舌先でなめた。

甘酸っぱさを感じた。何かのドラッグらしい。飲めない物ではなさそうだった。

酔った勢いも手伝って、私はそれを一気に吸い込み、飲み下した。度胸試しのような気分だった。

甘味と酸味。白ワインの味だった。しかし直後に苦味も感じた。

それだけではなかった。胃の中でそれがじわじわと拡散すると共に、頭の中の細胞がみるみるうちに覚醒してゆく感覚に囚《とら》われた。

全身の血が、心臓のポンプに押し出されて勢いよく駆けめぐり始めた。神経という神経が研ぎ澄まされてゆくような気がする。今ジグソーパズルをやったとしたら、たくさんあるチップの山の中から、たちどころに目的の一枚を見つけだせそうだった。

そして、じわじわと、眠っていた記憶が勝手によみがえってきた。まさに、堰《せ》き止められていた水がどっと流れ出るような感じだった。

一色タイムスの事務所に戻った頃には、私は自分がどこの誰であるかをはっきりと思い出していた。一方、山中で意識が戻ってからこれまでのことも失われず、ちゃんと覚えていた。私は要するに、自分史を取り戻したのだった。

明かりをつけず、暗い室内でソファに腰を沈めて、パズルの最後のチップが埋まったと確信できるまで、私はじっとしていた。

私の名前は三吉修《みよしおさむ》。三十一歳、独身。最近まで、東京都内に本社がある準大手ゼネコン、志鎌《しかま》建設の社員だった。本社総務部資材課で主任という立場にあった。

一年半ほど前、それまでつき合っていた同じ広報部の後輩女性から「私たち、結局はうまくいかないような気がする」と別れを告げられた。

二か月前に志鎌建設を退社。名目は希望退職に応じたという形だったが、実質はリストラだった。発端は、志鎌建設が請け負った球場建設にまつわる不正。

今から三か月ほど前、球場の下に大量の建築廃材を埋めた——という内容の匿名の手紙が私のもとに届いた。詳細かつ具体的に書かれてあったので調べてみたところ、本当らしいと判ってきた。手紙を出したのは、同期入社でそこそこつき合いのある男のようだと見当がついたが、本人は否定した。

課長に相談し、こんなことがまかり通っていいわけがない、世間にばれる前にトップが自ら公表して謝罪するべきだと訴えたところ、「判った、俺が上に話す」と言ってくれたが、何日待ってもその後の進展がなかった。課長に尋ねても「話はちゃんと上がってる」と言うだけで、どんな形で話をしたのかは教えてくれなかった。焦《じ》れた私は総務部長に直接相談してみたところ、「話は聞いてる。もう少し待て」と言われた。

数日後、課長は「お前が言っていたような事実はなかった」と言った。そんなわけがないでしょうと食い下がったら、「ないものはないんだっ」と怒鳴りつけられた。部長にかけ合おうとしたが、「その件は済んだだろうが」と睨まれた。

そして突然、希望退職に応じることを要請する文書が自宅に送られてきた。

もちろん拒否した。すると、研修所行きの辞令が出た。総務部長に理由を聞いても、人事の決定だ、の一点張り。

研修が始まって、会社が私をどうしようとしているのかが判った。

余計なことをした男を辞めさせるための、いじめ研修。毎日毎日、自分を見つめ直すためと称して誰もいない部屋でじっとしていることを強要され、夜は自分の欠点をレポートに列挙することを命じられ、それを読んだ経営コンサルタントを名乗る教官から「こんな甘っちょろいレポートがあるか、馬鹿者」などと罵倒《ばとう》された。研修六日目、私は精根尽き果てて、希望退職に応じた……。

再就職先を探したが、準大手とされる会社を自主的に辞めた人間を相手にしてくれるところなどなかった。ハローワークで控えめな希望を口にしたつもりでも、「そんな都合のいい条件の会社はない」と言われる。求人誌などを見て連絡し、何とか面接までこぎつけても、志鎌建設を退職した理由を聞かれて口ごもり、結局は不採用となった。本当の事情を話したりしたら、組織を裏切った人間だと白い目で見られかねないし、もっともらしい嘘《うそ》をつく要領の良さにも欠けていた。

職種を全く選ばなければ、生きてゆくことはできたはずだった。しかし、あのときの私は人生を悲観し、うつ状態に陥っていた。どんなことをしてでも生きてやろうという意欲など、とっくになくしており、むしろ死にたいと考えていた。

そう、私は気の弱いサラリーマンだったのだ。

あの日、私は死への誘惑に抗し切れなくなり、山中をさまよっていた。この辺りでいいだろうと思った場所で、市販の催眠剤をペットボトルの水と共に飲み下した。催眠剤の容器や空になったペットボトルは、茂みの中に捨てた。免許証など身分が判るものを持っていなかったのは、自分のことを知っている誰かから敗北者だと冷笑されたくないという気持ちがあったせいだった。

そして、横たわるべき場所を決めようとしていたときに足を滑らせ、そのまま急斜面を転げ落ちたのだ。そして記憶を失った……。

私は指名手配犯でもないし、筋者でもない。

左手小指の先がないのは、小学校低学年のときに父親が経営していた小さな木材加工場で、木材を切断する電動鋸《のこぎり》を触ったせいだ。エンコ詰めなどではない。

左前腕にある丸い傷跡も、銃弾痕などではない。大学生のときに、熱くなっていた白熱電球にうっかり手が当たって火傷《やけど》をしただけだ。

ビル解体現場で油圧ショベルやホイールローダーを見て記憶に引っかかるような気がしたのも、産廃処理などにかかわっていたからではない。ゼネコンの社員だったからだ。

なのに、私は自分が筋者だと勝手に思い込んでいた。あの女理容師にこんな髪形にされて、やはりと納得し、自ら裏世界に接触し、足を踏み入れたのだ……。

私は急に、腹の底から滑稽《こっけい》さがこみ上げてきて、明かりのついていない事務所の中で、ひとしきり声を上げて笑った。腹筋がけいれんしそうだった。

面白い。笑える。人生最大の勘違いだ。

その上に、だ。

失業した程度で、再就職先に困った程度で死のうとしていたとは。

しかも、だ。

不正をしたのは会社の方なのに、非のないはずの自分が辞めてしまったとは。

これ以上のお人好しがこの世にいるだろうか。あきれてものが言えない。

私は長い時間、腹が引きつるほど笑い続けた。


翌日、私は樋口に、志鎌建設の不正行為について話し、交渉を一人でやらせて欲しいと頼んだ。記憶を失っていたことや、自殺をしようとしていたことは伏せて、最近まで志鎌建設の社員だったが不正を知ったことが原因でリストラされたことを説明した。一色タイムスはこれまで、志鎌建設とかかわったことはなかった。

樋口は、私の表情から、それなりの意気込みを読み取ってくれたらしく、「代表に相談するから待て」と答えた。

その日の夜、代表の西坂から電話がかかってきて、許しが出た。ただし、失敗したときは自分でケツを拭くこと、つまり恐喝容疑で逮捕されるなどした場合は、私が勝手に一色タイムスの名を騙《かた》っただけで実際には何のかかわりもないと供述するよう命じられた。

異存はなかった。

私は記憶を取り戻した。しかし、記憶を取り戻したということは、過去の自分に戻ったということでは決してなかった。今の私は、記憶を失う前の自分ではない、明らかに変わったという強固な自覚があった。

潜在的に持っていた凶暴性なり冷徹さなりが、記憶を失ったことがきっかけとなって顕在化した、ということかもしれない。

あるいは、自分は筋者か、それに近いところにいた人間なのだという、勝手な自己暗示が今も続いているだけなのかもしれない。

そういった、心理学的な分析なんぞに興味はなかった。私は確かに、銃口を向けられても腰を抜かさず比較的冷静でいられたのだし、自ら進んで一色タイムスに加わったのだし、ブラックジャーナリズムの世界から逃げ出したいと思ってもいない。そのことが重要なのだった。

私はさっそく、一色タイムス記者、米原和彦として、志鎌建設代表取締役社長入江《いりえ》大明《ひろあき》宛に手紙を送りつけた。球場建設を請け負った際に大量の建築廃材を埋めた疑惑について取材したい旨を書き、一色タイムスのバックナンバーを数部、同封した。

手紙を送った三日後、志鎌建設取締役兼総務部長の梅原裕貴《うめはらひろたか》から電話がかかってきた。いかつい男たちから囲まれることを怖《おそ》れてだろう、梅原はいくぶん震えを帯びた声で、二人だけで話し合うことを条件に取材に応じると言った。私は了承した。

梅原は、リストラ目的でのいじめ研修の辞令書を私に手渡した、因縁の男である。以前から、部下に対して横柄な態度を見せ、有名大学を卒業していることを鼻にかけたりするところがある、不快な存在だった。報復対象にふさわしい相手である。


風が強くみぞれが降る翌日の午後、私たちは横浜市内にあるシティホテルの小会議室で対面した。梅原は相変わらず面長でか細い手足のくせに、腹だけが無様《ぶざま》にせり出した醜い体型で、その上に狡猾《こうかつ》そうな顔がのっていた。

梅原は最初、私のことに全く気づかずに、ぺこぺこと頭を下げながらあいさつをしたが、名刺交換をしてから向き合って座ったときに、あれ、という顔になった。

梅原の表情が半信半疑になり、そして確信へと変わったようだった。

「君は……三吉君じゃないか」梅原が眉をひそめた。そして「いったいこれは、どういうことなんだね」と、急に高圧的な態度になった。

「おい、こら」私はいきなり声を荒らげた。「俺は一色タイムスの記者としてお前に会いに来てんだ。何が三吉君だ。いつまでも上司面してんじゃねえぞ、ぼけなす」

いきなりかまされて、梅原はさすがにひるんだ様子を見せたが、それも一瞬だけで、すぐに表情を緩めた。

「いや、失礼した、すまん。あ、いや、すみません」梅原は、今度は取り入るような愛想笑いを作った。「そうですか、今はこういう仕事を。でも、またどういう経緯で」

「…………」

私は睨みつけ、梅原は引きつった作り笑いを浮かべている。沈黙が十秒以上続いた。

「えーと、その」耐え切れなくなったのか、梅原の方から口を開いた。「何といいますか……短期間のうちにすっかり雰囲気が」

私は手もとにあったアルミの灰皿をつかみ、フリスビーの要領で梅原の顔めがけて投げつけた。灰皿は少し軌道をそれ、梅原が「ひっ」という悲鳴と共によけたせいもあって、背後の壁に当たり、間《ま》の抜けた音を立てた。

梅原はしばらくの間、両手で頭を覆ってうずくまるようにしていたが、やがて、おそるおそる顔を上げた。驚愕《きょうがく》と恐怖感が表情に見て取れた。

その顔を睨みつけながら私は告げた。

「お前、何をぐだぐだくっちゃべってんだ。さっさと本題に入らんか、どあほ」

「あ……これはどうも……」

梅原はなおも愛想笑いを作ろうとしていた。

「いつまでもへらへらしてんじゃねえぞ、こら。いい加減にしねえと、お前一人がクビになるぐらいじゃ済まさんぞ」

梅原は屈辱に満ちた表情を一瞬見せてから、愛想笑いに戻った。

「そんな物騒なことをおっしゃらずに、まあ、どうかお手柔らかに」

「何が物騒なんだ、おい。お前の会社がやらかしたことの方がよっぽど物騒だろうがよ」

「いや……それは」

「それは何だ？ それは、の後に、どう続くんだ」

「いえ……」

「志鎌建設がやったことについて、取締役の一人としてどう思ってるんだ。言ってみろ」

「あの、私どもとしてはですね、まずは事実関係を確認させていただいて──」

「ぶぁかたれ。事実確認もくそもあるか。非破壊検査ってのをやったら、一発だろうが。お前、頭相当悪いな」

梅原はそれでも愛想笑いを続けていたが、その顔は完全に引きつっており、ほおとこめかみの辺りが細かくけいれんし始めていた。

「ご指摘の件につきましては、私が個人的な意見を申し上げる筋合いのことではないと思いますので──」

「お前、志鎌建設を代表してここに来たんじゃねえのかよ。何だ？ ただのガキの使いか。だったらとっとと帰れ。お前みたいな下っ端じゃ話にならん。社長を寄越せ」

「あ、いや」

「帰れってんだ、能無し」

それからも私はさらに、梅原の言葉の揚げ足取りのような因縁のつけ方を執拗《しつよう》に続けた。梅原はそれに対して、何とか取り繕おうとしてはいたが、私はいじめ研修の教官になったつもりで言葉の揚げ足を取り、罵声を浴びせた。

それが十分も続いただろうか。梅原はとうとう黙り込んでしまった。「おい」「こら」「返事しろ、ぼけ」などと怒鳴りつけても、うつむいたまま、動かなくなった。

しばらくして梅原の両肩がぶるぶると震え出し、「くっ……くっ」と嗚咽《おえつ》らしき声が漏れ始めた。

何だこいつ、いい年して泣いてやがんのか。ぷーだ。

私は笑い出したいのを抑えて、小指で鼻くそをほじり、うつむいたまま震えている梅原の頭頂部目がけて、ぴんとはじいた。

当たりー。薄い頭頂部に見事に着地した。私は我慢できなくなって、声を上げて笑った。

道の巻

お母さんは口をあんぐり開けた後、お椀をテーブルに置き、テレビのリモコンをつかんで朝のワイドショー番組を消した。

「県庁と市役所の試験を受けるのをやめるって……何でよ」

真水《まみ》は、みそ汁をすすり、ご飯を口に運んでから、できるだけ何気ないふうを装って「だって、あんなとこで働きたくないから」と答えた。

県庁ではつい先日、いくつもの部局でコピー費を水増しするなどして多額の裏金を作っていたという不祥事が発覚しており、これに続いて市役所でも大規模なカラ出張や交通費のごまかしが明るみに出ている。

お母さんがため息をついた。がっかりしていることは明らかだった。何しろ半年前に「いい就職先が見つかりそうにないから、一年就職浪人して県庁と市役所の試験を受けることにした」と宣言して勉強を始めたとき、お母さんは前祝いだと称して有名ブランドのショルダーバッグを買ってくれたのだ。お母さんにとって県庁や市役所は、最も安心して娘を送り出せる就職先だったに違いない。

「入ってから、若いあんたたちがいい組織にしていけばいいじゃないの」

お母さんは諭《さと》すように言った。

「私に何ができるっていうのよ。気がついたら組織にからめ取られて、不正の手伝いさせられてるのが落ちよ」

「でも、不祥事が明るみに出たわけだから、これからはよくなるわけでしょう」

「甘いわよ、そんなの」

「試験、自信がないだけなんじゃないの」

「だから違うって」

大きな声を出したせいで、お母さんはそれ以上のことは言わず、朝食を再び食べ始めた。こういうときに説得することが逆効果だということは、長いつき合いで判《わか》っているからだろう。しばらくの間、二人とも無言で箸《はし》を動かした。

食べ終わったお母さんが茶碗にお茶を入れながら「それで、どうするつもりなの」と聞いた。

「会社に就職する」

「会社って」お母さんはあきれたように目を丸くした。「去年そのつもりだったのに一つも内定もらえなかったから県庁と市役所を受けることにしたんじゃないの」

「当てができたから言ってるの。大学の先輩とか友達とかにメールとか電話で頼みまくったら、何人か、中途採用のチャンスがあるって返事くれたのよ。来春からの採用じゃなくって、決まればすぐに働けるんだって」

「うそ」

「ほんとよ、こんなことでうそついたってしょうがないじゃない。中途採用の制度を設けてる会社って、案外あるのよ。ほら、五月病とかで辞めちゃう新入社員がいるし、中途採用組は新卒採用組にライバル意識燃やして頑張るってんで、そういう会社増えてるの。だから今は中途採用シーズンなわけ」

「そういうのって、別の会社で何年も働いてて即戦力になる人を採用するもんじゃないの」

「新人でも採用してくれるところがちゃんとあるの」

「どこの、何ていう会社」

普段はあまり口うるさくないお母さんだが、娘の就職となると放っておくわけにはいかないらしい。じっと見つめられた。真水は、ふくよかなお母さんの顔にいつの間にかしわが増えていることに気づいた。自分も今はやせているけれど、いつかこういう体型、こういう顔になるのだろうかという不安がふとよぎったが、家業のうどん屋をときどき手伝うだけの主婦なんかではなく、会社で働いていればこうはならないはずだと思い直した。

「今のところ、健康食品の販売会社と、建設会社と、不動産会社。どこも通勤圏内」

真水は〈通勤圏内〉という言葉に力をこめておいたが、実際には距離がどうであれ、適当な理由をつけて再びアパート住まいを始めるつもりでいた。両親のことが嫌いだというわけではないのだが、実家と職場を往復する生活というのは気が進まない。

お母さんがお茶をすってから「だから、何ていう会社なのよ」と聞いた。

「健康食品会社はハッピーサプリっていうとこ。ほら、通販のチラシがよく新聞に入ってるでしょ」

「あー」お母さんはうなずいた。「あれね。サメの軟骨とか、何とかっていうキノコとかを原料にしてる」

お母さんは少し顔をしかめていた。あまりまっとうな会社だとは思っていないらしい。

「長尾《ながお》さんていう合唱部で一つ先輩だった人がそこにいるの。ちゃんとした会社だよ」

「ふーん」

「建設会社の方はゼミで一緒だった古賀《こが》さんがいるの」

「ああ、いつだったか泊まりに来たことがある」

「そうそう。水野《みずの》産業って知ってる？　ゼネコンの。大手とまではいかないけど、準大手とされてるところ」

「ああ、聞いたことあるわね。ふーん」

今度の「ふーん」は健康食品会社よりは反応がいい。後で、お母さんからはこちらを勧められそうな気がした。

「不動産会社は工藤《くどう》興産っていうところ。大学のときに同じ女子アパートにいた四津《よつ》川《かわ》っていう二つ上の先輩がいるの」

大学は自宅からだと特急列車で一時間ほどかかり、通学するにはちょっと遠いということで、真水は女子学生専用のアパートで四年間を過ごしている。

「要するに、もう決めたわけね」

お母さんは小さく頭を振り、お茶を飲み干した。この子は決めたら聞かないところがあるから、というぼやきをお茶と一緒に飲み下したみたいだった。

「来週からOG訪問ってことで会社回るから。だいたいアポは取れてるし」

「だったらその髪、直した方がいいんじゃない」

「え、これ?」真水は、控えめに茶色に染めた髪をつまんで笑った。「いまどき、これぐらいの色で文句言う会社なんてないよ。長さも肩に届いてないし」

「でも、第一印象っていうのは大切でしょう」

「大丈夫だって。それより今のこと、お父さんに言っといて」

「自分で言えばいいじゃないの」

「だってどうせ――」と言いながら真水は最後のご飯をかき込んだ。「お父さんは、そうかとか、好きにしろとか言うだけなんだから」

お父さんはこの時間にはいつも、二百メートルほど先にあるうどん屋〔あおやぎ〕

の仕込みにかかっている。仕込みといっても、麺を打ったりつゆを作ったりするわけではない。〔あおやぎ〕では麺もつゆも具材もすべて業者が持って来るものをそのまま使っているので、調理器具を稼働させたり、納品を確認したり、掃除をしたりするだけの仕込みである。お父さんは最近、痛風で足の指先がちくちく痛むらしいが、基本的に客が麺を自分で茹《ゆ》でて器に入れ、コックをひねってつゆを注ぎ、好きな具材を選んで載せるというセルフサービス方式の店なので、仕事は激務でも何でもない。

　真水は茶碗にお茶を入れ、口をつけたときに、高校を卒業した頃のちょっとした出来事を思い出した。あれはちょうど今みたいに、朝ご飯を食べ終えて茶碗でお茶をすすっていたときだった。

　あのとき、忘れ物を取りに来たというお父さんから「店を手伝う気はないか」と言われたのだった。真水は、アルバイトをよそでやるぐらいなら店を手伝えという意味なんだろうと解釈して、気軽に「いいよ」と応じ、大学生の間はちょくちょく手伝っていた。

　でも、もしかするとあれは、店を継がないか、という意味だったのではないかと、今ごろになってふと思った。

　連鎖的に、小学校四年生のときのことがよみがえった。

　母方の祖母の葬式のときに、めったに会わない母方の叔母が「真水ちゃんが生まれたときは、あんたのお父さん、凄く機嫌が悪かったのよ」と言ってきた。男の子が欲しかったのに女の子が生まれたからだという。後でお母さんに確かめたところ、どうもそれは本当らしかった。

真水が二歳のときにお母さんはもう一度妊娠したけれど、流産してしまい、結局子供は真水だけだった。

そんなことがあったせいで思春期の頃には何度となく、自分はお父さんに歓迎されないで生まれてきたらしいということをぼんやり思ったりした。二番目の子に期待してただろうことも想像した。ただし、さほど深刻に受け止めていたわけではなく、どちらかというと悲劇のヒロインに自分を重ねて感傷に浸りたがっていた、という感じだったのだが、お父さんとの間に溝があるという感覚を今も引きずっていることもまた確かだった。実際、お父さんとは顔を合わせてもあんまり話をしない。お父さんがもともと家ではあまりしゃべらない人だということもあるのだけれど。

真水はお茶の残りをすすった。

あと二年ぐらい経《た》ったら店をたたむとお父さんが言ってる——お母さんからそう聞いている。年金がもらえるようになるまでまだ数年あるが、店の土地を貸すなどしてつなぐつもりだという。つまり、どうせあと二年ほどで「あおやぎ」はなくなるのである。もちろん真水も継ぐ気などない。大学生のときに店を手伝っていたときにも、アルバイトでしばらくやるだけならともかく、こんな退屈極まりない仕事で人生を消費するなんて牢獄《ろうごく》に入るようなものだなと思ったぐらいなのだから。

その日の夜、お父さんは中途採用を目指すということをお母さんから聞いたはずだったけれど、真水には何も言わず、痛風の原因となるプリン体をあまり含まない食事の後で処方薬を飲み、テレビでナイター中継を見て、風呂の後でヘラブナ釣りの道具の手入れをしていただけだった。


翌週の月曜日、真水は健康食品販売会社〔ハッピーサプリ〕を訪ねるため、黒っぽいリクルートスーツに身を包んで列車に乗った。少しでも健康的で明るい性格の持ち主だと思われるよう、ファッション誌で得た情報をもとに血色がよく見える化粧を施し、ばりばりやりますという意気込みをアピールするためにスカートでなくパンツスーツにした。

空にはいくつかのすじ雲があるだけで、青空が広がっていた。天気予報では日中は暑くなると伝えていた。

会社は交通量があまり多くない国道沿いにあった。三階建てのさして大きくもないビルだが、その代わりテナント入居ではなく自社ビルである。屋上にある大きな立方体の広告看板には〔健康と幸せ　ハッピーサプリ〕とあった。

一階部分は倉庫と車庫になっており、階段を上がって二階の事務所を訪ねた。応対に出た同年輩の若い女性社員に笑顔で挨拶《あいさつ》し、宣伝部の長尾さんをお願いしますと頼むと、内線電話で呼び出されて三階から長尾芽実《めみ》が下りて来た。宣伝部は三階らしい。

「よう、青柳《あおやぎ》。元気そうじゃない」

肩をぽんと叩《たた》かれた。

「お忙しいところすみません。よろしくお願いします」

長尾芽実も真水と同じような黒っぽいパンツスーツを着ていた。彼女は真水よりも十センチ以上背が高く、手足も長くて細身だが、ほおがぷっくりと膨らんでいる。本人は学生時代それを嫌がっている様子だったが、真水は愛嬌《あいきょう》があっていいと思う。化粧がかなり濃くなっているところが、学生時代と違っていた。髪もかなり伸ばしていて、カーリーヘアを後ろで束ねている。

戦力補強したいのは宣伝部なので宣伝部の課長が会ってくれる、とのことで、三階の宣伝部フロアに案内された。雑然とした雰囲気で、五人ぐらいの社員が電話で話をしたりパソコンと向き合っていたりしていた。

フロアの隅にある応接ソファで課長だという黒縁メガネで神経質そうなスーツ姿の男性を紹介された。本人は「田中《たなか》です」と言ったが、名刺はもらえなかった。

差し出した履歴書を眺めながら田中課長は「親戚は多い?」と聞いてきた。

「はあ……まあ普通だと思いますが」

「あ、そう」

田中課長の隣に座っている長尾芽実が「社員になったら、親戚とか友達とかにもうちの商品を買ってもらいたいから」と笑って言い添えた。

田中課長は履歴書を見たまま顔を上げず「自宅から通うの？　うちに就職した場合」と聞いた。

「一応そのつもりですが、仕事の内容によって考えようと思っています」

実際はアパートを借りるつもりだったが、自宅から通うつもりだと言っておいた方が真面目《まじめ》な印象を与えるはずである。

「うちは残業、割とあるよ」

「はい、承知しています」

残業があるかどうかよりも残業手当がちゃんとつくのかどうかの方が知りたかったが、田中課長はそのことには触れず、「希望は宣伝部ってことでいいの」と聞いた。

「あ、はい」

「あ、そう。まあ、何だ」田中課長は真水にはあまり興味がなさそうな、どこか投げやりな感じで後頭部をかいた。「今日のところは、長尾の仕事ぶりを見てさ、それでまた、あらためて話をしましょうや、ね。青柳さんにしても、検討したいだろうし」

った。

田中課長が「じゃ、そういうことで」と腰を浮かせたとき、長尾芽実が苦笑しながら顔を一瞬しかめて見せた。課長はこういう無愛想な人だからね、と言いたいらしかった。

「あ、はい」

長尾芽実が仕事で外を回るというので、同行させてもらうことになった。会社のロゴが入った軽自動車のハンドルを長尾芽実が握り、真水は助手席に座った。

「私が今やってるのはね」と、長尾芽実が発進してすぐ言った。「新製品のパッケージと宣伝文句を考えることなのよ」

「へえ、デザインとコピーってことですか」

「そんな格好いいもんじゃないよ」長尾芽実が失笑した。「大手のいろんな売れ筋商品を見て回ってさ、文句言われない程度にパクるのよ」

「はあ……」

「一応、地元の小さな広告代理店使ってデザインとか決めるんだけどさ、こっちでこういう感じにしてくれって具体的に頼まないと、すぐにでたらめなものを作ってくるから。あいまいな注文の仕方したら、大手に訴えられかねないことするのよ、あの連中は」

そういうものなのか。もともと華々しさを求めて就職、などという甘い考えは持っていないつもりなので、驚きはしなかったが、長尾芽実がこういうことを当たり前のように口にすることには戸惑いを感じないではいられなかった。

後輩の面倒見のいい先輩だった。試験前は彼女のノートを当てにする人が多かったし、合唱部の有志で高齢者介護施設を慰問したのも彼女の発案によるものだった。そういった記憶と、今の彼女とがどうもうまく重ならない……。

「公務員、受けるのやめたわけね」

「ええ、まあ」

「やっぱり、あれ？　組織ぐるみで裏金作って、飲み食いしてたってことが許せなかったわけ」

「ていうか、県庁も市役所も、マスコミとか市民オンブズマンとかに対して、そんな事実はないってきっぱり言ってたくせに、実際はやってたっていうのが、何かやだなあって思って。何年か前にも同じ問題が起きてるんですけど、そのときに対策委員会とかを立ち上げて二度とそういうことがないように組織のあり方をあらためるって宣言したのに、実際には性懲《しょうこ》りもなくまたやってたっていうのが」

特に県庁は、悪質な産廃処理業者を野放しにしたせいで山林に大量の廃棄物が投棄されることになった一件でも、当初「知らなかった」と言っていたのだが、実際には見て見ぬ振りを続けていたことがマスコミなどの追及によって明らかになっている。

「まあ、青柳らしいよね、そういうとこ」

「そうですか」

「あんた結婚してさ、浮気した旦那が正直に事実を認めて謝ったら許すけど、認めなかったら離婚するね、きっと」

長尾芽実はそう言って乾いた笑い声を上げた。

「変なたとえ話しないでくださいよ」

「悪い、悪い。彼氏は？」

「いませんよぉ。長尾先輩は？　いるんでしょう」

「今はいなーい。それ以上は聞かないで。ところで、他にもいくつかＯＧ訪問するの？」

「ええ、あと二社、明日と明後日に続けて行くことになってます」

「まあ、そん中でましなとこを選べばいいよ。別に私に気を遣ったりはしなくていいから」長尾芽実はそう言ってから、「まあ、うちの会社が採用するかどうかも判んないわけだけど」とつけ加えた。

長尾芽実は大手スーパーや百貨店、コンビニエンスストアなどを回って、カメラ付き携帯電話でさまざまな商品を撮影して回った。手当たり次第、という感じだった。

商品のパッケージだけならカタログやチラシ広告を見れば判るが、陳列方法などをチェックするには販売の現場を回らなければならない、とのことだった。

昼になり、大型商業ビルの最上階にあるオープンカフェで一緒に食事をした。二人とも鶏肉料理のランチを注文。長尾芽実はペットボトル飲料のヒット商品を手がけた人の成功例についての話をした。その人はコンビニをくまなく回って、その中でどういうラベルが目立つかを考えたのだという。

「そういや、青柳んとこ、うどん屋さんだったんじゃなかったっけ」

「ええ」

「誰かが継ぐの」

「いえ」真水は頭を振った。「うちは子供、私だけですし、親は近いうちに店をたたむって言ってますから」

「継ぐ気はないの」

「ないですね。子供の頃は無邪気に、お婿さんと一緒に継ぐとか言ってたらしいんですけど」

「小麦粉をこねたり、麺を切ったりっていうのは、重労働だから？」

「いえ、うちはそういうのじゃなくって、業者が納める既製品の麺とかつゆとかをそのまんま使う店なんです。しかも大学生協なんかよりもさらに徹底したセルフサービス方式で。茹でたりするのもお客さんにさせるんです」

「へえ、だったら楽じゃん」

「楽は楽かもしれませんけど……儲《もう》けもあんまりなくて」

「ふーん、そうか。そうかもね。利益率悪そうだもんね」

長尾芽実は一応納得したようだった。真水は、仕事に誇りを持てそうにないから、という本当の理由は口にせず、食べ物と一緒に飲み込んだ。

大学二年生のときに、コンパで隣に座った男子学生から「要するに君んとこはファストフード店なんだね」と言われたことがあった。相手は軽口の延長のようなつもりだったのだろうが、ほっぺたを叩かれたような気分になったことを覚えている。その何日か後、タイミングを見計らったかのように、深夜のドキュメント番組に遭遇した。手打ちうどんの職人を目指してひたむきに修業する若者を取り上げた番組だった。数分後、真水は逃げるような気持ちでチャンネルを替えていた。

食事が終わり、長尾芽実が携帯電話を手にしながらブリーフケースから書類を出した。若い女性店員を呼び止めて、「ここ、携帯使ってもいいよね」と聞いて了解を得る。

「しばらくここで、仕事の電話するから」

「あ、はい、どうぞ」

「会社にクレーム入れてきた客への説明。セクションにかかわらず社員全員に割り振られるのよ」

「大変ですね」

「まあ馴《な》れよ、馴れ、こういうのは……もしもし？　お忙しいところ恐れ入ります、お世話になっております、健康と幸せをお届けするハッピーサプリでございます」

長尾芽実はほがらかな口調で挨拶をし、話を始めた。話が進んでも口調はほがらかなままだったが、途中から「それは心外ですね、他のお客様からは効果があったと喜んでいただいているんですが」「いえ、返却はできないことになっております。商品パッケージをご覧いただければ書いてあるはずですが」といった言い回しが増えてきた。

電話を終えた長尾芽実はごく事務的な感じで名簿の一つにレ点をつけ、次なる客への電話に取りかかった。

待っている間、名簿と共にテーブルの上に出されてあるハッピーサプリの通販カタログをめくった。それぞれの商品ごとに、この商品を使ったお陰でリュウマチが嘘《うそ》のように治ったとか、腰痛が消えたとか、糖尿病が劇的に改善したとかの利用者の写真入り体験談が載っていた。

これって、薬事法違反とかいうんじゃなかったっけ。

真水の視線を察したのか、電話を切った長尾芽実が「大袈裟《おおげさ》なこと書いてるでしょ」と笑った。「まあ、どんな業種でも、法律を四角四面に守ってる会社なんてないわけだからさ。取り締まる警察だって裏金作ってるのが今の日本だしね」

電話は数件で終わった。いいよいいよと遠慮する長尾芽実を押しとどめて真水が代金を払い、エレベーターに乗った。

七十前後と思われる年輩の女性が、向こうの方から早足でやって来るのに気づいた。真水と目が合い、かすかに微笑《ほほえ》んだように見えた。

「あ、あの人も乗りたいみたいですよ」

「いいよ。隣にもエレベーターはあるんだし」

長尾芽実はそう言うなり、ためらいなくボタンを押した。

扉が閉まるとき、年輩の女性ともう一度目が合った。えっ、どうしてという顔。

エレベーターの中で、真水は長尾芽実の横顔を窺《うかが》った。そういえば、高齢者介護施設で一緒に歌ったときも、長尾芽実は今みたいに左隣に立っていた。

「青柳。課長も言ってたことだけどさ」長尾芽実がちらと真水を見た。「うちに就職したかったら親戚とか友達とか、できるだけたくさんの人に買ってもらうようにしてね。そういう土産持参は当たり前だよ」

「あ、はい」

軽いめまいを感じながら真水は、頭の中でハッピーサプリの名前を二重線で消した。

火曜日は朝から大雨だった。家を出る間際に、大学で同じゼミだった古賀有紀子《ゆきこ》から電話がかかってきた。彼女は今日訪ねることになっている準大手ゼネコン、水野産業の総務部人事課に配属されている。

「真水、ごめーん。仕事の予定が狂っちゃって、午前十時に来てもらっても上司が相手できそうにないのよ。午後一時に変更してもらえる？」

「あ、ほんと。判った」

電話は「悪いわね」との声と共に切れた。

言われたとおり、午後一時に会社を訪ねた。水野産業のビルは県中心部のオフィス街の一角にある。

雨はいったんあがったが、空はどんよりと曇ったままだった。携帯電話で天気予報を確かめると、夜まで断続的に降るとのことだった。

一階のロビーに入ったところで古賀有紀子が待っていた。学生時代に伸ばしていた髪は短くなっており、気が強そうな、きりっとした感じの化粧が、肩をいからせたデザインのスカートスーツと合っていた。

「朝はごめんね」古賀有紀子は両手を合わせて、すまなそうに顔をしかめた。「今、ちょっとばたばたしてて」

「ううん、こちらこそ忙しいのにごめんね」

「それでさ、本当は人事課があるフロアで課長に会ってもらうことになってたんだけど、ちょっと今は難しい状況なんで、あっちの喫茶店に行こ。課長、すぐに来るって言ってるから」

古賀有紀子はガラス越しに見える、道路の向かいにあるビルを指差した。

「いいけど……どうかしたの？」

「部長が今朝になってさ、人事課には課の人間以外誰も入れるなって言い出したのよ」古賀有紀子が歩き出しながら小声で言った。「昨日の取締役会で突然、四十歳以上の社員に退職勧告することになっちゃってもう、大変な状況」

「て、リストラってこと？」

真水は前を歩く古賀有紀子に同じく小声で尋ねた。

「そういうこと。お陰で急に、他の社員の視線がきつくなったみたい」

「ふーん」

向かいのビルはビジネスホテルで、一階部分に軽食喫茶の店があった。奥の席に座り、二人ともコーヒーを注文。

「ゼミで一緒だった他の子とか、会ったりする？」

古賀有紀子に聞かれて真水は「ううん」と頭を振った。「合唱部関係とか、同じアパートだった子とかなら、メールとか電話で連絡取ることあるけど」

「そうだよね、ゼミはちょっとね」古賀有紀子はうなずいてから、意味ありげに笑った。「何しろ、あのゼミだったから」

小泉八雲研究のゼミだった。担当は他の大学から移ってきた年輩の教授で、ゼミなんか本当はやりたくないんだという態度を隠そうともしない、無愛想でやたらと嫌味を口にする人だった。それだけならまだ、運悪く変人教授のゼミを選んでしまったということで済んだのだろうが、最後の最後にとどめが待っていた。

ゼミ生たちが卒論を書き上げた後で教授は、小泉八雲が晩年に書いた手紙の内容をみんなに紹介し、「まあ、単位はあげるけどね」と嘲笑《あざわら》ったのである。

それは小泉八雲が友人に宛《あ》てた手紙で、一九九八年に発見されたものだという。そこには、八雲が東大講師をしていたときの給料の安さやその後解雇されたことへの強い不満、著作を日本人が正当に評価してくれないことへの苛立《いらだ》ち、日本に住んでいることによる孤独感などが切実につづられてあった。

ゼミ生はみんな、小泉八雲がいかに日本と日本の文化を愛し、満ち足りた人生を送ったかという前提で卒論を書いていたので、何もかもが根本から覆《くつがえ》されることとなり、みんな唖然《あぜん》とするしかなかった。調査不足だったお前らが悪いと言われれば確かにそうかもしれないが、それにしても底意地が悪過ぎる。普通の大学生が書く卒論なのだ。そういう手紙の存在ぐらい、事前に教えてくれてもいいではないかと、真水は今も思う。実際、その手紙の発見までは、研究者たちだって真水たちと似たような小泉八雲像を描いていたのだ。

古賀有紀子が急に身を乗り出してきた。

「小川《おがわ》君っていったっけ。今も続いてんの？」

真水は少し険しい顔を作って頭を振った。

「自然消滅みたいな感じ」

「証券会社だった？」

「うん。たぶん今も神戸支社にいると思う」

「そっか」

「有紀子は彼氏は？」

「うーん」古賀有紀子は腕組みして天井に視線をさまよわせた。「いるっていうか、いないっていうか……まあ、彼氏ってとこまではいってないかな」

「会社の人？」

「まあ、いいじゃん」

答えにくいことを聞いたらしかった。しばらく二人とも沈黙することとなり、運ばれてきたコーヒーに口をつけた。

小川康明《やすあき》は同じ大学の一学年先輩で、合コンを通じて大学三年生のときに知り合った。小川康明が卒業した後しばらくは遠距離恋愛という形になったが、それも四か月と持たなかった。

実際は自然消滅なんかではなかった。去年の夏に小川康明のアパートに泊まりに行ったときに、別に女がいることに気づいて別れたのだ。

その日の夜、経験したことのない体位をいろいろと要求されたことで真水は不審を抱き、小川康明がシャワーを浴びている隙に携帯電話を調べてみたところ、甘い言葉でいちゃつくメールのやりとりがいっぱい見つかった。

真水は、小川康明がまだシャワーを浴びているうちに、バッグをかついでアパートを後にした。彼の携帯をセカンドバッグに戻さず、パソコンラックの上に置いたことで、真水がいなくなった理由に気づくはずだった。

それ以来、小川康明とは会っていない。あの日以来、電話もメールも来ないし、こちらからも連絡を取らなかった。しばらくの遠距離を経ての別れだったせいで、あまりショックを引きずらなくて済んでよかったと今は思っている。

古賀有紀子が腕時計を見てからガラス越しに会社のビルの方に目をやり、「遅いね、課長」と顔をしかめた。

「リストラするんだったら、中途採用って、難しくなってきた？」

さきほどから気になっていたことを真水は聞いた。

「いや、それは大丈夫だよ、絶対とは言わないけど、別問題だから」古賀有紀子は軽く手を振った。「中途採用の枠っていうのが、ちゃんとあるのよ。会社が追い出したがってるのは四十以上の管理職で、若いのは給料が安くて済むから逆に欲しいのよ」

「何だかかわいそうね。会社のために一所懸命働いてきた人たちに辞めてくれなんて」

家族の生活や家のローンなど、辞めてくれと言われて素直に応じられる状況にある人など、いないはずである。

「仕方ないわよ。公共事業とかがどんどん縮小されてる時代なんだから、やらないと会社の方が潰れちゃうのよ」

古賀有紀子は、何甘いことを言ってんのよ、という感じで口もとの片方だけをにゅっと吊《つ》り上げた。学生時代には見せたことのない種類の冷笑だった。

「でもこの不景気だから、退職勧告とかしても、あんまり応じる人って、いないんじゃないかな」

「そりゃそうよ。だから人事の仕事があるんじゃないの」

「どういうこと？」

「真水、あんたはまだ会社組織というところで働いたことがないから、よく判ってないみたいだけれど、会社というところはね、大学のサークルみたいな仲良しグループじゃないの。能力がない、使い物にならないと判断された人はどんどん切り捨てられる世界なのよ」

知ってるわよ、それぐらい——真水は出かかった言葉をかろうじて止めた。

「退職勧告に応じない人には」と古賀有紀子が続ける。「遠隔地への転勤辞令を出すことになるわね、まずは。それも、ローンを組んで家を買った人を狙い撃ち」

転勤に応じて単身赴任するか、転勤を拒否して退職するかの選択を迫るということだろう。真水は一応相づちだけは打っておいた。転勤にも退職にも応じない人はおそらく、上司からねちねちと意地悪をされるのだろう。それでも退職しないとなると、研修辞令を出して仕事を奪い、報われることのない単純作業をさせたり、あるいは何もさせてもらえなかったりするのだ。

そういう知識はあったものの、目の前の友人がそういうことにかかわっているということは、何とも居心地の悪い感覚だった。真水は古賀有紀子に、よく平気な顔でそんなことを言うわねと、詰め寄りたい衝動にかられた。

「有紀子は……どういう仕事を受け持つことになるの、リストラで」

「私なんかは雑用ばっかだから。言われたとおりリストを作って、コピーして、この件が片づくまで他のセクションの社員と話をするなっていう命令を守る。まだ精神衛生上いいわよね。死刑執行人にはなりたくないもの。他の会社でリストラを担当した人事部の管理職の中には、罪の意識にさいなまれて自殺する人もいるしね」

古賀有紀子はそう言ってから、「でもまあ、バブル期には当たり前のように手抜き工事とかに丸投げとかにかかわってた人たちなんだから、しっぺ返しと言えなくもないんじゃないの?」とつけ加えた。何だが、無理して心の整理をつけるためにひねり出した言葉という感じだった。

その後しばらくして、古賀有紀子の上司で人事課長だという長身で目つきのあまり良くない五十前後の男がやって来たのだが、真水は帰りの列車の中で我に返るまで、現実感の乏しい感覚を味わい続けた。人事課長や古賀有紀子の言葉はくぐもって聞こえ、顔も輪郭がぼやけていたような感じだった。

寝ぼけていたわけではないのに、なぜなんだろうか。

拒絶反応の一種なんだろうか。

ずっと前に、似たようなことがあったと思い出した。中学三年生のときに進路を話し合うために、担任教師とお母さんとで三者面談をしたときだった。横柄な態度で「青柳さんは志望校のレベルを下げた方がいいですよ」と告げる三十代の男性教師。むっとなるのを我慢して無難に話を合わせているお母さん。行きたい高校なんて別にないという本心を隠している自分。あのときにも、さっきのような感覚に陥った覚えがある。やはり言葉はすべてくぐもって聞こえ、教師もお母さんも、教室の様子もぼやけていた。

さっき会った人事課長の顔は一応覚えているが、名前が思い出せなかった。名刺をもらった気はするのだが、バッグの中やスーツのポケットなどを探しても見つからなかった。喫茶店のテーブルに置いたままにしたか、どこかに落としたかしたらしかった。

全体の記憶が曖昧《あいまい》な割には、いくつか断片的な記憶だけが鮮明だった。

人事課長は最初から最後まで、にこりともしなかった。うちの会社は、女は総務、人事、経理のいずれかで、雑用仕事が中心となるから、華々しく働きたいと思うのなら他を当たれ、というようなことを言っていた。支社や営業所への転勤もあるかもしれない、腰かけ気分なら最初からやめておいた方がいいとも言われた。わざと挑発的なことを告げてどういう受け答えをするのか見るつもりなのだろうと感じたので、少しでも好感を持たれるような答えをしなければと思ったのだが、実際に何と口にしたのかについては、記憶が飛んでいた。ただ、そのときの自分の笑顔が引きつっていたことは覚えている。

途中で一度、人事課長の携帯が鳴った。人事課長はかけてきた相手に「そんなこと、教えられるわけがないでしょう」と言っていた。相手がなおも食い下がってきたようで、人事課長は最後には「上が決めたことです、私に文句を言われても知りません」と言って一方的に切ってしまった。リストラ計画がらみで、会社の誰かから何か聞かれたらしいと察せられた。

人事課長は数分で席を立って会社に戻ってしまい、真水は古賀有紀子ともすぐに別れることとなった。席を立つときに古賀有紀子は確か、経営陣は目先のことしか考えてない、未来を考えているとは思えない、というような批判めいたことを口にしていた。喫茶店を出たときに、一週間以内に電話をすると言われたような気もするのだが、その辺の記憶になると、どうも曖昧だった。

列車に揺られながら真水は向かいの車窓を見た。

また雨が降り出していた。ビルが次々と流れてゆく。一瞬、街が雨で流されてるんじゃないかという感覚に囚《とら》われた。真水は、そういえば折りたたみ傘はどこだったただろうと思い、ショルダーバッグの中をあらためると、半透明のポリ袋に包んだ状態で入っていた。ポリ袋の隅に集まった水が、振動に合わせて揺れていた。

車内はほどほどに空いていて、女子学生のグループが携帯でメールを打ちながら何かしゃべっていた。真水は出入口近くの席にぽつんと座っていた。

真水は急に、身体が崩れてゆくかのような脱力感に襲われた。

あの会社で働く自分が想像できなかった。

だが、就職してしまえば馴れてしまうものなのだろうか。古賀有紀子だって、それなりにやっている。

大学生のとき、ゼミの仲間で、途中から出席しなくなった女子学生が一人いた。おとなしくて、人と目を合わせて話ができない子だった。その子が来なくなったのは、教授から「何も発言しないのなら来なくていい」と言われた次の回からだった。

彼女の自宅を訪ねて励ましてやり、再びゼミに出席させたのは古賀有紀子だった。特に彼女と仲がよかったわけではないはずだったので、後でそれを知ったときは少し意外に思ったのだが、古賀有紀子にはそういう世話焼きなところが確かにあった。教授抜きでゼミのコンパをしたときも気分が悪くなった子の面倒を見ていたし、小さな子供を見つけると「かわいいー」と笑って手を振り、「いくつ?」などと声をかけていた。そのときはたいがいしゃがんで、子供と目線を合わせていた。

古賀有紀子は今でも、プライベートではそういったことをするのだろうか。仕事は仕事ということで割り切っているだけなのだろうか。笑顔で話しかけた子供がリストラされた社員の子だと気づいたとしたら、どんな態度を取るのだろうか。

真水は急に笑いたい気分になった。

つい一昨日までは、しょうもない想像ばかりを膨らませていた自分が何だが、とんでもない愚か者に思えてくる。

仕事自体については、甘い考えを持っていたつもりはなかった。上司に叱られ、先輩に舌打ちされ、顧客に文句を言われて頭を下げる場面ぐらい、少なからずあるだろうという覚悟はあった。やりがいがある仕事を与えられるとは限らないことも判っていた。もともと、華々しい仕事をしたいと考えていたわけではない。仕事とは、あくまで生きてゆく糧《かて》を得るためだ。

でも、それでも、いい上司、いい先輩、いい同僚との出会いや、それなりに仕事で貴重な体験ができるはずだという、うきうきする種類の想像があった。もしかしたら素敵な男性との出会いだって、などということも。

あるいは、そういった望みはかなうのかもしれない。

でも、そのときの自分は、今の自分と同じ人間なのだろうか。この仕事に就いてよかったと思い、仕事を通じて出会った男性と結婚し、そこそこ幸せな生活を手に入れることができたとして、そのときの自分は本当に自分なんだろうか。何かを失ったことをちゃんと覚えていられるのだろうか。

真水は小さくため息をついた。

何を訳の判らないことを考えてるのだ、今はまだ採用してくれる会社があるかどうかも全く判らないときだっていうのに。

停車駅で乗り込んで来たスーツ姿の男性に見覚えがあった。目が合い、大学の先輩だったと思い出して軽く会釈した。小柄な体格、人の好さそうな顔つき、縁なしメガネ、真ん中で分けた髪。文学部自治会の役員をしていた人で、真水がクラスの連絡先一覧を作るときに自治会室のパソコンやコピー機を使わせてもらい、少し話をした覚えがある。

向こうも気づいたようで、近づいて来て「こんにちは」と言いながら、少し間を空けて隣に座った。

「仕事の途中ですか」と聞かれて真水は「就職活動中なんです」と答えた。

「あ、ほんと」相手は内ポケットから名刺入れを出し、「僕は今、こういうことをやってるんですよ」と言いながら一枚をくれた。

県の中心部にあるシティホテルの副支配人という肩書きがあった。横江新司《よこえしんじ》という名前を見て、そういえばそんな名前だったということも思い出した。

「へえ、凄《すご》いですね、副支配人なんて」

「て言っても、要するに映画撮影現場の助監督みたいなもんでね。あっちに無理なお願いをして、こっちに謝って、というような仕事ばっかりで。顧客からのクレームも、職場から出る不満も、両方聞かなきゃなんなくて。で、上からも顧客からも怒られると」

「大変ですね」

「さっきなんか、県庁に就職した後輩に頭下げて来たしね。その後輩がイベント担当の部局にいるもんで、どうぞうちのホテルを利用してくださいって」

作り笑いで合わせながら真水は、税金からせっせと裏金を作って飲み食いしてる連中に市民が頭を下げて仕事をもらうというのが、何だかかたちの悪い冗談のように思えてならなかった。

「それに」と横江新司は続けた。「知ってるかもしれないけど、うちの親会社が粉飾決算の発覚でやばい状況で、もしかしたらホテルの半分ぐらいが閉鎖されるかもしれなくてね。そうなったら、もうこれ」

横江新司は手刀で首を切る真似《まね》をした。

真水は、大変ですねと言おうとしたがさっき口にした言葉だったと気づき、「じゃあ、私が就職するのは無理ですね」と一緒に苦笑した。

「いや、就職は可能だよ」

「本当ですか」

「その代わり、ホテルが閉鎖になれば即失業だけどね」

何だ、そういう落ちか。真水は苦笑しながら軽く睨《にら》んだが、横江新司の表情が大学時代に比べると別人みたいに憔悴《しょうすい》して覇気がなくなっていることに気づいて、あわてて目をそらせた。

「女性はさ」と、横江新司は独り言のようにつぶやいた。「いよいよというときは専業主婦という道があるからいいよね」

少しむっとなった。反論するべき言葉は、いくらでもある。専業主婦も大変な仕事ではないのか。専業〔主夫〕をやれと言われたらあんたはできるのか。孤独と向き合わなければならないことを判っているのか。社会で働きたくても女性は差別され専業主婦に追い込まれているということを理解できないのか。専業主婦ですと名乗るしかない女の屈辱感を知っているのか。

しかし、就職もせずに両親のもとでのうのうと暮らしている女が、日々頭を下げつつ働いている相手にそんな言葉を浴びせられるわけがなかった。

雨はますます強くなっていた。

水曜日は前日ほどではなかったものの、朝から小雨が降っていた。

真水は午前十時に、大学時代に同じアパートに住んでいた二学年先輩の四津川友加《ゆか》がいる不動産会社、工藤興産の総務部広報課を訪ねた。会社は昨日の水野産業からほど近い雑居ビルに入居している。有名でも何でもない、規模もさして大きくない会社だが、支社を持たないので、転勤などの心配はない。

四津川友加はもともとやせ形の体型だったが、大学時代よりもさらにほおがこけて、どこかぎすぎすした感じになっていた。笑うと目が垂れ下がるところは前と同じだったが、口もとにこんなおばさんみたいな小じわはできなかったのではないかと真水は思う。また、大学時代は茶髪を伸ばしていた四津川友加が、まるで中学生みたいな黒髪のおかっぱ頭にしていることも意外だった。

工藤興産の社員はみんなそろいのスーツを着ていた。男も女も赤土色の上下で、男がスラックス、女がスカートというところだけが違っていた。正直なところ、あまり格好がいいスーツではなかった。

フロア内にあったソファに案内され、四津川友加と、人事課長補佐だという目が大きくてあごの先が少し割れて見える四十前後ぐらいの女性と向き合って座った。課長補佐は四津川友加に紹介されて「川島《かわしま》です」と言ったが、名刺はもらえなかった。

履歴書を渡したが、川島課長補佐はそれにざっと目を通しただけで、特に質問らしい質問はせず、「今日のところは四津川さんについて仕事ぶりを見て、それでますますやる気になったらあらためて連絡してもらう、ということでいいですか。ただ一応言っておきますけど、採用したとしても配属先がどこになるかは判りませんよ」と、投げやりな態度で言った。真水は精一杯の作り笑顔で「はい、判りました、ありがとうございます」と頭を下げながら、この女は全く自分に興味を持っていないらしいと察した。

　車で外に出るという四津川友加について行くことになった。会社の車だというが、社名などの入っていない白い普通車だった。着工予定のマンション建設現場周辺で反対の声が住民の間から上がっているので、様子を見に行くのだという。

　外は相変わらず小雨が降っていた。フロントガラスの上にできる水滴が少しずつ大きくなって、他の水滴を巻き添えにするような感じで流れて落ちてゆく。そして、フロントガラスのあちこちで行われているそれらの営みを、ワイパーがうっとうしそうに払う。

　出発してすぐに四津川友加が「無愛想なおばさんでしょ」と言った。

「あはは、そうですね」

「まあ、気にしなさんな、あれでも一緒に仕事をしてると、部下をかばったりとか、いろいろ面倒を見るところもある人なのよ。わざと冷たく突き放すような態度を取って、それでも働きたいと言うかどうか、見るつもりなんでしょ」

「中途採用の枠って、どれぐらいあるんですか」

「さあ、上もこうと決めてないみたいよ。でも、連休明けに新入社員が二人辞めちゃったから、二人は採るんじゃないかな。川島さんはあんな言い方してたけど、辞めたうち一人は広報課だから、青柳が希望すれば広報課に行けると思うよ」

「広報課っていうと、どういう仕事になるんでしょうか」

「うちは小さい会社だからね、よその会社にある宣伝部も兼ねてんのよ。だから、会社のイメージアップを図ったり、さまざまな媒体を使って宣伝したりってこと」

「テレビのCMとか」

「工藤興産のテレビCMって見たことある?」

「いいえ……」

「青柳が考えてるような華々しい世界じゃないよ。ホームページ、看板、地元のフリーペーパーなんかへの広告掲載、会社概要のパンフ作り、外部からの問い合わせへの応対、そんなとこ。はっきりいって、クリエイティブな仕事はほとんどないよ。不動産情報自体は営業部がやってるわけだし」

その後、四津川友加から他に中途採用の当てはあるのかとか、彼氏はいるのかといったことを聞かれ、真水は正直に三社続けてOG訪問をしており今日がその三社目であることや、恋人はいないことを、詳細を省いて答えた。他の二社はどうだったかとも聞かれ、脈なしのようだと答えておいた。

「中途採用の口が全部駄目だったらどうするの」

何となく、あんたを採用する可能性はあまり高くないんだよと言われたような気がした。

「さあ……そうなってから考えるしかありませんね」

車が都市高速に入ったところで四津川友加が「青柳、煙草《タバコ》吸っていい？」と聞いた。

「あ、はい、どうぞ」

四津川友加は片手でジャケットの内ポケットからシガレットケースとライターを出して、火をつけた。運転席側の窓を少し開けて、細い煙を吐き出す。

「四津川先輩、煙草って、吸ってましたっけ？」

「大学のときは吸ってなかったね。就職してから」

理由を少し知りたいと思ったが、遠慮しておいた。

「四津川先輩、犬と猫の里親探しの活動、今もされてるんですか」

「してないよ」四津川友加は失笑するような感じで頭を振った。「就職してからはそんな暇ないから、さすがに」

四津川友加は学生時代、捨てられた犬や猫のために里親になってもらう人を探す活動に取り組んでいた。同じアパートに住んでいたせいで互いの部屋でお酒を飲むことがときどきあったのだが、彼女の部屋で飲んでいたときに、毎年五十万匹もの犬や猫が二酸化炭素ガスによって〈処分〉されているということを何度となく聞かされたものだった。他人にしつこく協力を依頼したりはしない代わりに、聞かれれば熱心に教えてくれる人だった。大学祭のときには啓発のための写真展が開かれ、真水も「できたら見に来て」と頼まれたので覗きに行った。そこには施設に収容された犬や猫たちが不安げな顔でカメラを見つめるパネル写真が並んでおり、真水は言葉を失って立ちつくし、最後は出入口にあった募金箱に千円札を一枚入れて、逃げるようにして出て行ったことを覚えている。普通の人が見たくないもの、見ようとしないものから目をそらさずに活動を続けている四津川友加が、凄くたくましい女性に思えたものだった。

真水は少し迷ってから口を開いた。

「就職して仕事するようになると、趣味とかライフワークとかの時間を持つことも難しくなるんでしょうね」

「休みの日に好きなことをするぐらいのことはもちろんできるんだけどさ、毎日仕事のことで頭と身体使っちゃうと、モチベーションっていうのかな……きつくてね。休みの日ぐらいは、あまりいろいろ考えないで、リフレッシュしたいじゃん」

「そうですね」

「学生の時にやってたようなああいう甘っちょろいことはさ、経済的にも時間的にも余裕がある一部の主婦とか、そういう人たちじゃないとできないよ」

甘っちょろい、という表現を聞いた真水は妙にささくれた気分にさせられた。だが、もともとそういった活動に取り組んでいない人間がけちをつけるのは明らかに筋違いだった。

「だからさ」四津川友加は続けた。「映画の好みなんかも学生時代とはかなり違っちゃうのよね。学生時代は重いテーマのやってっていうか、難解な映画を好んで見てたんだけど、最近はそういうの、とても見ようって気にならないもんね。陰謀に巻き込まれたヒロインが最後に黒幕をやっつけるとか、遺伝子操作の失敗で出現したモンスターが暴れ回るとか、ごちゃごちゃ考えないでただスクリーン見てるだけで楽しめるやつばっかになっちゃったしぃ」

「仕事のストレスってありますか、やっぱり」

「まあ、あるんだろうけど……」四津川友加はそう言って少し間《ま》を置いた。「ていうか、就職して最初のうちはストレスというものを一応は意識してたんだけど、最近ではそういう感覚じゃないんだよね」

「克服したっていうことですか」

「ていうより、馴れだね、馴れ。それが当たり前になっちゃってるっていうこと。上司からがみがみ言われ、手柄を取られて、失敗は押しつけられてっていうことが当たり前なわけだからさ。休みの日に何も考えないで過ごすっていうのも、そういうパターンの生活に馴れたってことかな。要するに、仕事するときは頭のネジを緩めとくってことよ。怒鳴られても、どこか他人事みたいな受け止め方をするようになってくるわけ」

判るような気はした。昨日、水野産業の人事課長と会っていたときに現実感の乏しい感覚を味わったことと共通するものがあるのかもしれない。心が壊れてしまわないように、ある種の防御反応としてそういう感覚になるということではないか。

「先輩は、結婚の予定はないんですか」

「今んとこはないね。会社にはろくな男いないし、休みの日はぼーっとしていたいし。それに昔と違ってさ、会社辞めて専業主婦という手も使えないじゃない」

「ですかね」

「無理に決まってるじゃん」四津川友加が顔をしかめてちらと見た。「よっぽどの金持ちと結婚しない限り、共働きじゃないとやってけない時代なんだから。今どきの男はたいてい、それを要求してくるよ。そのくせ、家事のほとんどを女にさせようってんだから、虫のいい話だよ。青柳、まさか会社で男見つけようなんて、思ってないよね」

「いえ……」

「うちの会社、社内恋愛は別にオーケーだけど、結婚したらどっちかは辞めさせられるからね。そうなったら女が辞めさせられるに決まってんだから。だからといって、旦那の給料だけじゃやってけないでしょ、そうなるとパートだよ。スーパーのレジなんてやろうものなら、学生アルバイトの先輩に敬語使って教えてもらわなきゃなんないのよ」四津川友加はそう言ってから、「まあ、うちの会社に結婚相手にしたい男なんてどうせいないんだから、余計な心配だろうけど」とつけ加えた。

もしかしたら四津川友加は、一度社内恋愛をして大失敗した体験から、こういう言い方をしてしまうのかもしれない――真水はそんな想像をした。

マンション建設予定地は県内で副都心とされている場所の外れにあった。四津川友加が「歩いて現場を見て回るから」と言うので、近くにあったスーパーの駐車場に車を停めた。小雨が降ってはいたが、気にするほどではないため、二人とも傘は持たなかった。

すぐに〔ワンルームマンション建設反対〕という、一見して手作りと判る立て看板が目に入った。普通の民家の塀に取り付けられてある。

その後も、四津川友加に同行して周辺を歩き回り、同じような看板を何枚も見ることとなった。〔マンション建設を許すな〕〔園児から太陽を取り上げるのか〕などと書かれてあり、いずれも太い文字に反対の意思の強さを感じた。

四津川友加が、それら看板を携帯電話を使って撮影した。何のためのどういう仕事なのかという説明は一切なく、真水は黙ってその後に続いた。

建設予定地は幼稚園のすぐ隣だった。真水は、遠くに見える山やテレビ局の電波塔の位置関係から、幼稚園が建設予定地の南側にあるらしいことに気づいた。

だいたいの事情が飲み込めた。予定通りにマンションが建設されると、幼稚園に陽が当たらなくなる、だから周辺住民が反対している、ということなのだろう。

「見てよ、この間抜けな看板」

四津川友加がぷっと噴き出しながら指差した。

民家のコンクリート塀に設置された手書きの看板で〔ワンルーム断固反対！〕とあった。

「だったら2DKならいいのかっての」四津川友加はへらへら笑いながら撮影する。

「間取りを問題にしてどうすんのよ」

周辺をひととおり回って撮影した後、四津川友加は車内で住宅地図のコピーを広げて、赤ペンで印を付け始めた。見てすぐ、反対看板の設置場所だと判った。

車を発進させたところで四津川友加が「マンションていうのは、どこに建てても誰かしら反対するものなのよね」と言った。

「歓迎されてないみたいですね」

「実際はそうでもないのよ。自治会で反対することが決まったりしたら、みんな一応はそういうポーズを取らなきゃなんないからやってるだけなのよ」

「そうなんですか」

都合よくそう思ってるだけなのではないかと言いたかったが我慢した。

「そりゃ中には猛反対の人もいるわけよ、でも少数派。そういう人たちが自治会の集まりで反対決議をしようとか主張するわけ。そのときに、マンション建設に賛成しようっていう意見が出なかったら、みんなつき合いで同意して、可決されるでしょ。そういうもんなのよ。実際、こういうケースは着工されちゃったらあきらめムードになって、尻すぼみになるに決まってるんだから」

「法律上、問題ないんですよね、建設自体は」

「ない、ない。だからとやかく言われる筋合いはないのよ。今どき、便利のいい街ん中に住んでいながら近くに高い建物を建てるな、なんていうわがままが通るわけがないでしょうに。第一、マンションができたら世帯が増える、世帯が増えたら園児も増えるわけで、感謝されこそすれ反対される筋合いなんかあるかっての」

真水は、胸やけのような不快感に囚われた。四津川友加の言葉や態度そのものよりも、それに迎合するような態度を取っている自分が嫌だった。

先輩、そういう人じゃなかったじゃないですか、どうしたんですか。

だが、その言葉を口にするとますます自己嫌悪にかられそうな気がした。社会で仕事をすると多かれ少なかれ、一方では喜ばれ、他方では嫌われる。そうやって社会全体としてはそれなりにうまくいっている。

自転車に乗っている後ろ姿が近づいて来た。傘を差しているのではっきりとは判らないが、年輩女性のようだった。

四津川友加がすかさずクラクションを鳴らした。大きな音が響き、傘が少し、びくっとなったように見えた。

追い越した後、四津川友加が舌打ちした。

「ったく、傘差してよろよろ自転車漕ぐなってのよ。ああいう危ないことやってるおばちゃんに限って、急にバランス崩して接触してさ、相手のせいにするんだから」

帰宅すると真水のノートパソコンにメールが来ていた。

一学年先輩だった末広幸乃《すえひろゆきの》からだった。県内に本社がある大手化学メーカー、オザワ化学に就職した人で、真水は先日、彼女にも中途採用についての問い合わせメールを送っていた。

メールを開いてみると、中途採用の面接をしないでもないと人事が言っているので、まずはOG訪問ということで来てみてはどうか、という誘いだった。

さっそく電話をかけたところ、明日の午前十時に本社を訪問することに決まった。礼を言うと、末広幸乃は「あんたには世話になったからね」と笑っていた。

末広幸乃とは英語の授業でたまたま隣に座ったことがきっかけで知り合った。最初に会ったときに、末広幸乃は英語が苦手で単位を落としてしまったので、もう一度授業を受け直さなければならなくなったということを屈託なく話していた。

　その後、授業で顔を合わせるたびに少しずつ話をするようになり、ときどき一緒に生協で昼食を取ったりもするようになった。結局はその程度の仲ということでしかなかったのだが、英語の試験前に一度、彼女は真水のアパートに泊まりに来たことがあった。一夜漬けの試験勉強のためだったのだが、その甲斐《かい》あって彼女は単位を取ることができた。

　授業で一緒になる機会がなくなってからは、大学構内で顔を合わせてあいさつをすることはあったものの、じっくり話すというようなことはなくなり、彼女は先に卒業した。しかし、いい人だったという思いは今もある。少しお調子者みたいな感じはあったけれど。


　翌朝、木曜日は、曇り空だったが、雨が降る気配はなかった。

　会社に向かう列車を乗り換えるためにホームに降りたところで携帯が鳴った。画面を見ると、これから訪ねることになっていた末広幸乃からだった。

　出ると「青柳さん、ごめん」と末広幸乃があわただしい口調で言った。「今日、駄目だわ」

「どうかしたんですか」

「どうせ明日になったら新聞とかニュースで判ることだから言うけど、会社の敷地内で高濃度のダイオキシンが検出されちゃって」

「はあ」

「いや、正確に言うと、そのことが昨日の夜になってマスコミに知られちゃったっていうこと。詳しいことはまた新聞でも読んで。とにかくごめん、しばらくはそれどころじゃなくなりそうなのよ」

末広幸乃はもう一度「ごめーん」と言ってから電話を切った。

真水は大きくため息をついて、ホームの椅子に腰を下ろした。

おおよそのことは見当がついた。オザワ化学は会社施設の敷地内に有害物質を投棄していたのだ。そのことを隠していたが、ばれてしまった、ということだ。会社はそれを反省するかのようなポーズを取るが、実際にはこのことを漏らした〔犯人〕を探すに決まっている。そして、〔犯人〕に遠隔地への転勤を命じたり、仕事上のミスをでっち上げるなどの報復をするのだ。組織というところは、そういうところだ。

しばらくはぼーっとホームのベンチに座ったまま、目の前を行き交う人々を見た。

ほどなくして真水は、自分があまりがっかりしていないということに気づいた。

ハッピーサプリも、水野産業も、工藤興産も、オザワ化学も、自分は就職なんてしたくないのだ。もちろん県庁も市役所も。

組織の中で働くということは、自分を殺すということ。

カラ出張をしたり交通費をちょろまかしたり、誇大な広告を出したり、リストラに荷担して仲間を切ったり、住民の反対を鼻で笑ったり。仕事なんだからと割り切ってしまえばいいのかもしれない。それが平気な人もいるだろう。平気じゃないにしても、仕方がないとあきらめることは、たいがい許される。

組織は人を変えてしまう。この数日間で、思い知らされた。

自分はそういうことには向いていないのだ、そっちの方向に進むべきではないのだ。むしろ、五月病で会社を辞めた人たちの側の人間なのだ。

だから今、どこかほっとしているのだと真水は思った。甘ったれている、逃げていると言われようが、嫌なものは嫌なのだ。人生は一回しかないのに、心がすさんでゆくと判っている方向に進むなんて、まっぴらだ。

本人がしっかりしていれば大丈夫、なんて嘘だ。人間はたいがい弱い。

自分は、青柳真水は、組織の中で働くことが平気ではいられないタイプなのだ。

だったら答えは自然と導かれる。組織で働くこと以外の仕事しかないではないか。

どうしてもっと早く気づかなかったんだろう。

だからといってセルフサービスのうどん屋を継ごうとは思わない。ファストフードみたいなやり方にずっと反発を覚えていたからこそ、どこかに就職しようと思っていたのだ。

真水は駅の売店で缶ビールを買った。ベンチに戻ってそれを一気飲みした。近くに立っていた中年サラリーマンが、好奇の視線を浴びせてきた。その後ろに並んでいた初老の女性も、露骨に眉をひそめた。だが真水にはそれが小気味よかった。会社員にはこんなこと、できないだろう。

何の文句がある。誰にも迷惑なんかかけてないぞ。

組織はご免だ。マニュアルに従って働かされるようなところも嫌だ。パス。

そうなると、選択肢は極端に限られてくる。でもいいではないか。かえって的を絞りやすいではないか。

まだ若いのだ、今から修業して、手に職をつければいい。おカネは最低限でもいい。おカネでは買えない誇りを手に入れられるのなら。

そう、誇りだ、誇り。胸を張って、自分はこれだけは誰にも負けないという誇り。それがあれば、ちまちまとした悪事に荷担させられたりしない、自分らしい人生を送れるではないか。

もう迷いなんてない。今からやるべきことを探すのだ。

真水は、空になったビールの缶を握り潰した。

自由な気分をもっと味わいたくて、そのまま改札を出て街を歩いた。真水にとってはこれまで、通り過ぎるだけの、駅前だけがほんの少し賑《にぎ》やかな、ほとんど馴染《なじ》みのない街だったが、かえってそのお陰で新鮮だった。

南側の雲の切れ間から、何本かの光線が注いでいた。

確かこういうの、天使の梯子《はしご》っていわなかったか。

真水は、自分が祝福されているような気がしてきた。今、何かに導かれているのではないか、この辺りに運命の出会いがあるのではないかとさえ思った。

ほどなくして、その店を見つけて、はっと立ち止まった。

さびれた商店街の裏通りにある、地元では有名な蕎麦《そば》屋だった。入ったことはなかったが、味に定評がある手打ち蕎麦の店として、真水も名前は知っていた。タウン誌やフリーペーパーにもしょっちゅう載っているし、地元のテレビ局だけでなく、全国放送される番組でも取り上げられていた。

蕎麦打ち職人か。あこがれだけでできる仕事ではないだろうが、真水は妙に運命的なものを感じて、引き込まれるような気持ちで店に入った。

まだ昼時まで少し時間があったため、店内は空《す》いていた。テーブル席が八つにカウンター席。思ったよりこぢんまりしていた。古い木材を使ったらしい、昔の民家風の造り。厨房《ちゅうぼう》の方はついたてに遮《さえぎ》られていたが、蕎麦を打っている男性の姿が隙間からちらと見えた。

頭に三角巾《さんかくきん》を巻いた初老の女性がお茶を持って来た。店員なのかこの店の女将《おかみ》さんなのかは判らない。ただ、「いらっしゃい」という言葉は無愛想だった。

真水はあわててテーブルの上にあった品書きを手に取った。

「何にします」と急《せ》かされた。

「あ、はい、ええと……」

そのとき、真水のすぐ横のテーブルにいた、少し太り気味のサラリーマン風男性が「すいません、カレー蕎麦、できますか」と聞いた。この人も入って来たばかりらしい。

初老の女性はつっけんどんに「品書きにあるものしかできませんけど」と言った。

突然、奥の方から「うちはそういう店じゃないんだけどねー」という野太い声がした。続けて「そういうのが食べたかったら、駅の立ち食い蕎麦屋に行けば？」という別の声がした。厨房で作業をしている男性たちの声らしかった。

「あ、すいません」サラリーマンの男性は恐縮した様子でもう一度品書きを手にとって、「じゃあ、天ぷら蕎麦をお願いします」

初老の女性が「天ぷら蕎麦は正午からなんですけど」とさらに冷たい口調で告げた。

「あ……。じゃあ、ざる蕎麦を」

「ざるですね」

初老の女性の言い方は、もう変更は利かないぞと脅してるように聞こえた。

真水は他の客の様子を見てみた。あと三人、いずれも男性客。黙々と蕎麦をすすっている。店内にテレビなどはなく、厨房の方からの物音と、ときおり外を走る車のエンジン音があるのみ。おしゃべりをしたり、スポーツ新聞を広げていたりしたら、怒鳴られそうな張りつめた空気がただよっている。

真水はたまらず席を立ち、出入口に向かった。背後から「あら、何、あの人」という、さきほどの初老の女性のものと思われる棘《とげ》のある声が聞こえた。

店を出るときに、入ろうとした見知らぬ男性客と肩が軽くぶつかった。真水はとっさに謝ろうと思ったが、相手が露骨に舌打ちをして睨みつけてきたのでその気をなくし、無視する形で道に出た。

真水はできるだけ賑やかでない通りを選んで歩いた。歩きながら冷静になりたかった。

あの冷え冷えとした雰囲気。あんな店で食べるなんて、まっぴらだ。

そりゃあ、味はいいのだろう。店主ら職人も、たいした腕前なのだろう。

でも、腕に誇りを持つということは、威張っていいということなんだろうか。

自分が腕のいい職人だったとしても、絶対にあんな態度は取りたくない。

気がつくと、川沿いの歩道を歩いていた。桜の木がずらっと並んでいて、葉を青々と茂らせている。

木の上で鳥が羽ばたいたらしい気配があった。

頭に何かが当たった。見上げると、数羽のハトが飛んでゆくところだった。

片手を頭頂部に当てると、ぬるりとした嫌な感触が指先の腹に伝わった。

指に付着した灰色のものを見て真水は「あー」とため息をついた。ハトのやつめ。

さきほど川沿いの道に入る前に、小さな理容店の前を通ったことを思い出した。

理容店でいいから、洗髪してもらおう。

ついでに髪を切るのはどうだろう。悪くないと思った。今はとにかく、気持ちを切り換えられそうな何かをしてみたかった。

真水は来た道を戻った。

理容店には誰もおらず、「すみません」と呼びかけると三十前後ぐらいの女性が奥から出て来た。小柄で、目がぱっちりしており、愛想が良さそうな女性だった。事情を説明すると「それは災難でしたね」と笑い、三つある席の真ん中に案内された。

この女性が理容師らしいと判り、真水は緊張感がふーっと解けるのを感じた。

女性理容師はおしゃべりが好きらしく、以前一緒にやっていた夫と離婚したときにこの店をぶんどってやったということや、男性客中心の理容店の方が気を遣わなくて済むといったことを、真水を仰向《あおむ》けにして髪を洗いながら話してくれた。

女理容師の気さくな人柄のお陰で、真水は自然と自身のことも口にしていた。組織の中で働くのに向いていないと判ったのでフリーでやれる仕事を見つけたいということや、そのためには修業を積まなければならないだろうけれど今はもう迷いはないといったことを、女性理容師の「うん、そうか」という相づちに促されて、有能なカウンセラーにでもかかっているような気分でしゃべっていた。

洗髪に続いて女理容師は肩や首のマッサージをしてくれた。たいした腕前で、指圧を受けるたびに身体の凝《こ》りが解消されてほぐれてゆく感じがした。女性理容師の「そういう強い思いがあれば大丈夫、案外簡単に向いている仕事が見つかると思うわよ」という励ましの言葉も心地よかった。お陰で真水はいつしか眠気に襲われた。椅子に座ったまま、生温かな沼にじわじわと沈んでゆくような感覚だった。

どれぐらいだったのかもよく判らない空白の時間の後、「起こしますよ」との声で目を覚ました。自動椅子が起き上がり、真水は鏡と向き合った。

最初はまだ夢うつつで幻覚でも見ているのかと思った。

次の瞬間、全身にぞくっと電流のようなものが走った。

とんでもなく短い髪。額が大きく出ていた。こんなに短くしたことなんて、生まれてこのかたなかった。

しかも金髪。

なぜか金髪。

なんで金髪。

真水はこれが自分の身に起こったことだとはすぐには理解できず、口をぽかんと開けて鏡を凝視するしかなかった。

「どう、格好いいでしょ」

背後に立っている女性理容師が自信たっぷりに笑っている。

「て……」真水は唾《つば》を飲み込んだ。「何ですか、これ」

「だから、組織で働く人間には絶対にできない髪形。あなたがそうしたいって言ったじゃないの」

「うそ」

「正確には、私が提案して、あなたがそれでいいって言ったんだけどね」

女性理容師は笑いながら、真水の両肩を軽くもんだ。

理容店を後にした真水は、何度も髪を触りながら歩いていた。

おぼろげな記憶ではあるが、女性理容師の提案に同意したような気はする。眠気に襲われていて、半ば無意識ではあったにしても……。

最初は言葉を失うほど驚いたが、確かに今の自分に向いた髪形かもしれないという感じもしてきた。おかしなものだ。

おなかがぐーっと鳴った。そういえば昼食を食べていなかったのだと思い出した。

条件反射的に、あの蕎麦屋のことを思い出した。これだけおなかが減っているのに、あの店で食べたいとは思わない。

真水は腕時計を見た。もう午後二時になろうとしている。

帰宅するには、これから一時間ぐらいかかる。でも、空腹を我慢して帰ることにした。

無性に〔あおやぎ〕のうどんが食べたかった。

中途半端な時間のせいで〔あおやぎ〕には営業途中と思われるサラリーマン客が一人いただけだった。

レジカウンターの奥にいたお父さんが真水を見て目を見張った。太い眉が盛り上がり、大きな口があんぐりと開いている。

「何だお前、その頭は……」

サラリーマン客もこっちを見た。

「いいじゃん、別に」

　真水は努めて平静を装い、ガラスケースのふたを開けて菜箸《さいばし》でうどん玉をすくい上げた。それを片手ざるに入れてステンレス製の熱湯槽に浸ける。片手ざるは熱湯槽の縁に引っかけられるようになっている。

　茹でているときにお父さんの視線を感じたので顔を上げ、「客として来てんの」と言った。お父さんは何か言いたげではあったが、黙っていた。ただ、小さくため息をついたようには見えた。

　茹で上がった麺をトレーに載せた丼に入れ、次のコーナーで具材を選ぶ。ごぼうの天ぷらと薄焼き卵を載せて、コックをひねってそこにつゆを注ぐ。無料の刻みネギをたっぷりふりかけ、柚子胡椒《ゆずこしょう》を少し入れる。

　トレーをレジカウンターの前に置く。お父さんは、まだ何か言いたそうだったけれど、他に客がいるからか、ぶっきらぼうに金額を口にしただけだった。

　代金を払い、レジカウンターから一番遠い出入口近くの席で食べた。

　おなかがじわっと熱くなった。

　学生服を着て薄っぺらい鞄《かばん》を脇に抱えた男の子が店に入って来た。近所の高校生か。短い髪をディップで逆立てている。お父さんが「いらっしゃい」と言うと、高校生はぺこりと会釈してから、菜箸でうどん玉を片手ざるに入れた。初めて来た客は店のシステムがよく判らずにまごつくので、彼は常連客の一人らしいと判る。

高校生がレジで精算するときに、お父さんが「今日は早いな。練習終わったんか」と聞いた。

「いや、クラブはやめた」と高校生。

「何で」

「何か、やる気なくなって」

お父さんは、しょうがねえなあという感じの表情で舌打ちした。

「親に心配かけんじゃないぞ」

「うん、判ってる。向いてないと思ったからやめただけだし」

高校生はばつが悪そうな感じだった。

そういえばお父さんは、家ではあんまりしゃべらないくせに、常連客には何かしら声をかける人だと今になって思い出した。

先客のサラリーマンがいなくなり、真水も食べ終わったときに、腰が少し曲がったおばあさんが入って来た。薄紫色の花柄ワンピースにサンダル履《ば》きで、薄い髪を後ろで束ねている。

お父さんは「いらっしゃい」と応じながら、レジカウンターから出て来た。おばあさんは真水の近くの席に座り、「あーあ、やれやれだよ、全くもう」と言った。

お父さんは「どうしたの。また嫁に何か言われたんか」と応じながら、老婆のためにうどん玉を片手ざるに入れて熱湯槽に入れた。このおばあさんは特別扱いらしい。

「どうしたもこうしたもあるもんかね。この前の日曜日、私だけのけ者にして、息子夫婦に娘夫婦、孫の家族らで温泉に行きやがったのさ」

「どこの温泉」

「どこだっていいだろ、そんなこと」

「去年は一緒に行ったんだっけ」

「そうそう。それなのに今年はのけ者にしやがるんだ」

「でもおばあちゃん、去年は温泉なんて真っ平だって言ってなかったか。車に何時間も乗せられた上に曽孫《ひまご》たちがうるさくてかなわんて」

「うるさいね、あんたは。余計なこと言ってないで、うどんを茹でりゃいいんだよ」

お父さんは苦笑しながら片手ざるを上げて湯を切り、丼に移した。

「いつものやつでいいよね」

「そうだよ。いちいち聞きなさんな」

お父さんはワカメと天かすを載せたうどんをおばあさんの前に置いて、なぜか代金を受け取らないでレジカウンターに戻った。

真水はその後もしばらく店に残って、何人かの客が入り、出て行くのを観察した。

以前は全く気に留めもしなかった光景が、今は妙に新鮮に思えて仕方がなかった。

　水商売風の四十過ぎぐらいのおばさんは、レジカウンターの近くの席でうどんを食べながら、肩こりがひどくてかなわないとぼやいていた。お父さんは「よくなるといいね」としか言わなかったけれど、おばさんはその程度の返事にもそこそこ満足したようで、後は黙って食べていた。

　作業服を着た男性客にはお父さんが「奥さんの具合、どうですか」と聞き、男性客は「もうすぐ退院できそうですわ」と答えた。それを聞いたお父さんは「よかったですね」と顔をほころばせていた。

　真水は急に、子供の頃に絵本で読んだ〈ねずみのよめいり〉を思い出した。ねずみのお父さんが、娘をねずみよりも強い相手と結婚させようとする話である。最初は太陽さんのところに行くが、「私を覆い隠してしまう雲さんの方が強い」と言われる。しかし雲さんからは「私を吹き飛ばしてしまう風さんの方が強い」と言われ、風さんからは「私をはね返してしまう壁さんの方が強い」と言われる。そこで壁さんに娘と結婚してやってくれと頼みに行くのだけれど、壁さんは「私をかじって穴を開けてしまうねずみさんの方が強い」と言う。そしてようやく、雄のねずみこそが娘の相手にふさわしいのだということになるのだ。

　ずっと〈あおやぎ〉のことを心のどこかで馬鹿にしていた。ファストフードみたいなやり方で、業者が作った材料を使うだけの商売を、恥ずかしく思っていた。こんな仕事に誇りを持てるわけがないと。だから就職しようとした。

違う。

あの手打ち蕎麦屋の客はみんな騙《だま》されてるだけだ。確かに蕎麦の出来はいいのだろう。でも客はみんな、自分が本格志向の人間なんだと思い込みたくて、判ったようなふりをしているだけだ。あんな冷え冷えとした、居心地の悪い雰囲気の中で食べて、味も何もあるものか。

〔あおやぎ〕には、お客さんをもてなす心がある。一番大切なものが。

女性理容師の言葉が急によみがえった。

強い思いがあれば大丈夫、案外簡単に向いている仕事が見つかると思うわよ。

作業服の男性客が帰って、他に客がいなくなったところで真水は席から立った。お父さんより先にふきんを取って、男性客が使ったテーブルを拭いた。

何のつもりだという感じでお父さんが見ている。

「お父さん、店、手伝わせて」

お父さんは唖然とした表情になったがすぐにそれを険しいものに変えた。

「何で」

「いいじゃない。お父さん痛風ひどくなってるんでしょ、しばらく治療に専念した方がいいと思うし」

「お前、中途採用のあてがあって、会社訪問してたんじゃなかったのか」

「会社に就職するのはやめる。私に向いてないって判ったから」

「思いつきで言うな」

思いつきじゃない、と言いかけた言葉を飲み込んだ。確かに思いつきではある。

「いいじゃん、思いつきでも。考えに考えてやったことでも続かないことはあるし、逆に思いつきで始めたことでもずっと続くことだってあるでしょ。大切なのは後のことよ」

「何が後のことだ。どうせすぐに、やっぱりやめるとか言うんだろうが」

「言わないっ、私やりたいっ」

「儲かってねえんだぞ、判ってんのか」

「判ってる。生活できたらいい。任せてもらえるまでは給料なんていらない」

「楽な商売だと思ってなめてんじゃねえのか、お前」

「なめてないっ」

しばらく睨み合った。

お父さんは頭をひねって、盛大なため息をついた。

「お母さんに聞け」

お父さんはそう言うと、真水からふきんを取り上げて、流し台がある方へと背を向けた。

「お母さんがいいって言ったらいいのね」

お父さんは振り向かないで「勝手にしろ」と言った。

真水はすぐに走って帰宅した。

お母さんが「何、その頭っ」と悲鳴のように叫んだので、まずはその経緯から説明しなければならなかった。

三十分近くかかったが、お父さんには直接言いにくかったこともお母さんにぶちまけて、何とか了解を取った。真水は急いでラフな格好に着替えて、〔あおやぎ〕に戻った。

そして勝手に店を手伝い始めた。お父さんは苦虫を噛《か》み潰したような顔で見ていたけれど、お母さんが何て言ったか確かめようとはせず、どうせ続かないとかケチをつけたりもしなかった。代わりに「丼は丁寧に洗え」と命じた。

「はいっ」

返事が大声だったせいで、何人かいた客がぎょっとした顔で振り向いた。

店の手伝いを始めて十日ほどが経った午後に、高級そうな濃紺のスーツを着て、髪をきれいに七三に分けた四十前後の男が〔あおやぎ〕にやって来た。昼の客が引けて店が一段落した時間帯で、真水は帳簿をパソコン記入する練習をしようと、ノートパソコンの電源を入れて立ち上げたところだった。

男は店内を冷めた目で見回してから、真水に「ここの方ですか」と聞き、そうですけどと真水が答えると名刺を差し出してきた。片手には光沢のあるアタッシェケース。靴もぴかぴかに磨かれて、覗き込めば顔が映りそうだった。ゴルフでもやっているのか、ベース型の顔は陽に焼けており、エネルギッシュな雰囲気があった。

名刺には〔株式会社ミヤウチ　テレビ事業本部総務部総務課課長代理　舟木昇吾〕とあった。

ミヤウチは全国的に知られている大手家電メーカーである。商品分野別に事業本部と工場を持っており、この県にはテレビ事業本部がある。

ミヤウチはまた真水にとって、大学四年生のときに履歴書を送ったものの書類審査だけで落とされた会社でもあった。聞いたところによると、何年か前に真水と同じ大学のある卒業生がミヤウチからもらった内定を蹴って他企業に就職したことが尾を引いている、とのことだった。有名でも何でもない大学のくせに天下のミヤウチが出した内定を蹴りやがった、けしからん、二度とあの大学からは採用するな、ということのようだった。

舟木《ふなき》が「ええと、アルバイトの方ですか」と聞いた。真水の髪をじろじろと見ている。

「というか、ここ、父がやってる店でして」

「あ、なるほど」舟木は慇懃《いんぎん》な笑顔になった。「お父様の店長さんは、今は」

「ちょっと用事で出てますが」

お父さんは痛風の治療のため、さきほど市立病院に行ったところだった。

真水が「あの、私でよければ承りますが」と言うと、舟木は「あ、そうですね。では少しお話をお聞きいただけますか」と、不本意そうにうなずいた。

一応、お茶を出して、レジ近くのテーブルに向き合って座った。

ミヤウチの工場敷地内にある食堂施設の一角に入居しないか、という話だった。舟木は書類や見取り図を見せて入居の条件や社員食堂のシステムなどについておおまかに説明した上で「失礼な言い方になりますが」と前置きし、工場施設内で働く従業員と下請けなど関連会社を合わせると四千人以上になるので、ここでやっているよりも数倍の利益が見込めるはずだということと、複数の同種の業者に声をかけて、よりやる気のある業者を選定する予定だということをつけ加えた。

「工場内に入居したとすれば、この店はたたむことになるわけですよね」

真水が聞くと、舟木は「それは、そちら様のご判断で結構ですよ。従業員を雇えば、両方やることはできると思いますし」と言った。にこやかな表情で言葉遣いも丁寧ではあったが、こんないい話を持って来てやってるんだ、恐れ入っただろうという高慢さがぷんぷん匂った。

工場内に入居すれば、こいつらに偉そうにされて、ぺこぺこしなきゃなんないんだろうなー。真水はそのさまを想像した。

そのとき、ジーンズの尻ポケットに入れてある携帯電話の着メロが鳴った。画面を見ると、お父さんからだった。真水は「すみません、ちょっと失礼します」と断って席を立ち、舟木から少し離れた場所で受信ボタンを押した。

「俺だけど。病院の先生の都合で待たされてんだ。帰りがいつもより一時間ぐらい遅くなりそうだ。そっちは問題ないか」

「店は大丈夫なんだけどさ——」

真水はそう言ってから、舟木が持ち込んで来た話をかいつまんで説明した。

お父さんはあっさり「お前がやりたかったら、やればどうだ」と言った。

「嫌よ。私は今のこの店を手伝いたくてやってんだから。お父さんがやれば。誰か雇えばできるんじゃないの」

「嫌だよ、社員食堂なんて。コマネズミみたいにあくせく働かされて、客と与太話もできないなんてご免だ。それに、手を広げたらそれだけ目が届かなくなる。目が届かなくなれば何かしら失敗するもんだ」

「だよね」

「もともと俺は、あと二年ぐらいで店をたたむつもりでいたんだ。そういう将来的な話はお前が決めろ」

「じゃあ、断っていいよね」

「ああ、好きにしろ」

真水は「判った」と言って携帯を切り、振り向いた。

「あの、今父に……店長に話したんですけど、興味がないそうですので、せっかくのお話ですけど、遠慮させていただきます」

舟木は、何が起こったのか判らないという感じでまばたきした。

「は？　うちへの入居を検討する気はない、ということですか」

「はい」

信じられない、理解できないという顔。実に間の抜けた顔でもあった。

「あの……私の話をちゃんと、店長に伝えていただいたのでしょうか」

「ええ、伝えましたよ、ちゃんと」

視線がぶつかった。

舟木の表情からは先ほどまでの作り笑いが消えて、憮然《ぶぜん》としたものに変わりつつあった。

「そうですか、判りました。ご興味がないのなら仕方がありませんね」

真水はできるだけそっけなく「どうも」とだけ応じた。すまなそうな顔を見せる義理などない。

店を出ようとしたときに舟木が「やれやれ、何様のつもりだ」とつぶやいたのが、かすかに、しかし確実に聞こえた。

「ちょっと待ちなさい。あんた今、何て言ったの？」

真水が大声を出すと、出入口のところで舟木がびくっとなって立ち止まった。

まさか怒鳴られるとは思ってなくて、びびってやんの。相手の底の浅さが判って、真水は笑いたくなった。

舟木がこわごわという感じで振り返った。その顔をきっと睨みつけ、さらに声を張り上げた。

「言いたいことがあるんなら、ちゃんとこっち向いて言いなさい」

舟木は顔を引きつらせて、逃げるようにして出て行った。

ばーか。組織の権威を笠に威張りやがって。

真水は両手でほおをぱんぱんと叩いて、気持ちを入れ直した。

よし、仕事、仕事。

犬の巻

カウベルの音が聞こえたので、奥のボックス席にいた保坂賢一《ほさかけんいち》は扉の方を見た。営業第二課主任の大供光太《おおともこうた》がこわごわ顔を覗《のぞ》かせていた。

「ここだ、ここ」と保坂が手を振ると、大供光太はいかにも恐縮しているという感じで何度も会釈しながら、早足にやって来た。

普通に歩いて来ればいいだろうに。賢一は小さくため息をついた。

「どうも遅くなってすみません」

大供光太はさらに二度、深々と頭を下げた。

「いや、俺の方こそ急に呼び出して悪かった。まあ座ってくれ」

「あ、はい、すみません」

大供光太は少し迷った態度を見せてから「失礼します」と、一人分離れて腰を下ろした。せわしなげに店内を見回して「あの、いいお店ですね」と作り笑いを見せた。

「別にこんな店ほめなくっていいって。ビールでいいか」

「あ、すみません」

二言目には「すみません」と発する癖があるらしい。それだけでこの男がどういう人間なのか、保坂は把握できたような気がした。

カウンター席の他にボックス席が三つの、こぢんまりした店である。カウンター席に客が二組いるだけで、ボックス席にいるのは保坂たちだけだった。

保坂が手を上げて呼ぶと、胸もとが多少開いたブラウスシャツとタイトスカートを身につけたママが若いコンパニオンに用意させたトレーを運んで来た。ママにはさきほど、連れの者が来るまで待つよう頼んであった。

「いらっしゃいませ。こちらのお若い方は保坂さんの職場の？」

ママが小びん二本の栓を抜き、冷えたグラスと共に並べる。

「まあ、そんなとこだ」

ママから「よろしくお願いします」と名刺を差し出された大供光太は、あわてた様子でスーツを探った。

「あ、すみません、名刺、今持ってなくて……」

「渡さなくていいって」保坂は手を振った。「この店の常連になったらカネ巻き上げられてすっからかんになるぞ」

「あら、ご挨拶《あいさつ》ね。じゃあ、こちらの若い方だけに注いじゃおうっと」

ママから促されて大供光太は「あ、すみません」と頭を下げながらグラスを差し出した。緊張しているらしく、少し手が震えていた。

よくまあこれで営業の仕事が務まるものだと感心する。営業部の連中によると、この男の不器用さがかえって相手に安心感を与えて、気に入られることがちょくちょくあるらしいのだが……。

「保坂さんの課にいらっしゃるの？　確か保坂さん、開発企画課、でしたっけ」

ママに聞かれて保坂は「俺はそうだが、彼は営業だよ」と教えた。

「あ、はい、そうです、僕は営業第二課でして……」

「あら、そう。同じ大学の先輩後輩とか」

「あ、いえ……」と大供光太が申し訳なさそうに手を振る。

「もういいから」保坂はママに対して追い払う仕草をした。「今日は悪いけど、内緒の話をするんだから、戻ってくれよ」

「はいはい、そうでしたね」

立ち上がったママから「ごゆっくりね」と肩をつかまれ、大供光太は「あ、すみません、失礼します」と頭を下げた。

君は客として来てんだろう、いちいち謝るなよと言いたくなったが、一応我慢した。説教するために呼び出したわけではない。

保坂がビールびんを取って自身のコップに注ごうとすると、大供光太が「あ、僕が」と手を出しかけた。それを「いい」と制した。

こいつで大丈夫なんだろうか。保坂は不安を感じないではいられなかった。人事課長によると、仕事に無駄が多いという評価の一方、温厚な性格で上の人間に気を遣うタイプなのでちょうどいいと言っていたのだが……。

保坂はあらためて大供光太を眺めた。中肉中背よりもやや貧相な体格、上目遣いになりがちな、自信の欠落した頼りない顔つき、天然パーマの頭。悪い奴ではないと判《わか》るし、命令には忠実に動く男なのだろうが、何だかなあ……。

大供光太が不安げに見つめ返しているのに気づき、保坂は「あ」とグラスを持ち上げた。

「この店、カラオケ置いてないから話をするにはいいんだよ」

形だけの乾杯をし、一口飲んだ。大供光太が酒に強いかどうか知らないが、今日はあまり飲ませないで帰した方がいい。すぐ本題に入ることにした。

「明日明後日、登山研修だろ」

「はい」大供光太は口に運びかけたグラスをテーブルに戻した。

「準備はしたか」

「はあ、だいたいは」

「実は、中沼《なかぬま》総務課長と俺と、君の三人でチームを組むことになってる」

「は？」大供光太がきょとんとなった。「あの、組み合わせは当日にならないと判らないはずでは……」

「これだぞ」保坂は口にチャックをする仕草をしてから「人事課長からこっそり教えてもらった。ジュニアと組むということで、気を利かせたんだろう」と言った。

ジュニアというのは総務課長の中沼勉《つとむ》のことだった。一年前に新社長に就任した中沼正《ただし》の息子なので、陰でしばしばジュニアと呼ばれている。

保坂らが働いている株式会社イマヅ開発は、主に地滑り対策や斜面保護の建設工事を請け負う、社員約二百五十人の建設会社である。明日と明後日にかけて行われることになっている登山研修は、新社長である中沼正が「チームワークの大切さを理屈でなく身体で学ぶため」と称して発案したものだった。要は三人一組で山の中にあるバンガローを目指すわけだが、ルートや目的地はそれぞれのチームごとに異なっており、しかも当日にならないと教えてもらえないことになっている。できるだけ予備知識なしで、眼前の問題を処理する能力を培うためだというのが、研修の段取りを請け負っている会社の説明である。

「そういうわけで」と保坂は飲みかけの大供光太のグラスにビールを注ぎ足した。

「前日の夜に呼び出して悪かったが、最低限の打ち合わせはしといた方がいいと思ってな」

「あ、それはそうですね、判ります」

社長の息子である総務課長の中沼勉と組んで登山研修に臨むということは、保坂や大供光太にとっては明日と明後日は、これからのサラリーマン人生に大きな影響を与える二日間になるかもしれないということを意味していた。研修中に中沼勉に気に入られることに成功すれば勝ちの目、逆に機嫌を損ねるようなことをしてしまったら負けの目というのは子供でも判る理屈である。

「君は中沼さんとは年が近いよな。話をすることはあるか」

「いえ、まだあまり……課が違いますし、まだ、その……」

「まあ、そうだろうな」保坂はうなずいた。「あの人が入って来たのは新社長が就任してからだから」

中沼勉がイマヅ開発に入社したのはほんの十か月ほど前のことだった。それまで中沼勉は、母方の伯父が経営する貸ビル会社で暇で楽な仕事をあてがわれていたらしいのだが、イマヅ開発の新社長となった父親に説得されて移って来たのである。

保坂は少し身を乗り出した。

「中沼さん、最初は父親の下で働くのは嫌だとだだをこねてたらしいが、総務課長として迎え入れるという条件で応じたんだってよ。あと何年かで部長、さらに何年かで取締役ってな具合に、裏で空手形を切ったんだろう」

「はあ」

「君、体力に問題はないだろうな」

「ええ、まあ……」

大供光太は自信なさそうに頭をかいた。

「スポーツ歴は」

「あ、いえ、特には。すみません」

「中学とか高校とか、何やってた」

「ええと、中学では陸上部で、一応長距離をやってましたけど、試合とかは負けてばっかりで」大供光太は申し訳なさそうにうつむいた。「高校と大学では、特にスポーツは何もしてませんでした」

「俺は君より一回り年上で、もう四十になるし、体格も細身で見たところひ弱そうに見えるかもしれんが——」

「あ、いえ、とんでもない」

大供光太は間《ま》の悪い合いの手を入れ、頭を振った。

「ゴルフをよくやってるから歩き回るのには馴《な》れてるし、特に身体で悪いところもない。君の方はどうだ。具合が悪いところなんかはないか」

「あ、はい。それは大丈夫です」

まあいいか。足手まといになるなよという言葉は飲み込むことにした。あまりこの男にはプレッシャーをかけない方がいいような気がする。

「それと、君は王大の経済学部卒だったよな」

「はい」

「中沼さんの前でその話はするなよ」

「はあ？」

「あの人、学部は違うが王大落ちてるらしいから」

「あ、そうですか……はい」

多少は緩みかけていたかに見えた大供光太の顔が、また強張《こわば》った。

「中沼さんの評判は聞いてるな」

「ええと、中沼総務課長の」

「そうだよ」

「はあ、多少は」

「まあ、坊ちゃん育ちらしいし、大型バイクを乗り回したり、金持ちの友達連中としょっちゅうキャバクラに繰り出したりもしてるらしいが、そういう私生活のことについて、俺たちがとやかく言う筋合いはない。嫌な言い方になるが、とにかく社長の息子なんだから丁重に扱い、精一杯仕えるのが俺たちの役目ってことだ」

「はい」

仕事でも戦力になりそうもないし、ああいうわがままで世間知らずな奴は見てるだけで反吐《へど》が出そうになるがなと、心の中でつけ加える。

「ま、そういうわけだから」保坂は片手を伸ばして大供光太の肩をぽんぽんと叩《たた》いた。

「これはまたとないチャンスだと割り切って、上手いこと研修を乗り切ろうじゃないか。そのためには表面上は中沼さんに主導権を握らせてやって、できるだけ口出ししないことが肝心だ」

大供光太が素直に「そうですね」とうなずいたので、保坂は少し胸をなでおろしたが、その一方で、苦いものがこみ上げてくるような気分にもなった。

新社長の中沼正は露骨に権力を振りかざすタイプの男で、早くも不満分子の首を切るという見せしめ人事をやり始めている。前社長の肝煎《きもいり》で保坂らが取り組んでいた〔コンクリート斜面に草花が根を張ることができる〕特殊ガラス再生材の開発にしても、あと少しで製品化できるというところだったのに、新社長は「そんなことより営業を強化しろ」と聞く耳を持たず、開発は凍結されてしまっている。お陰で社内の士気は明らかに下がって、かつての活気が失われてしまった。かといって、どこにスパイがいるか判らないので、不平不満を口にすることもできない。

だから保坂にしてみれば、あんな社長は派閥抗争でも生活習慣病でも交通事故でも何でもいいからとにかく一日でも早く失脚してくれと願っているのに、今はその息子に嫌われないようにと、馬鹿げた打ち合わせをしている。

あと少しだけ飲んでから今日は帰ろうと保坂は言い、ビールをあと二本だけ追加注文した。呼び出された理由が判って安堵《あんど》したということか、あるいはアルコールのせいか、大供光太もいくらかリラックスした表情になっていた。

「君はまだ独身だったよな」

「あ、はい」

　大供光太はすまなそうにうなずく。

「予定はないのか」

「は？」

「結婚だよ、結婚」

「あ、いえ……」

　この男にそういう質問をするのは、何だかいじめのような気がしてきたので保坂は
「しかし、何だよな、部長職以上は登山研修なしってのは納得できねえよな」と話題を変えた。

「はあ……」

「ハイキングシューズとかの装備が自腹ってのもおかしいだろ」

「そう、かもしれませんね」

「社長にしてみれば、息子を研修に参加させて、公私混同はしていない、息子だからといって甘やかす気はないっていうポーズを取ってるつもりなんだろうよ」

「ですね、はい」

やれやれ、毒にも薬にもならない奴だな。保坂はため息を嚙《か》み殺して残りのビールをあおった。

翌日は天気予報どおり晴天だった。初秋にしては気温も低めで、明日の夕方までこの調子だという。保坂は、これならあまりばてずに済みそうだなと思った。

午前八時に、研修請負会社から電話がかかってきて、午前十時に中央公園入口まで来るようにと告げられた。

中央公園は保坂の自宅からだとバスで三十分ほどのところにあるが、その近辺に山などはない。集合場所から出発地点まで、ワゴン車で連れて行かれるのである。

体力を温存するためソファに寝転がって時間を潰してから、ポロシャツにジーンズという格好で茶色のハイキングシューズを履き、リュックを背負った。妻からは「大変ねえ」と心から同情するような顔で送り出された。

中央公園に到着したのは集合時間より十五分ほど前だった。既に研修請負会社のワゴン車が停まっており、三十代と思われる二人の目つきの悪い〔先生〕たちに迎えられた。相手は一応教官なので、自己紹介をして「よろしくお願いします」と丁寧に頭を下げる。二人の教官はにこりともしないで「こちらこそ」と儀礼的に応じた。

まずは財布と携帯電話を取り上げられ、ワゴン車の中で小型リュックの中身を調べられた。事前に配布された研修要項で、携帯電話などの通信手段、水以外の飲食物、現金などの所持は禁止ということになっている。そのため、リュックの中に入っているのはペットボトル入りの水、タオル、予備の下着、薄手のパーカー、怪我をしたときに備えてのカット絆《ばん》と包帯ぐらいのものである。

直後に大供光太がやって来た。紺のジャージの上下にグレーの長靴という珍妙な組み合わせで、ベージュのジャングルハットを深々とかぶっている。長靴は釣り人が使いそうな膝下まであるもので、口をヒモで絞れるようになっていた。リュックは割と膨らんでいて、保坂の倍以上の持ち物が入っていそうだった。

大供光太の所持品検査の間、保坂はワゴン車の外で待つよう命じられた。ワゴン車の側面やハッチの窓はスモークガラスのため、中の様子は見えない。

その間に中沼勉もやって来た。スケボー少年の派手なイラストが入ったTシャツにビンテージ物らしきジーンズ。頭には黒いキャップを反対向きにしてかぶっている。リュックは背負っておらず、その代わりに小さなデイパックをたすきがけにしていた。割と童顔なのでこういう格好をしていても違和感がない。保坂は、こいつが株式会社イマヅの総務課長とは……と心の中でため息をつきながら「おはようございます」と作り笑顔で軽く頭を下げた。同じ課長職というプライドもあって、あまりぺこぺこするような態度は取りたくない。

中沼勉は「やあ、保坂さん、今日はよろしく」と笑って片手を軽く上げた。

所持品検査を終えてワゴン車から出て来た大供光太が中沼勉を認めて「あ、どうもお疲れさまです、大供光太と申します、あの、営業第二課です。今日はよろしくお願いします」と二度、三度頭を下げた。三度目に頭を下げたときに背負っていたリュックがくんと落ちて、大供光太の後頭部を直撃した。

「やあ、大供君、どうぞよろしく」

中沼勉は笑いを嚙み殺した顔で手を上げた。

「あ、はい、こちらこそよろしくお願いします。ご迷惑にならないよう、一所懸命頑張りますので、よろしくお願いします。あ、保坂課長ももちろん、よろしくお願いします、すみません」

大供光太は、短い言葉の中に「よろしくお願いします」を三回も繰り返した。

中沼勉も財布や携帯を取り上げられ、ワゴン車の中で所持品検査を受けた。外で待っている間に保坂は大供光太に「荷物、何でそんなに膨らんでんだ」と聞いてみた。

「あ、必要かもしれないなって思ったものを入れたら、こうなっちゃいまして」

「食料とかは入ってないんだろう。陽暮れどきまで歩くだけの登山で何が必要なんだ」

大供光太が「あ」と言いながらリュックを下ろそうとしたので、「見せなくてもいいって。口で教えてくれたらいいから」と制した。

「あ、はい、あの……水を入れたペットボトルとか、タオルとか下着の替えとか、救急セットとか、ゴミ袋とか、ガムテープとか、懐中電灯とか、ナタとか」

「ナタ？　ナタって、刃物のナタか」

「あ、はい。道が草木で遮られてたりしたら、ナタで払った方がいいかなと思いまして」

「そんな心配はないだろう。普通の登山道じゃないのか」

「かとは思いましたけど、持っているに越したことはないかなって思いまして」

かなり心配性の人間らしい。

同時に、人事課長から聞かされた〔仕事に無駄が多い〕という大供光太評を思い出した。

「ゴミ袋とかガムテープは何のためだ」

「ゴミ袋は、もし雨が降ったらカッパ代わりになりますし、か、簡単な雨よけテントを作ることもできます。ガムテープはゴミ袋をつなげたり、怪我をしたときの応急処置とかに使うことができます。もし火をおこす必要があるときなんかは、着火剤にもなります」

そんな局面になるわけが――保坂は失笑しそうになるのをこらえながら「えらく詳

しいな、そういうことに」と言った。

「子供の頃に、入ってたので多少は知ってるんです」

「何に」

「あ、あの、ボーイスカウトです」大供光太はそう言ってから「すみません」とつけ加えながら頭を下げた。

「それ、長靴だろう。ハイキングシューズじゃなくて大丈夫か」

「あ、これはアウトドア用品の店で相談したら、一日二日の登山だったらこっちの方が疲れなくていいと言われたんです。マタギの人たちもたいがい、ジャージと長靴の組み合わせで山の中を歩き回ってるとかで……」

「マタギ？」

「あの、東北地方でクマ狩りをしたりする」

「ああ……今もいるらしいな、そういう人たちが」

「でも今はたいがい、別に仕事を持ちながららしいですけど」

「それもアウトドアの店で聞いたのか」

「はい。あと、ジーンズは水や汗で濡《ぬ》れると乾きが悪くて身体が冷えやすいし、ひざが曲がりにくくて疲れやすいそうです」

「そういうこと、事前に教えて欲しかったね」

保坂も中沼勉もジーンズをはいて来ている。

「あ」大供光太の表情がたちまち強張った。「すみません」

「真に受けなくていいよ。でも中沼さんの前で今の話はするなよ。それと、口うるさくなっちゃうけど、目上の人に挨拶するときは帽子取るべきだったな」

大供光太はなぜか泣きそうな顔になって、おずおずとジャングルハットを取った。

「な、何だ、それは」

保坂は二の句をつげないで絶句するしかなかった。

大供光太はなぜか、丸坊主になっていた。それもただの丸坊主ではなくて、たくさんの菱形《ひしがた》が並ぶ網目模様になっている。やや長めに刈られた地の部分と、かなり短く刈られた線の部分によって、そういった模様になっているのだった。ぱっと見は、カメの甲羅かメロンパンみたいである。

「すみません……両課長に少しでも失礼がないようにと思って、ここに来る直前に散髪屋に寄ったんですけど、いつも行っている店が休みでして、それで初めて入った店で、つい居眠りしてしまいまして……それで、あわてて帽子を買って……」

「居眠りって……君なあ、居眠りしただけで何でそんな頭になるんだよ」

「女の理容師さんに肩をもまれてるうちに、夢うつつっていうか、意識が怪しくなっちゃいまして、そのときに髪形を適当に任せるって言っちゃったんです」

「はあ?」

意味が判らない。いくら任せるといったって、常識というものがある。

保坂の表情を見た大供光太は「あ、僕が悪いんです、それは。僕がちゃんとこうしてくれっていうことを言わなかったからで」と手を振った。

「いや、君、それは完全になめられてんじゃないのか、その女の理容師ってのに。馬鹿にされてんだぞ」

「あ、いえ……僕が研修登山の話をしたもんで、多分、それに合う髪形というのをあの人なりに……」

何言ってんだ、このお人好しが。保坂はどやしつけてやりたい衝動にかられたが、何とか抑えた。研修がこれから始まるというところでさっそくチームワークを壊してしまうような険悪な空気を作るのはまずい。

「もういい、その話はまた今度にしよう。中沼さんには見せるなよ、その頭。研修が終わるまで、ずっと帽子をかぶっとけ。死んでも外すな」

「あ、はい、判りました」

大供光太は、はじかれたように帽子の庇《ひさし》を両手でつかんで、深々とかぶり直した。

中沼勉の所持品検査が終わり、教官たちから公園内のトイレで用を足してくるよう命じられた。

トイレに向かう途中で保坂は、中沼勉が憮然《ぶぜん》とした表情になっているのに気づいた。

「どうかしたんですか」と声をかけると、中沼勉は舌打ちをした。

「スポーツドリンクは駄目だって、取り上げやがったよ、あいつら」

そんなの、当たり前だろうが。事前に配布された要項に水以外の飲食物は不可とあっただろうに。しかし保坂は一応、同情するような態度で「厳しいですね」と言った。

「だったら今からミネラルウォーターを買いに行かせろって言ったら、それも駄目だって言いやがんの。役人みたいに融通が利かない奴らだよ、ったく」

遠足気分のあんたが悪いんだよ。保坂は心の中で冷笑した。

ワゴン車の後部席に、大供光太を真ん中にして三人並んで座った。教官二人は運転席と助手席である。

出発後しばらくして高速道路に入った。助手席の教官が振り返り、「山の地図です。一人、地図係を決めて、その人が持っていてください」と、折りたたまれた地図を差し出した。

中沼勉が「よし、僕が持っとこう」と受け取った。保坂は心の中で、もうリーダー気取りかよと毒づいた。

移動中、三人で地図を眺めた。千メートル前後の山が四つ集まっている。三つがほぼ東西に並んでおり、真ん中の山の北側にやや低い山がつながっていた。隣県にある、聞き覚えのある山々だったが、登山の趣味がない保坂にとっては具体的なイメージができない。聞いてみると、中沼勉も大供光太も登ったことはないとのことだった。目的地であるバンガローは北側にある弘高《ひろたか》山という標高およそ千メートル程度の山頂手前。ちなみに、バンガローは無人で、食料や毛布だけが置かれてある。そこで夜を過ごして、翌日に下山するわけである。

地図の隅に〔ルートは一つではありませんが、登山道を普通に選択すれば日没前後に到着できます〕と、書き加えられてあった。

「案ずるより生むが易《やす》し」中沼勉が小声で言った。「登ってみたら、ああ、こんなもんだったかって思うよ。帰りは同じルートを下ればいいから楽なもんだし」

「ルート、どうしますか」

保坂は言い、地図に目をこらした。だが、こういうことには馴《な》れていないせいで、どのルートがいいのか、見当もつかない。それは中沼勉も同じらしくて、「まあ、登りながら選んで行かないと、よく判らないんじゃないの、こういうのは」と言った。

ワゴン車が高速道路に入ったところで中沼勉が「あ、そうそう」と言った。「登山研修中はさ、お互いチームの一員として助け合う必要があるからさ、保坂課長とかいう呼び方じゃなくって、お互いに肩書きをつけないでさんづけにしようよ、ね」

別に異存はないので保坂は「判りました」と同意した。大供光太は恐縮した様子で

「あ、はい、すみません」とうなずいた。

同僚や部下に配慮する組織の後継者を気取ろうってか。そんなところだろうと保坂は冷めた受け止め方をした。

高速道路から一般道に下りたところで助手席の教官がコンビニのポリ袋を後部席に回した。中身はおにぎりが六個。登山道入口まであと二十分なので、それまでに食べろと言う。

中沼勉が抜け目なく、明太子と焼き肉のおにぎりを選んだ。大供光太が「お好きなのをどうぞ」と言うので、保坂はおかかと鮭を選んだが、そうすると残りは二つとも昆布だと気づいたので、おかかと昆布に変更した。

大供光太の人柄を既に察したらしく、中沼勉は「ねえ、悪いけど水分けてくれない？」とねだり、遠慮なくラッパ飲みしていた。


だだっ広い公園の奥にあった登山道入口で降ろされたのは正午過ぎだった。ワゴン車はすぐに去り、中沼勉の「じゃあ、行こうか」とのやる気のなさそうな言葉と共に登り始めた。

登山道は舗装されておらず、二人がやっとすれ違う道幅しかないので縦に三人並ぶしかない。別に話し合ってそうしたわけではなかったが、地図係の中沼勉が先頭に立ち、保坂がそれに続き、大供光太がしんがりを務めることになった。

歩き始めてしばらく経《た》ったところで保坂は前を行く中沼勉に話しかけた。

「中沼さん、映画が好きだそうですね」

人事課長から仕入れた情報である。

中沼勉は振り返らないで「え？　ああ、まあね」と気のない返事をした。「最近はあんまり見なくなったけど」

「大学のときは映画サークルにいたと聞きましたけど、自主製作映画とかを撮ってたんですか」

「よく知ってるね」

「ちょっと小耳にはさんだもので」

「でも、在学中に廃部になっちゃってね」

「あ、そうなんですか」

「一学年上の先輩のグループがいらんことしてくれてね。ポンコツ車を岸壁から海に落としちゃってさ」

「はあ？」

「車が海に転落する場面を撮りたかったんだってさ。お陰で警察沙汰になって新聞にも載っちゃって、何人かが停学になってそのまま自主退学、サークルも廃部だよ」

中沼勉はそう言って、足もとに落ちていた棒切れを拾って、木々の茂みの中に投げ入れた。その態度からして、触れるべきではない話題だったことは明らかだった。

その後は三人ともほとんど無言になった。

三十分ほど歩いて、谷川を左手に見下ろす道になったときに「中沼さん、ペースとしては大丈夫ですか。休憩しなくていいですか」と聞いてみたが、「いいや、これぐらい、どうってことないよ」との返事だった。

振り返ると大供光太は、二十メートルほど後方にいた。

「おい、遅れるなよ」

「あ、はい。すみません」

それを聞いた中沼勉が立ち止まって振り向いた。しょうがねえなあ。あきらかにそんな表情になり、腕時計を見る。

「まさか、もうばてたんじゃないよね」

中沼勉に言われた大供光太は「あ、大丈夫です、すみません」と、少しあわてた様子で足を早めた。

「ついて来られる？」

「あ、はい。ばてないペースで歩こうとしてただけですから」

「若いんだし、たいした山じゃないんだから、少しぐらいばてても大丈夫だろ」

した。

「あ、はい」

途中で一度、下山する初老の男性とすれ違った。互いに「こんにちは」とあいさつした。

さらに三十分ほどが経った頃には、中沼勉と保坂、保坂と大供光太の距離がそれぞれ二十メートル程度開いていた。道が曲がっているときには前を行く者の姿が見えなくなるが、何とか見失わないでいられる距離だった。

振り返って「大供さん、遅れてはぐれるなよ」と声をかけると、大供光太は「あ、大丈夫です。すみません」と、そのたびに少し早足になった。しかし、三人の距離はあまり変わらないままだった。

何度か、登山道が二股に分かれているところに出くわした。一応標識があるが、左が〔梅の原〕、右が〔岸の脇〕などと書いてあるだけなので、地図を見なければコースは判別できない。保坂は二股道に遭遇するたびに、先頭を行く中沼勉の背中に「こっちでいいんですか」と問いかけたい衝動にかられたものの、余計な口出しは機嫌を損ねることになるかもしれないと思い、我慢した。

出発して二時間が経ち、汗ばんできていた。さほど速いペースではなく、生い茂る木々によって太陽光が遮られていて割と涼しいせいで、だらだらと汗が流れるということはなかったものの、さすがに疲れは感じる。

と思っていると、中沼勉が二股道の手前のところで立ち止まって待っていた。表情がなぜか険しい。

近づいて「どうかしました？」と聞くと、中沼勉は「うん……あのさ」と指先でほおをかいた。「水、分けてくれない？」

リュックからペットボトルを出して差し出すと、中沼勉は遠慮なく一気飲みした。ワゴン車の中での昼食時に保坂自身がある程度飲んでいたので、九百ミリリットル入りのペットボトルの水は、あと四分の一ほどになった。

ペットボトルを「どうもありがとう」と返した中沼勉の表情は、まだ言いたいことがある様子だった。

まさか足が痛くなったとか、おなかの調子が悪いとか、そんなことを言い出すのではないだろうなとの不安を覚えながら保坂は「何です。どうしました」と努めて明るく尋ねる。

「実は、地図がないんだ」

「は？」

全身が瞬間冷凍されたような気分を味わいながら立ちすくんだ。

「どうも、ワゴン車の座席に置いたまま来ちゃったらしくてさ」

中沼勉はそう言うと、少し引きつった感じの苦笑を見せた。どう反応すればいいのかさっぱり判らず、保坂は静かにパニック状態に陥った。

「いつ、そのことに気づいたんですか」

「ええと、二つ目の分かれ道のところ。念のために地図を見ようかと思ったとき」

なんで黙ってたんだと怒鳴りたい気持ちを抑えている隙に、中沼勉が少し上目遣いになって「研修請負会社の奴らも不親切だよね」と続けた。「地図忘れたことぐらい、気づいただろうから、追いかけて来て渡してくれりゃあいいのにさ」

「………」

「まあ、置き忘れた僕が悪いんだけど」

「あの、中沼さん。今まで何度か、二股に分かれた道があって、それを右に曲がったり左に曲がったりしてきましたよね。あれは──」

「それは大丈夫。地図の中身はだいたい覚えてたから」中沼勉は遮《さえぎ》るように言った。

「車ん中で地図を見たときに、最低限のことは頭に入ってる」

「だいたい、ですか……」

「ここまで来た分は、まず間違いないと思うんだけど」

「本当ですね、間違いありませんね」

中沼勉はため息をついて、再び険しい顔になった。

「地図、保坂さんも見てたじゃない。僕が選んだ道、間違ってるって思うんならそう言ってよ」

　保坂は、落ち着け、自分の方がずっと年長者なんだと言い聞かせた。

「いえ、それは判りません。地図は見ましたが、詳細を覚えてはいませんし」

「そうでしょ」中沼勉はあごを少し突き出した。「三人の中じゃ、僕が一番地図の中身を覚えてると思うよ。だから、そこは信用してもらわないと」

　大供光太もすぐ背後に来ていた。振り返ると、引きつった表情で保坂と中沼勉を交互に見ている。やりとりを聞いたらしいが、口は開かなかった。

　しばらく場が沈黙した。いつの間にか谷川のせせらぎは聞こえなくなっていた。代わりに、どこかで鳥の羽音がした。寂しげなヒグラシの鳴き声。

　保坂は言葉を選ぶよう心がけながら、「中沼さん、地図なしでこのまま行くんですか」と聞いた。

「そりゃ、しょうがないんじゃないの。ないものはないんだから、ないなりに行くしかないでしょう」

「目的地に、バンガローにたどり着く自信はあるんですか」

「何とかなるんじゃないの」

　何とかって、何を根拠にそんな能天気なことを言ってるんだ。保坂は口から出かかる言葉を飲み込み、「ここは下山して、仕切り直した方がよくないですか。初秋の天気のいい日の山登りといっても、山は山ですし、あんまりなめない方が――」

事前に配られた研修要項には、怪我人が出たり道に迷うなどして危険だと判断したら下山すべしと書いてあった。ただし、その場合は後日あらためて登山研修をやり直さなければならないことになっている。

しかし問題なのは、やり直さなければならないことよりも、失敗したという事実が残ることであり、会社内でどういう目で見られるかということだった。

「なめてなんかいないよ」中沼勉は子供みたいに口をとがらせた。「でも、簡単にあきらめるようじゃ、何のための研修かって言われるのが落ちじゃないの。会社で笑い者になるよ。いいの、それで」

笑い者になるのは地図を忘れたあんただろうに。保坂はどういう返事をするべきか迷い、「はあ」とあいまいにうなずいた。

「保坂さん、心配し過ぎだって。たかだか標高千メートルそこそこの山じゃないの。それに、多少遠回りしたって何とかなるよ。最初、地図を見たときに僕、あ、ルートは一つじゃないんだ、何通りもあるんだなって気づいたし。保坂さんも判ったでしょ、それは」

「ええ……」

「大供さん」中沼勉は保坂の頭をよけて後ろにいる大供光太に声をかけた。「地図の中身、詳しく覚えてる?」

　大供光太は「あ、いえ……」と頭を振った。

「ここまで来たところまでは間違ってないと思うんだ」中沼勉は保坂の方に再び視線を戻した。「結構高いところまで来てるからさ、後は山頂を越えた向こう側にある山のバンガローを目指すだけじゃないの。右回りで進むか、左回りで進むか、まっすぐ山頂を越えるかはともかくさ、たどり着けないってことはないんだから、あきらめないで行こうよ」

「はあ……」

「万一迷ったとしても、別に死ぬようなことはないんだから、そんなに心配しないでさ」

　万一じゃなくって、現実に迷ってるじゃねえか。保坂はもう一度振り返った。大供光太の何か言いたそうな、しかしおどおどした表情。

　駄目だ、こいつに聞いても仕方がない。

「ね、行こうって。そのうち誰かに会うかもしれないでしょ」中沼勉がたたみかける。

「僕を信じてよ、ね」

　保坂は仕方なくうなずいた。言葉を発せず、しかめっ面を作ったのが、せめてもの抵抗だった。

うなずいてから、下山する初老の男性とすれ違ったときにどうして道を聞かなかったのかと文句を言うべきだったと気づいたが、今更ほじくり返しても仕方がないことだと思い直して飲み込んだ。

しばらく休憩した後、中沼勉が「こっちにしよう」と勝手に決めた右側の道を選んでさらに登った。さきほどまでと違って中沼勉は一人でずんずん進まず、三人は数メートルの距離の中に並んだ。重大なミスをしたということもあり気を遣ってそうしているのかなと最初思ったが、中沼勉の後ろ姿を見て保坂は、どうやら疲労から足取りが重くなっているらしいと察した。保坂自身も、脚の重さと、馴れないハイキングシューズの窮屈さによる鈍痛を感じ始めていた。

やがて平坦な場所に出た。周囲は雑草と木々に囲まれているが、そこだけはテニスコート二つ分ぐらいのちょっとした広場になっている。まばらに丈の低い雑草が生えているところ以外は、赤土の上に石ころや枯れ枝が落ちている。

いつの間にか空は薄曇りになっており、太陽が見えなくなっていた。それでも、うっそうと木々が茂っていた場所からここに出ると、かなり明るくなった気がする。

よく見ると、何者かが火を焚《た》いたらしい、地面だけがへこんで黒ずんでいる場所が中央にあった。

左側の雑草が、がさがさと揺れていた。中沼勉が「何？　あれ」と言い、保坂はそんなこと知るかと思いながら「さあ」と頭をひねった。

すぐに雑草の中から、何か小動物らしきものをくわえた黒い大型犬が姿を現した。口からそれを落とし、もの凄《すご》い形相《ぎょうそう》でこっちを見て、うなり声を発している。犬の種類はよく判らないが、いかにも闘犬という感じの体格と顔つきだった。

保坂は「やば……野犬だ」とつぶやいた。ここからの距離は十五メートル程度。背を向けた途端、襲われそうな気がしたので身動きが取れなかった。逃げる方向を確かめておきたかったが、目を離して隙を見せるわけにもいかない。

大供光太がなぜか、「ひっ」とうめいた。保坂は横目で見て、中沼勉が大供光太の背後に回って、楯《たて》にしようとしているのだと知った。

「僕、犬、苦手なんだ」中沼勉が言った。「何とかして」

大供光太が「な、何とかって、どうするんですか」と声を震わせる。

「なだめるとか、追い払うとか」

中沼勉が急にかがみ込んだようだった。

止める間もなく、短い棒切れが犬の方に投げられた。

犬は棒切れをよけようとしたが、背中に当たって鈍い音を立てた。

犬が逆上した。怒りのこもったうなり声と共に、弾かれたように突進して来る。それとほとんど同時に中沼勉が「逃げろっ」と叫び、斜め後ろに走り出した。

保坂はそれにつられる形で後に続いた。そのとき、中沼勉が大供光太を突き飛ばすようにして前に押しやったのを目の端で捉えた。

「うわっ」と大供光太の悲鳴が上がったが、いったん走り始めた脚は急には止められない。保坂は「大供っ、早く逃げろっ」と叫んで、そのまま走った。

中沼勉が真っ先に木の一つに飛びついて登り始めた。保坂も倣《なら》って、すぐ近くの別の木の枝に飛びつき、足をかけてよじ登った。一度、足が滑って落ちそうになったが、何とか二メートルほどの高さにまで逃れることができた。

見ると、大供光太が襲われていた。犬にのしかかられるようにして仰向けに倒れている。犬は頭を激しく振っている。一瞬、大供光太が咬《か》み殺されかけているように見えた。

だが、犬が咬みついていたのは大供光太のリュックだと気づいた。大供光太は身を守るためにとっさにリュックを突き出し、そのまま浴びせ倒される形で転んだものらしかった。

大供光太が「助けてくださいっ」と悲鳴を上げた。

すぐ近くの木に登った中沼勉と目が合った。中沼勉は肩で息をしながら、ふっと目をそらした。その直前に、かすかに頭を振ったように見えなくもなかった。

今出て行って、助けてやる方法があるだろうかと保坂は考えた。思いつかない。下手したら自分までやられてしまう。

だからといって見捨てるのか。殺されるかもしれないのに。

唾《つば》を飲んだ。混乱して、自分がやるべきことが全く判らない。乱れた呼吸を整えることができず、悪寒が全身を震わせた。

大供光太に覆いかぶさっていた犬が突然、逆立ちのようになって宙に浮いた。続いてリュックが横に転がる。

大供光太が巴投《ともえな》げの要領で犬を投げ飛ばしたらしかった。

犬は一度地面の上を転がったものの、低いうなり声と共にすぐに起き上がって体勢を立て直した。

が、飛びかからなかった。

大供光太が拳大の石らしきものを拾って、構えていたからだった。

再び犬のうなり声――かと思ったら、声の主は大供光太らしかった。

大供光太が石を投げるふりをして見せると、犬がすばやく反応してよけようとした。

それが二回、繰り返された。

三度目に大供光太が石を投げ、犬はそれをかわした。

犬はたちまち距離を詰めたが、飛びかからなかった。大供光太が今度は枯れ枝らしき棒切れを拾っていたからだった。石を投げるフェイントをかけながら、次なる武器に見当をつけていたらしい。棒切れは四、五十センチありそうだったが、への字型に曲がっているため扱いにくそうだった。

大供光太の横顔は、明らかに泣きべそをかいていた。子供が喧嘩の途中で泣き出して棒切れを振り上げている、という感じである。

「大供っ」と保坂は声をかけた。「犬をひるませて、近くの木に登れっ」

保坂は余計なことをしたことをすぐに後悔した。

犬がこちらを向いた。そして、大供光太をもう一度見てから、ゆっくりと迂回《うかい》しつつ、こちらに向かって来た。

犬と目が合った。敵意むき出しの表情とうなり声。大供光太を仕留められなかった腹いせをこちらにぶつけようとしているように思えた。

「保坂さん、あんたのせいだぞ」と中沼勉がうわずった声で言った。

だが、犬は突然、再び方向転換して走り出した。大供光太が棒切れを捨てて逃げ出したことに気づいたからだった。

大供光太は、保坂たちがいる場所と反対方向に走った。犬が猛然と追う。たちまち距離が詰まる。だが、次の瞬間、大供光太も犬も雑草の向こうに消えた。

小枝が何本も折れるかのような音。それに重なって、言葉になっていない悲鳴が届いた。

雑草の向こう側は、急斜面になっていたらしかった。

耳を澄ませた。その後もときおり、枯れ枝を踏んだような音が断続的に聞こえたが、それもすぐにやんだ。

中沼勉と顔を見合わせた。二人とも木の枝につかまって、サルみたいに丸くなってしがみついている。

「どうなったの?」と中沼勉が聞いた。

そんなこと判るわけないだろう。保坂は頭を振った。

しばらくの間、無言のまま息を潜めて窺《うかが》った。

中沼勉が咳払《せきばら》いをした。

「いなくなったみたいだね」

「そうですかね」

「大丈夫かなあ、大供さん。どうする? 下りてみる?」

「はい、どうぞ」

「ずるいよ、そんなの。一緒に下りようよ」

あんたは小学生か。保坂は中沼勉を無視することにした。

どうすればいい? 犬がいなくなるまで延々と待つのか。どれぐらい待てばいいのだ。いなくなったと思っても、近くに潜んで待っているかもしれないではないか。

大供光太はどうなったのか。助けてやりたいが、状況が判らないことには動きようがない……保坂は、自分の身かわいさから都合のいい理屈をこねているような気がして、自己嫌悪に囚《とら》われた。

唐突に、子供の頃の体験がよみがえった。

小二のときに、野良犬に追いかけられて児童公園のジャングルジムに登って逃れたことがあった。犬は最初のうち、ジャングルジムの下でけたたましく吠《ほ》えていたが、それに飽きると今度は近くに陣取って、保坂をじっと待ち伏せる体勢になった。夕暮れ時で、公園内には他に人がおらず、このままだといずれは咬み殺されるのではないかという恐怖感からべそをかいたことを覚えている。

確か、別の犬を連れて散歩にやって来た男の人が追い払ってくれて助かったのだ、あのときは……。

さきほど大供光太らが滑落した辺りの雑草ががさがさ動いて、保坂は我に返った。現れたのは犬の方だった。中沼勉が「犬の勝ちか」と漏らしたので、保坂は睨《にら》みつけながら人差し指を口に当てて注意を促した。

犬はこちらには向かって来ず、広場に落ちているリュックの匂いを嗅ぎ始めた。

そのとき、別の場所の雑草をかき分けて、大供光太が姿を見せた。滑落した場所よりも十メートルほど左側だった。ジャングルハットをどこかに落としたらしく、例の網目模様の丸刈り頭が見えている。

「何、あの頭？」と中沼勉が言ったときに、犬が大供光太に気づいたようだった。

犬は再び獰猛《どうもう》なうなり声を上げて、大供光太に突進した。

大供光太は棒切れを握っていた。さきほど手にしていたものよりも太くて長かった。

バッティングの要領で棒が振られた。だが犬には届かず、空振りになった。大供光太がバランスを崩し、犬に背を向ける形になった。

保坂があっと叫びそうになった次の瞬間、鈍い音がし、ほぼ同時に甲高い鳴き声がそれに重なった。

空振りの勢いのまま大供光太はもう一回転し、飛びかかろうとした犬の側頭部に運よくカウンターの形でヒットさせたのだった。

犬がよろけた。そこを、体勢を整えた大供光太がさらにもう一発、スイングを見舞った。今度もほぼ同じ場所に、しかしさきほどよりも力強く当たったようだった。鈍い音。そして犬の鳴き声はくぐもった感じになった。

犬はいったん逃げようとしたようだったが、素人による下手な操り人形みたいにぎこちない動きのまま、横向きに崩れた。そのまま全身をけいれんさせている。

中沼勉を見ると、呆気《あっけ》にとられた表情でぽかんと口を開けていた。

保坂は木から下りた。中沼勉もそれに倣ったが、枝にデイパックが引っかかってしまって「あ、くそ」ともがいている。保坂はそれを無視して大供光太のところに駆け寄った。

大供光太は棒切れを持ったまま、思い詰めた表情で肩で息をしていた。「大丈夫か」と声をかけたが返事はなく、倒れている犬を凝視している。

いつの間にか、犬はけいれんをやめてぐったりとなっていた。

保坂は大供光太から棒切れを取ろうとしたが、大供光太は放そうとしない。「ちょっと貸してくれ。犬をつついてみるから」と言うと、ようやく「あ」という返答と共に手を放した。

犬はつついても反応がなかった。呼吸をしておらず、焦点が定まらない目のまま、だらしなく舌を出していた。

「死んでる」と教えてやると、大供光太は背を丸めてひざに両手をついた。

犬が最初に現れたところに行ってみると、野バトらしい死骸が落ちていた。

中沼勉が遅れてやって来た。

「死んだの」

保坂が「ええ」とうなずく。

「まじ？」

「はい」

「何でこんなところに犬がいるわけ？　捨てられた犬が山の中で野犬になったってことなのかな？」

「さあ、知りません」

心の中で、俺がそんなこと知ってるわけないだろう、間の抜けたことを聞くなと毒づく。

「多分、そうだよ。ところで、彼の頭、どうしたの？」

中沼勉が小声で聞いたので、「散髪屋で居眠りしている間にあんな風に刈られちゃったそうです」と小声で答える。

「そんな馬鹿な」中沼勉は失笑したが、そういうことを話題にしている場合ではないと思い直したらしく、「それにしても凄《すご》かったね」と頭を何度も振った。

どう返事をしようかと思っていると、中沼勉は「何か、グラディエーターみたいだったよね、映画の」と続けた。

あきれたという顔を心がけて見返したが、中沼勉から「知らないの？　グラディエーター」と、逆にあきれ顔をされた。

「大供さん、たいしたもんだよ」と中沼勉が大供光太の肩を軽く叩いた。「僕、助けるつもりで木を下りようとしたんだけどさ、その前に一人でやっつけちゃったね」

保坂は、中沼勉のいい加減な言葉が大供光太を切れさせるのではないかと一瞬不安になったが、大供光太は小さな声で「どうも」と言っただけだった。

「雑草の向こうに転げ落ちたときは、やばいって思ったけど、よく戻って来られたよね。あのとき、どうなってたの」

「……途中で止まって……這《は》い上がりました」

「そのとき、犬は」

「よく覚えてません」

「ふーん……まあ、そうだろうね、必死だったろうし。帽子、さっき滑り落ちたときになくしたみたいだね」

言われて大供光太が「すみません、これは——」と顔を強張《こわば》らせて自分の頭を触ったので、保坂が「事情はさっき話したよ」と声をかけた。大供光太は「すみません、すみません」と、二度頭を下げた。

大供光太は腕や脚に小さな傷をいくつか作っていた。保坂が「カット絆持ってるから、貼ってやろう」と言ったが、大供光太は「あ、いいです、僕も持ってますから」と答えてリュックを拾った。そして、近くの雑草を足で押し倒してその上にあぐらをかき、リュックから密閉容器を取り出した。中には、カット絆、包帯、軟膏薬《なんこうやく》などの救急キットがぎっしり詰まっていた。

中沼勉が犬の死骸をつつきに行っている間に、保坂は大供光太に「すまんな、助けに入らなくて。どうしようか迷ってる間に終わっちゃったんだ」と小声で謝った。

　大供光太は軟膏薬を塗った腕の傷口にカット絆を貼りながら「あ、いいえ」と小さく頭を振った。

「子供のときにボーイスカウトに入ってたって言ったよな」

「はい」

「山で道に迷ったときはどうしたらいいか、知ってたら教えてくれないか」

「……世間一般では、川を探して、それに沿って下流に向かえば麓《ふもと》に出られるとかいいますけど、川のすぐ近くは大きな岩場や切り立った場所が多くて危険なので、やめた方がいいと思います」

「いや、下山する方法じゃなくて、目的地にたどり着く方法を聞いてるんだけど」

「さあ、そこまでは。ある程度、山登りのこととか、事前に調べはしたんですけど、それも最低限のことしか……」大供光太はそう言ってから「すみません」とつけ加えた。

　中沼勉が「完全に死んでるよ。大供さんて、見かけによらず凄い人だよね」と言いながら戻って来た。「ところでさ、ちょっと水飲ませてもらえないかな」

「あ、はい」大供光太はリュックからペットボトルを出して差し出した。保坂が持ってきたのと同じ大きさのペットボトルで、中身は残り四分の一もなかった。それを中沼勉は遠慮せずにすべて飲み干してしまった。

あんた、それはないだろう、大切な水なんだぞ――保坂は詰め寄りたいのを我慢して、「川を探して、水を汲《く》んどいた方がよさそうですね」と言った。保坂のペットボトルも、さきほど歩きながら残りを飲んだせいで空になっている。

「あ、そうだね、確かに」中沼勉は空になったペットボトルを大供光太に返した。

「でも、この辺の川の水って、飲めるのかな」

「近くにキャンプ場とかがあったりしたら、食べ残しや糞尿のせいで雑菌が多くて危険ですけど、この辺りはそういうの、ないみたいなので、多分大丈夫です」と大供光太が言った。「近くに人工林もなさそうですし、川も護岸工事とか、されてないでしょうから」

「人工林があったり、護岸工事されてたりしたら飲めないの？　何で」

中沼勉が口を尖《とが》らせ気味に聞いた。

「人工林は除草剤を使いますから、川に溶けているおそれがあるんです。護岸工事でコンクリートによって固められてたら、バクテリアによる浄化能力がないので……」

「ふーん、そうなんだ。よく知ってるね、そういうこと」

「二、三日前に、図書館で少し調べたんです」

保坂は、あらためて大供光太を見た。いかにも頼りなげで、おどおどしたような顔の男だが……少なくとも自分や中沼勉よりもこの男は山登りというものをなめてかかっておらず、付け焼き刃ながらも大切な情報を前もって頭に入れて来ている。仕事に無駄が多い——職場でそういう目で見られているらしいが、もしかするとそれは、さまざまな局面を想像しているからこそではないか……。

休憩を兼ねて、三人で方角について意見を出し合った。大供光太がコンパスを持って来ていたので東西南北は判るのだが、目的地が今いる場所からどの方角に当たるのかということになるとかなり怪しく、誰も確信を持ってどちらに向かえばいいと言えなかった。そこで、ここまでの道のりを三人で思い出して地面に略図を書き、だいたいの位置関係に見当をつけた。結果、北西を目指せば何とかなるだろうということでまとまり、再出発することになった。

方針として、川を見つけることよりもとにかく目的地にたどり着くことを優先させることになった。少しぐらい喉が渇いても、バンガローさえ発見できれば水と食料が得られるわけだし、川を探すために時間を食ったりしたら陽が暮れてしまう、というのが理由である。

十五分ほど登山道を進んだところで、道がなくなっていた。突然なくなったというより、斜面に沿って続いていたはずの小道が徐々に狭まって、ついに斜面と一体化してしまった、という感じだった。

「こりゃ、困ったなあ」中沼勉が周りの木々を見回した。「まさか道がなくなるとは。でも方角はこれでいいんだよね」

保坂は「多分」と答えた。三人で確認した方向であることは確かだが、それ自体が間違っているとすればどうしようもない。それに、三人で思い出したといっても、中沼勉が「確かこうだった」と言ったことを基本にしているので、根拠に乏しい。

「道がない、とはいってもさ」中沼勉は両手を腰に当てた。「進めないことはないから、このまま北西を目指せばいいんじゃないの」

確かに、木々が茂っているとはいっても、それぞれの木と木の間は楽に人が通れる間隔があるし、足もとも腐葉土や枯れ葉が多くて少し歩きにくいにしても、それほどの急斜面ではない。

保坂は大供光太に「どうだ」と聞いてみた。最初は当てにしていなかったどころか、足手まといになるのではと心配していたのだが、今は三人の中で一番頼りになりそうに思えるので、意見を聞いておくべきだった。

「判りません」大供光太は不安げに頭を振った。「ただ、もう四時になろうとしてますから、今日のところはあきらめて下山するということなら、頃合いだと思うんですけど」

「大丈夫だって」中沼勉が顔をしかめた。「せっかくここまで来ておいて、下山はないよ」

風が吹いて、木々がざわざわと音を立てた。

しばらく三人とも黙っていたが、中沼勉が沈黙を破り「とにかく、少し行ってみよう」と決めつけるように言い、歩き出した。保坂は、仕方ない、という感じで大供光太に軽く首をすくめて見せ、重い足取りで歩き出した。

下山するべきだったと保坂が確信したのは、一時間近くが経過してだった。登山道は相変わらず見つからないままで、斜面は徐々に勾配がきつくなって、とうとう四ん這い状態で木の枝や蔓《つる》を握り、木の根っこや幹に足をかけるようにしないと登れなくなっていた。おまけに、ますます喉は渇き、身体は鉛が入ったように重くなっていた。

「斜面を登るときは、足を上げないでできるだけすり足にした方がいいですよ。その方が疲れにくいんです」

大供光太が言った。保坂と中沼勉の双方に言ったらしかった。

保坂が「あ、そうなの」と答えた。「もしかして、君が長靴を履いて来たのはそのことと関係あるの？」

「ええ。長靴はハイキングシューズみたいに軽快に歩けない代わりに、すり足のようにして歩きやすいですから。それと、苔《こけ》を傷めにくいから」

「苔？」

「ええ、ところどころ、木の根元やその周りに苔が生えてるじゃないですか。苔というのは踏みしめると駄目になって、なかなか再生しないんで」

あんたは苔にまで気を遣って歩いてたのかと言いそうになったが、飲み込んだ。山を歩く人間としてのマナーなのだろう。

「それと、できるだけ腕を使って、枝や蔓をつかむようにしてください。そうすれば脚への負担が減りますから」

「判った」

保坂は、何でそういうことをもっと早く言ってくれなかったんだと文句を言いたくなったが、昨夜バーで釘を刺したことを思い出して、唇を噛んだ。

――チャンスだと割り切って、上手いこと研修を乗り切ろうじゃないか。そのためには中沼さんに主導権を握らせてやって、できるだけ口出ししないことが肝心だ。

確か、そんなことを言ったのだ。要するに、お前は黙ってろと押さえつけてしまったから、大供光太はそれに従ったまでなのだ。

そんなことに思い至ったせいで、ますます徒労感が募った。さらに、馴れないハイキングシューズの中で、足が鈍い痛みを訴えてもいた。

保坂は何度もためらった末に「中沼さん、やばくないですか」と言った。

そのとき、大供光太が「しっ」と制した。顔を見ると、人差し指を立てて口に当てている。耳を澄ませろということらしかった。

すぐに判った。川の音だった。

「そっちにあるみたいですね」大供光太が東側を指した。「割と近そうですよ」

「よし、じゃあ、水を汲みに行こう」

中沼勉はそう言うなり、方向転換して先頭に立った。

しばらく横に移動した後、ゆるい下り斜面の先に川が見つかった。両岸には大きな岩がごろごろしていたが、簡単にまたぎ越えることができる程度の、ちゃちな川だった。

「ひゃー、天の恵み」

中沼勉がさっそく川の水を手ですくおうとしたが、大供光太が「待ってください」と制した。「一応、匂いをかいだり、口に含んで味を確かめたりしてからにしてください。それと、一気飲みしないで、少しずつにしてください」

「あ、そうね……判った」

中沼勉はバツが悪そうに苦笑いして、まずは手を洗ってから、水をすくって飲んだ。

保坂も手ですくって飲んだ。喉の渇きが癒される安堵感はあったが、旨《うま》いのかどうかを感じる余裕はなかった。ただ、身体にしみ込んでゆく感覚は間違いなく気力の回復と安堵をもたらしてくれた。

大供光太が少し離れた場所に腰を下ろしたのを見計らって、保坂は「中沼さん」と小声で中沼勉に言った。「三人が同等な立場という建前でここまでやって来ましたけど、これから先はこの際、大供さんにリーダーになってもらう、というのはどうですか。山登りに関しては彼が一番知識があるみたいですし」

あんたがリーダー気取りで余計なことをしてきたせいでこうなったんだぞ、まさか反対しないだろうなと心の中でつけ加える。

中沼勉は少しむっとなった表情を見せたが、思案顔になった後、「そうだね」とうなずいた。

登山の失敗をリーダーのせいにすれば面目が立つから。保坂が予想したとおりの反応だった。

「じゃあ、いいですね、それで」

「うん、実は僕もそれを提案しようと思ってたから」

保坂は「大供さん」と声をかけて近づき、中沼勉と話し合ったことを伝え、リーダーになって欲しいと頼んだ。

大供光太は明らかに狼狽《ろうばい》して、「あ、いえ、そんな、僕なんかがリーダーだなんて、とんでもない」と盛んに手を振った。

「いや、君は自分の能力を過小評価してる。獰猛《どうもう》な野犬を倒したのも見事だったけれど、山登りのことをいろいろと調べているところなんか、間違いなくリーダーにふさわしいと思う。俺と中沼さんからのたっての願いだ」

「そんな、僕なんかが……」

「いや、俺も中沼さんも君を頼らないともうどうにもならないと思ってる。二人を助けると思って頼む」

「僕も保坂さんも」と中沼勉が口をはさんだ。「意見を言うことはあっても、リーダーの決断には従うことを誓うよ。だから引き受けてくれ」

二人そろって頭を下げると、大供光太はあわてた様子で「あ、判りました、すみません、やらせてもらいます、すみません」と何度も頭を下げた。

話はまとまり、さっそくその場でこれからどうするかの話し合いになった。

「今日のところはいさぎよく下山しましょう」保坂はずっと言おうと思っていたことを口にした。「このまま無理して進んでも、いつ目的地にたどり着けるか判ったもんじゃない。体力的にも、かなりきつくなってますし」

中沼勉は顔をしかめたものの、素直にうなずいた。

「そうだね……僕はまだ大丈夫だけど、あんまり無理するのもね」

うそをつけ。自分からリタイアを言い出さずに済んだことに感謝しろ。

場の空気がふっと緩んだかに思えたが、大供光太が「下山には反対です」と言った。彼らしからぬ、力のこもった声だったせいで、保坂の心臓はどくんとはねた。

「なんで?」

「今から下山したとしても、明るいうちに麓に戻るのは難しいからです。下山するのなら、もっと前にすべきでした」

場がしばらくしーんとなった。川のせせらぎがやけにうるさかった。

「じゃあ、バンガローを目指すわけね」中沼勉が少し苛立った態度を見せた。「リーダーがそう言うんなら、そうしたらいいんじゃないの」

「いえ、この調子だと、バンガローを陽暮れまでに見つけるのも難しいと思います」

「だったら、どうしろってんだよ」と中沼勉が声を荒らげた。

保坂が「中沼さん、落ち着いて」と制する。大供光太はというと、顔を強ばらせて「すみません、すみません」と頭を下げる。

「中沼さん、ちゃんとリーダーの話を最後まで聞こうよ」保坂がとりなした。「意見を言うときは、全部を聞いてから。ね」

中沼勉がしかめっ面ながらも落ち着きを取り戻した様子でうなずいたので、保坂は大供光太に目配せをして、続きを促した。

大供光太はおどおどした態度のままだったが、「今晩は野営をして、明日の朝に下山するべきだと思うんです。バンガローを探せるかどうかも判らないし、ひ、陽暮れまでに下山することも難しいわけですから」と声を震わせながら言った。「やり方として最低限のことは知ってますから、それが一番いいと思います。天気が崩れなければ、ですけど……」

保坂は中沼勉と顔を見合わせた。

大供光太が「あの……」と、おそるおそる続ける。「それと、野営をするのも今からすぐにでも準備に取りかからないと、陽が暮れてしまいます」

中沼勉が顔で、どうする、と聞いてきた。

一理ある。うん。そうしますか。そうだね。かすかにうなずき合って、大供光太に従うことを確認した。

「判った、そうしよう」保坂が大供光太に言った。「じゃあ、そのためには今から何をしなきゃならないのか、指示を出してくれ」

大供光太は少し顔を紅潮させて「ありがとうございます」と頭を下げた。そして「すみません」とつけ加えて、さらに頭を下げた。

まずは斜面を下りながら野営する場所を探すことになった。大供光太が言うには、風を遮る木々に囲まれた平地が望ましい、とのことだった。また、寝床に使える草が茂っている場所、との条件もついた。素人は川の近くにテントを張ったり寝袋を敷いたりしがちだが、雨が降ると急激に増水して危険なだけでなく、夜間は温度がかなり下がってとんでもない寒さを味わうことになるし、野犬やイノシシ、もしかするとツキノワグマなどが水を飲みにやって来る可能性もあるので、絶対に野営の場所に選んではならないのだという。また、岩場の下は落石、枯れ木の下も太い枝の落下、高い木は落雷の危険がそれぞれあるので、やはり野営には不向きで、尾根に当たる場所も突風が当たるからよくないという。

例の野犬が襲って来た場所が野営場所としての条件をクリアしていなくもなかったものの、既に道に迷って方角の見当がつかない上に、野犬の死体の臭いが別の野犬などを呼び寄せる可能性もあるため、とにかく下りながら少しでも条件がいい場所を探す、ということになった。

「坂道を下るときは、できるだけ歩幅を狭くして、ジグザグに歩くようにしてください」前を行く保坂と中沼勉に大供光太が声をかけた。「直線の方が距離が短いから楽だと考えてはいけません。身体に負担がかかって、予想以上に疲れるんです」

大供光太はまた、二十分歩いたら五分休憩するという方針を打ち出した。中沼勉が「何でよぉ」と口を尖らせたが、下りというのは予想以上に筋肉に負担がかかるし、疲れてから休むやり方では、いざというときに身体が動かなくなってしまう危険性があり、登山では疲れる前に休むというのが鉄則だとの説明に反論する余地はなかった。

大供光太は言うべきことを言った後、申し訳なさそうに「すみません」と頭を下げた。中沼勉は大供光太に聞こえない声で、「そういうことはもっと早く教えて欲しいもんだよ」とぶつぶつ言っていた。

何とかなりそうな場所を見つけることができたのは、午後五時半を過ぎたときだった。そこは十坪程度の平地に細い笹が密生しており、周囲は木々が取り囲んでいた。大供光太が「ここにしましょう」と決めた。

保坂らはその場にどっと座り込んで、それから大の字になった。薄暗くなりかけた小さな空がぼんやりと網膜に映っている。

しばらく動けなかった。脚が棒のようになる、という言葉の本当の意味を初めて理解した気分だった。疲労感のあまり、このまま全身がどろどろに溶けて、草木の隙間にしみ込んでしまいそうな気さえした。

何分か、三人とも言葉を発しないで、笹の上に倒れていたが、一人がおもむろに立ち上がった気配があった。

「今からねぐらを作りましょう」大供光太の声がした。「ぼやぼやしてると陽が暮れてしまって、気温が下がった中で震えてなきゃいけませんから」

「もう少し休もうよ、頼むからさ」

中沼勉がだだをこねるような言い方をした。一方の大供光太は硬い表情で目をしばたたかせている。

「中沼さん、リーダーの命令なんだ、ちゃんと従おうよ」

保坂が言いながら重い身体にむち打って立ち上がると、中沼勉も渋々、「やれやれ、そうですか」という反抗的な口調と共に上体を起こした。

「ええと」大供光太が申し訳なさそうに両手をこすり合わせる。「僕はナタを持って来てますけど、刃物を持ってる人は、ちょっと出してみてもらえませんか」

「刃物を何に使うの」と中沼勉。

「これから笹と雑草を刈って、寝床を作ります。僕が持って来たゴミ袋で簡単な寝袋を作って、くるまった状態で寝床の上に寝れば夜間の冷え込みをしのげるはずですから」

「はあー、なるほどね、ホームレス生活だな、こりゃ」中沼勉が苦笑した。「大供さん、でも、わざわざゴミ袋っていう言葉を使わなくてもいいじゃん。せめてビニール袋って言ってよ」

「あ、すみません」

「まあ、いいや。ええと、僕は刃物、これを持ってきたけど」

中沼勉はデイパックから折りたたみ式のナイフを出して、刃を伸ばして見せた。刃のそり具合といい、重厚な光沢といい、ナイフおたくが欲しがりそうな高級品のようだった。

　二人の視線を受けて、保坂は手を振った。

「自分は何も。まさか刃物が必要になるとは思わなかったので」

「じゃあ、これ使っていいよ」待ってましたとばかりに中沼勉がナイフを差し出した。

「僕、悪いんだけど、さっき急な坂を下るときに右手の肘をひねっちゃって痛むんだ。我慢はしてるんだけど、実際は曲げ伸ばしをしてるだけでも痛くて」

　大供光太が心配そうに「大丈夫ですか」と聞いた。

「まあ、何とか」中沼勉は急に苦痛に耐えているかのような表情を作った。「だもんで、笹を刈るのはちょっとね。代わりにゴミ袋をガムテープでつないで寝袋を作るよ、もちろん三人分」

　笹刈りが重労働だと察して、要領よく逃げやがったな。リーダーじゃないあんたが何で仕切るんだよ――保坂はほんの一瞬、睨んだが、中沼勉の方も、何だよ、という感じで見返してきたので視線を外した。内輪もめをしている場合ではない、と自分に言い聞かせる。

　保坂は無言でナイフを受け取った。口をききたくなかった。

　一人のわがままが通る形で役割分担が決まり、作業開始となった。

「あの、よかったらこれ使ってください」と大供光太が保坂に軍手を差し出した。

「素手だと怪我をしやすいし」

「君の分はあるのか」

「僕はナタを持ってますから、刈る作業がその分だけ楽なので」

足手まといになることを心配していた男が今は神様仏様に見えた。

「すまんな、じゃあ、借りるよ」横目で、中沼勉が少し離れた場所でゴミ袋を並べているのを確かめながら受け取った。「大供さん、あいつのせいでいろいろ大変だけど、下山するまで切れないで我慢してくれよ、な。本当に君をリーダーとして頼りにしてるから」

「いえ、そんな」大供光太は恥ずかしそうに手を振った。「僕、保坂課長と中沼課長の二人を無事下山させることができたら、少しは自信が持てるようになるっていうか……自分も役に立てるんだっていうことを証明したいんです。だから頑張ります」

気の利いた返答ができず、保坂は「そうか」とうなずくことしかできなかった。疲れ過ぎているせいで、頭の回転も鈍くなっていることを自覚した。

大供光太の指示に従って、笹を刈り、積み上げていった。「汗をかくと後で身体が冷えますから、ゆっくりペースでやってください」と言われたが、笹を切るにはそのたびにかがまなければならず、しばらくやっているうちに腰が悲鳴を上げた。お陰で、かがむ代わりにしゃがんでみたり、座り込んで刈ったりと、体勢を何度も変えて、騙し騙しやらなければならなかった。

途中で一度、あまりの腰の重さに耐えかねて休憩した。そのときに中沼勉がやって来て「保坂さん、ちょっとナイフ貸して」と言うので、この男も少しはいいところがあるなと見直す気持ちで渡したところ、笹を刈るのではなく、ゴミ袋に穴を開けるためだけに使って、すぐに返してきた。おまけに「もう少し丁寧に使ってもらえないかな。少し刃こぼれしちゃってるよ」と文句を言われた。保坂は返事をしないで受け取った。

寝床を作る作業は一時間弱かかった。保坂が作ったのは一人分だけで、ナタを持っていた大供光太が二人分を作ってくれた。その間、中沼勉はわざとそうしていることがばればれのゆっくりペースで丁寧にゴミ袋をつなぎ合わせていた。作り上げた後で中沼勉は、「いやあ、きれいにガムテープを貼るのに苦労したよ」だの、「隙間ができないように気を遣ったよ」だのという自慢話までしてくれた。

さっそく出来上がった寝床に寝転んでみた。一番上に柔らかめの雑草を積んだせいで、背中にさほどの異物感はなかった。ほどほどに弾力もあり、ちょうどいい沈み加減だった。目を閉じると、沼の底にゆっくりと沈んでゆくかのような感覚になる。

しばらく、まどろんでいたらしい。大供光太の「保坂さん」という言葉ではっと目を開けて上体を起こした。

「え、何？」

「あっちの方に」と大供光太は茂みの一角を指差した。「トイレ用の穴を掘りましたから、大きい方も小さい方も、そこで用を足してください。二十メートルほど入ったところなんですけど、明るいうちに場所だけ確認しておいてください」

「え、トイレまで作ったの」隣で同じようにまどろんでいたらしい中沼勉がむっくり起き上がった。「これだけ腹へってんだから、うんこなんか出ないのに。おしっこはそこら辺にすればいいじゃん」

「いえ、その辺にはしないでください」大供光太がとんでもないという感じで手を振る。「臭いでまた野犬とかがやって来る可能性がありますから」

「トイレったって、穴掘っただけなんだろ。だったら臭いがするのは同じじゃん」

「いえ。用を足した後で土と木の葉をかぶせるようにしてありますから」

保坂は重い身体にむち打って立ち上がり、見に行ってみた。背後の気配で、中沼勉も渋々ついて来たと判った。

大供光太が言ったとおり、枝か何かを使って掘ったらしい、五十センチ程度の深さの穴があり、近くには腐葉土の小山が用意されてあった。

「働きもんだねえ、彼」中沼勉がありがたさを全く感じていないかのような、小馬鹿にした口調で言った。「ときどきいるよね、そういう人って。世話を焼かないではいられない性分なんだろうね」

保坂は不快感をかみしめるだけにして、返事をせずに寝床に戻った。無事下山するまで、できるだけこの男とは言葉を交わさないでいよう——子供っぽいことだと判っているが、そうしないと感情が爆発しそうだった。

とにかく我慢することだ。このまま一緒に下山すれば、連帯感とやらを中沼勉に植え付けることができる。そうなったらしめたものだ。折に触れて「あのときは大変だったよなあ」などと飲みながら笑ったりして、社内で「保坂さんはジュニアと特別な関係だから」と陰でささやかれるようになる。腹の底の底でくすぶる本当の気持ちはともかく、共に苦労をしたという事実はそれなりに重みがあるはずである。

陽暮れを待っていたかのように気温が下がってきた。気がつくと辺りが暗くなって、見通しが利かなくなりつつあった。

中沼勉が下着を取り換えているのを見て、保坂も上にパーカーをはおる前に下着を替えることにした。

疲れが取れるわけではないにしても、お陰で多少は気分がリフレッシュされた。

大供光太は一人で枯れ木や枯れ草を集めて、少し離れた場所で焚き火の準備を始めていた。保坂は手伝うべきだとは思ったものの、何も言われないのをいいことに、眠っているふりをして疲弊《ひへい》しきった身体を休ませた。いちいち見なかったが、中沼勉も同じ手を使って休んでいるらしかった。

やがて陽が暮れて、辺りは本格的に暗くなった。気温もますます下がり、首もとなどから、ぞくっとするような冷気が侵入してくる感じがする。これが山の夜かと、ようやく実感した。

それまでまどろんでいた保坂は身を起こして、焚き火が赤々と燃えているのを確認した。大供光太だけでなく、いつの間にか中沼勉も火に当たっている。

雑草をちぎって、空いている場所に敷き、腰を下ろした。

「大供さんがマッチとか、焚き付けになる新聞紙とかを持っててくれたお陰で助かったよ」中沼勉が力なく笑っている。「でも腹、減ったなあ。何か食いたいよね」

「俺なんか」と保坂はつぶやくように言った。「減り過ぎて、もう空腹の感覚なんてなくなっちゃって、判んないよ」

言ってから敬語を使っていないことに気づいた。だが、いちいち言い直す気にはならなかった。

「水さえあれば」と大供光太が口を開いた。「一日や二日、食べ物がなくても死にはしません。心配しなくていいです」

大供光太の表情は、知らないうちに別人のようにきりっと引き締まっているように思えた。それがただの思い込みなのか、焚き火の炎に照らされているせいでそう見えてしまうのか、あるいは実際に彼の顔つきが変わりつつあるのか、保坂にはよく判らなかった。ただ、サラリーマンにはあり得ない派手な網目模様の丸刈りが、今ではさほど顔と乖離《かいり》したものではなくなっているように見えることは確かだった。

「雨、降らないだろうね」

　中沼勉が言い、空を見上げた。保坂もつられて見上げたが、雲で遮られて月も星も見えない。天気予報では降らないということになっていたので、それを信じるしかない。

「会社は」と保坂は口にした。「捜索願いとか、出してないかな」

「一晩ぐらいで出すわけないよ」中沼勉は顔をゆがめながら頭を振る。「親父は、自分とか会社のメンツを異常なほどに気にする男だから。でもまあ、明日の朝になったら、研修請負会社かイマヅの社員とかが探しに登って来るとは思うけどね」

　しばらく場が沈黙した後、大供光太が「手をかざすと早く温まりますよ」と言った。「手のひらには毛細血管がたくさん集まってますから、そこを温めれば全身に温かい血が行き渡るんです」

「へえ、そうなの」と中沼勉が、大供光太を真似て手を火にかざした。保坂もそれに倣う。

　徐々にだが確かに、手のひらから全身に温かさが伝わってゆく感じがしてきた。寒いときに焚き火に手をかざしたり、手のひら同士をこすり合わせるのは、ちゃんと理由があったわけか。

その後は会話がなくなり、三人とも黙って炎に手をかざし続けた。話がはずまなかったというより、全身が泥のようになって沈殿してゆく感覚に囚われて、口を開くという行為がとてつもなく面倒臭かったからだった。他の二人もきっとそうなのだろうと保坂は解釈した。

やがて燃やすべき枯れ木が尽きて、それぞれの寝床で眠ることとなった。そのときになって、大供光太が焚き火の中に石を入れておいてくれたことを知った。熱くなった石を古い下着で包み、腹に載せた状態でゴミ袋の寝袋に身を包んで、笹と雑草で作った寝床にあお向けになった。

温かさは安心感をもらたしてくれる。

お陰で、そのまま眠りの底に沈むことができた。


目を開けて、薄い灰色の空をしばらくぼんやり見ていた。それから保坂は身体を起こし、身体の節々の鈍痛にうめいた。

ほとんど同時に大供光太も目覚めたようだった。「おはようございます」と言われ、「ああ、おはよう」と返す。中沼勉はまだ眠っているようだった。

腕時計を見た。午前六時過ぎ。眠ったのは午後九時ぐらいだったから、睡眠はたっぷり取れたことになる。

「保坂課長」

「さんづけ、さんづけ」

「あ、すみません。保坂さん、眠れました？」

「ああ、君のお陰でよく眠れたよ。でも身体中が痛いよ。もっとも、これは君のせいじゃないけどね」

「雨、降らなくてよかったですね」

「そうだな」

立ち上がったときに、足の裏全体に鈍い痛みが走った。ハイキングシューズと靴下を脱いで、理由を知った。

左足の土踏まずを中心に、靴擦れを起こして何か所も皮がべろんとめくれていた。右足の方は幸い、水ぶくれがいくつかできているだけで、そこまでひどくはなっていないが、左足はひどかった。

無惨な状況を目にしたとたん、ますます痛みを感じた。

「うわ、これはひどい」

覗き込んだ大供光太が痛々しそうな表情で言った。

「履き馴れてないシューズのせいかな。昨日は疲れ過ぎてて、気づかなかった」

持参したカット絆と包帯だけでは足りず、大供光太の救急セットを借りて応急処置をした。軟膏薬を塗り、ガーゼを当てて、その上から包帯を多めに巻いた。ハイキングシューズのひもの強さを調節して履き直した。何とか歩けそうだった。ほどなくして中沼勉も目を覚ました。寝起きが悪いタイプらしく、「おはようございます」と声をかけても、しかめっ面のまま返事をしなかった。

三人とも身支度が整って出発したのは午前六時半過ぎだった。方角は大供光太に任せるということで先頭に立たせ、中沼勉が勝手に二番手を選んだので、保坂はしんがりとなった。

最初は登山道が見つからないまま、斜面を下った。大供光太があらためて「下りは予想外に筋肉に負担がかかりますから、近道をしないでできるだけジグザグに、歩幅を狭くするよう心がけてください」と忠告し、保坂らは先頭の大供光太を真似て、基本的に同じ場所を歩くようにした。

三十分ほど経って、左足の裏全体がさらにじんじんと痛み出した。騙し騙し歩くうち、半ば無意識に右足に体重をかけていたらしく、今度は右ひざも痛み出した。

やばいな、と思ったところで大供光太が立ち止まって「少し休憩しましょう」と言った。

「あーあ、さっき柔らかいところ踏んじゃって、靴底に赤土が詰まっちゃったよ」

中沼勉がぼやきながら、木の根元に足の裏をこすりつけて、土をこそぎ取り始めた。

「あっ、苔があるところでそんなことしないでください」

大供光太が言った。

「苔がどうしたっていうんだよ。そこらじゅうに勝手に生えてるじゃねえか。ちゃんと土を落としとかないと、足を滑らせて怪我をするだろ」

中沼勉は不機嫌そうな顔で、大供光太の言葉を無視して足の裏をさらに苔のついた木の根元にごりごりと擦りつけた。

保坂は自分の心臓がどくんと跳ね上がるのを感じた。

中沼勉は昨日から持ち越している疲れと空腹、それに登山研修に失敗したことなどで、かなり苛立っているようだった。この男だけではない。保坂自身も、ちょっとしたきっかけさえあれば、爆発しかねない状況だとの思いがある。昨夜は疲れが酷《ひど》すぎたから三人ともおとなしかったが、いくらか気力や体力が回復した今はかえって危ない。

何とかして雰囲気をやわらげなければと思った。

大供光太を見た。普段はおとなしい奴の方が、いざ爆発したら怖いかもしれない。

大供光太が無表情に中沼勉を見返している。

まずい、と思った次の瞬間、中沼勉が間の抜けた音を尻から出した。

たちまち緊張の糸も緩んだ。中沼勉が「ちっ」と苦笑して視線を保坂に移した。

大供光太が何気ない仕草で頭をかいた。そのときに、自分の髪形がどうなっているか、あらためて気づいたらしく、はっとした表情になった。

「足の裏の掃除は、苔のないところでやってください」大供光太は笑顔を見せて中沼勉に言った。「山は大切にお願いします」

笑顔なのに、なぜか凶暴性がむき出しになっているように思えた。保坂はぞくっと身体を震わせた。

中沼勉も大供光太の笑顔の不気味さに誘導されたかのように「ああ、悪かったよ」とうなずいた。

休憩の後、再出発した。

ほどなくして登山道が見つかり、中沼勉が「だーっ」と歓声を上げた。

左足の裏と、右足のひざがまたもや痛み出した。前を行く二人からどんどん遅れてゆく。

大供光太が振り返って「大丈夫ですか」と声をかけてきた。

「ちょっと、まずいかも……」

保坂よりも前を歩いていた中沼勉が小声で「どうしたの」と聞き、大供光太が説明している。小声なのではっきりとは聞こえなかった。

だが突然、大供光太が「そんなことはできません。何言ってるんですか」と大きな声を出した。中沼勉が気圧《けお》されたらしく、少し後ずさった。

大供光太がやって来て、「肩を貸します。つかまってください」と言った。格好つけても仕方がないと悟った保坂は、「すまんな」と言ってから素直に従った。少し先を中沼勉が行き、大供光太の肩を借りてその後を歩く形になった。きゃしゃな体型のはずの大供光太が、ずいぶんたくましく思えた。

「俺を置いて行こうって言ったわけだな、あの男。会社の連中に頼んで、後で助けに行ってもらえばいいとか言ったんだろ」

小声で聞いてみたが、大供光太は何も答えなかった。何となく、それ以上しつこく聞いたらまずいことになりそうな気がしたので、保坂の方も口をつぐんだ。

二度目の休憩も、三度目の休憩も、三人の会話はなかった。中沼勉が「たいぶ下りたよね」とか「そろそろ探しに来た連中と会うんじゃないかな」などと言ったが、保坂も大供光太も返事をしなかったので、尻すぼみに終わった。

総務部の若い男性社員たち四人と出会えたのは、三度目の休憩の後、再び下り始めて二十分ほどが経ったときだった。社員らはいずれもラフな格好でハイキングシューズを履いていた。

中沼勉は「おお、やっと見つけてくれたか」と演技臭い言い方で声を張り上げた。「心配しました。お怪我はありませんでしたか」顔だけは知っている若い社員の一人が、中沼勉だけを見て言った。「早朝から研修請負会社の人たちと手分けして探してたんですよ。でも無事でよかった。麓までもう少しですから、頑張ってくださいね」中沼勉が「格好悪い結果になって、心配かけたね」と、大物ぶったような態度で応《こた》える。

保坂は、大供光太からバトンタッチされて、若い社員二人の肩を借りることになった。前を行く大供光太に「大供さん、ありがとう」と声をかけたが、返事はなかった。無視しているというより、何か別のことで頭の中がいっぱい、というふうに見えた。大供光太は何度も、自分の頭を触っていた。何かを確かめるためにそうしている、という感じだった。

社員の一人が携帯電話で連絡を取った後、「社長がもうすぐ到着するそうです」と言った。気のせいか、場が一瞬、緊張した空気につつまれた。

「いやあ、まいったよ。地図がなくなって、完全に道に迷っちゃってさ」中沼勉が、無理して明るく振る舞っているという感じの口調でしゃべる。「野犬に襲われるわ、腹は減るわ、喉は渇くわ、疲れるわで大変だった。でもさ、無難に研修をこなすより、貴重な経験をしたと思うね」

若い社員の一人が「野犬に襲われたんですか、本当ですか」と聞いた。

「ああ。土佐犬みたいにでかい、黒いやつでさ、まじで殺されるかと思ったよ。何とか逃げられたけど」

中沼勉は、大供光太が野犬と闘って倒したことには触れなかった。保坂は口をはさみたい気分だったが、足の痛みもあってその気はすぐに失《う》せた。その代わり、後で本当のことをみんなにちゃんと伝えようと思った。

「夜はどうされたんですか」と、さきほど携帯電話をかけた社員が聞いた。「かなり冷え込んだんじゃないですか」

「笹を刈ってベッドを作ってさ、持参したゴミ袋で寝袋も作ったから、それは何とかなったよ」

若い社員たちが口々に「とっさにそんなことができるなんて凄いですね」「危機管理術ってやつを身につけておられるんですね」「僕はとてもそんなこと考えつかないなあ」などとほめそやした。この馬鹿社員たちは、中沼勉がリーダーとしてそれらのことを指揮したと思い込んでいるらしかった。

社員らは、奇異な髪形をしている大供光太を明らかに遠巻きにしている感じだったが、近くにいた一人が「大変でしたね、大丈夫ですか」と声をかけた。だが、大供光太が全く返事をしないので、「何、この人」という感じで他の若い社員の方を向いて肩をすくめた。

保坂はあらためて大供光太の背中を見た。表情は窺えないが、もしかしたらはらわたが煮えくり返って、爆発寸前なのではないかと不安になった。しかし、淡々と歩く後ろ姿は、どこかひょうひょうとしているようでもあった。

大供光太はなおも、頭を触り続けていた。

若い社員は「麓までもう少し」と言ったが、一時間近くかかった。

麓の登山道入口のところには三台のワゴン車が停まっており、社長の中沼正をはじめ数人の重役連中がスーツ姿で立っていた。長身で白髪をなでつけている社長の姿はとりわけ目立つ。重役連中の背後には、さらに何人かの部長職や課長職がいた。

若い社員らがいっせいに「どうもお疲れ様です」と声を張り上げてあいさつした。

出迎える社長の表情は、普段以上に横柄で険しいものだった。その口が動いた。

「たかが登山研修で何をやっとるんだ、お前らは」

大供光太がすすっと、その社長の前に進み出た。そして、大声で怒鳴った。

「登山研修のリーダーとして言わせてもらいます。社長、まさか、この馬鹿息子に会社を継がせるつもりでいるんじゃないでしょうね」

他の重役連中が青ざめた顔で「何だ、貴様っ」「誰にものを言ってるんだっ」「この馬鹿を止めろっ」などと怒鳴り返しながら、割って入った。

大供光太は目の前に躍り出て来た総務部長と常務を両手でどんと突き飛ばした。大供光太よりも体重があるはずの二人は大きくのけぞって、不格好に尻餅をついた。

後ろから見ながら保坂は、奇跡が起こったと思った。

大供光太の行動が、ではない。

大供光太に睨みつけられた社長が、完全に圧倒されて、風船が急にしぼんでゆくように、力なくうつむいたのだ。登山研修中に息子がどういう行動を取ったか、親として察しがついた、ということか。

保坂は中沼勉を見た。真っ青な顔で、ほとんど放心状態という感じで突っ立っている。ちょっとつついただけで粉々に崩れそうに見えた。

大供光太がさらに声を張り上げた。

「どうなんですかっ、しゃちょおおおおおーっ」

背後の山に何度もそれがこだまして響いた。

守《まもり》の巻

エレベーターを降りて二階の通路に出たとき、岩瀬《いわせ》かえではドアがロックされたような音を聞いて、立ち止まった。

通路の左側に、ドアが並んでいる。この賃貸マンションには各階に八世帯が入居しており、かえでの部屋はエレベーターを降りて一番手前、ここからほんの数歩先にある。右側は外に面したコンクリートの手すりになっているのだが、隣接する雑居ビルの薄汚れた外壁が迫っているだけで、景色を見通すことはできない。

かえでが立ち止まったのは、さきほど聞こえたのが、自分の部屋のドアがロックされる音のように思えたからだった。

薄暗い通路に人の気配はなかった。独身者向けの1DKマンションで、午後八時ぐらいのこの時間帯は、多くの住人がまだ不在である。さきほど一階エントランスに入る前に何気なく見上げたときも、明かりがついている部屋は少なかった。

ドアの前に立ち、耳を澄ませた。物音なし。

隣に住む若い女性の部屋が施錠された音だったのだろうか。彼女の部屋からは、たまに痴話喧嘩らしい男女の口論や騒々しい物音が聞こえてくることがあるのだが、今は静かだった。隣人といっても、顔を合わせたときに互いに軽く会釈をするだけで、つき合いは全くない。彼女が学生なのかOLなのか、フリーターなのかも知らない。

かえでは自分の部屋のドアについている覗《のぞ》き窓を見つめた。

小さくため息をついた。きっと、隣か、その隣のドアが中から施錠されたんだろう。かえでは、この程度のことでどきっとしてしまった自分の小心さを軽く笑いつつ、ショルダーバッグから取り出した鍵を差し込んだ。

玄関でハイヒールを脱ぎながら内側から施錠し、ドアチェーンをかける。いつもの習慣で、いったんつけた玄関の明かりをすぐに消して、アコーディオンカーテンを開けてダイニングに入る。

何かがいつもと違う、晩秋のこの時期にしては妙な温かさがあるのではないかと不穏な感覚に囚《とら》われた次の瞬間、身体が硬直した。

ダイニングのテーブルの向こうに誰かがいた。遮光カーテンのせいで室内はほとんど闇に閉ざされていたが、はっきり認識できた。相手は立っておらず、しゃがみ込んでいるようだった。

明かりをつけなければ。大声を出すんだ。いや、今すぐに逃げないと。

かえでは頭の隅でそんな声を聞いたものの、身体はそういうふうには反応してくれなかった。金縛りに遭ったように、言うことをきかない。

そうするうちに、テーブルの向こうの相手が立ち上がった。

夜目に馴《な》れてきて、相手が黒い目出し帽をかぶっていること、一人だけであることが判《わか》った。手に刃物らしきものが握られていた。

「ひっ」という声と共にかえでは、半ば無意識にショルダーバッグを相手に投げつけていた。だがバッグは右にそれてカーテンにぶつかった。

相手がテーブルのこちらに回り込んで来ようとしたため、かえではとっさにその反対方向に逃げた。すると相手がテーブルを強引に押してきた。かえでは背後の壁とテーブルに挟まれる格好になった。

「だっ、誰っ」

叫んだつもりだったが、声が裏返った。

相手はテーブルを力任せに押しつけておいてから、突然玄関の方に向かった。何かが落ちたらしい物音がし、チェーンが乱暴に外されてドアが開けられる。足音。続いて、外階段に通じるスチールドアを開けたらしい音。

かえでは、テーブルの脚につかまってへたり込んでいた。足もとがひどく揺れているようで、頭の中ではわんわんと何かが響いているようで、制御が利かない。

身体の中で異物が暴れている——心臓の鼓動だと気づいた。

警察に連絡しなければ。ようやくそのことに思い至る。

携帯電話が入ってるショルダーバッグを探した。すぐ右側に落ちている。

その前に明かりをつけたかった。でも、立ち上がってスイッチがある場所まで行くことが、とてつもない難事に思えた。

最初にやって来たのは、小柄な若い制服警官だった。現場を保存する必要があるとのことで、ダイニングの隅で立ったまま事情を聞かれた。相手の警官は「大丈夫ですか」と聞きはしたものの、態度は事務的な聴取そのものだった。警察にとっては、珍しくも何ともない日常的な出来事なのだと言われているような気分にさせられた。

かえでが覚えていることは、わずかだった。相手が黒い目出し帽をかぶっていたこと、刃物らしきものを持っていたこと、テーブルを押しつけて逃げて行ったこと——それぐらいのものだった。相手の体格や服装について、そして犯人の心当たりについて、警官から繰り返し聞かれたが、どうしても思い出せず、何度となく「すみません」と頭を下げる羽目になった。

淡々と無線連絡をしている警官の態度を見てかえでは、この人と恋仲になることはあり得ないな、などとどうでもいいことをぼんやり思った。

ほどなくして刑事や鑑識担当者らしき数人が到着し、かえではあらためて髪の薄い中年の刑事から事情聴取を受けた。鑑識の人たちはかえでのことには興味がなさそうで、指紋を採ったり写真撮影をしたり粘着テープで床をぺたぺたやったりということを黙々とやっている。途中で鑑識の帽子を目深《まぶか》にかぶった一人が話しかけてきたが、犯人のものと区別するためにあなたの指紋を採らせて欲しいという要請だった。

犯人が持っていた刃物は、玄関の靴脱ぎ場のところに捨て置かれてあった。かえで所有の、キッチンに置かれてあった包丁であることが確認された。犯人は手袋をしていたらしく、鑑識の人が「指紋、出ませんね」と言っているのが聞こえた。

髪の薄い刑事は事情聴取をしたり携帯で上司に報告したりし、最初に駆けつけた警官は他の刑事と共にマンション住人らへの聞き込みに出かけ、鑑識係は物的証拠を集めている。かえでは、自分だけが仲間外れにされているような感覚を味わった。

髪の薄い刑事によると、かえでが外出するときにちゃんと施錠したのであれば、犯人の侵入方法はおそらくピッキングだろうとのことだった。最近はこの辺りで似た手口の空き巣被害が頻発しており、同じ犯人の可能性があるという。

その他、帰宅したときに不審な車が停まっているのを目撃しなかったかとか、最近不審者がうろうろしていなかったか、といったことも聞かれたが、かえでは思い当たるところがなく、また「すみません」と頭を下げなければならなかった。

被害品について確認したところ、室内を物色された形跡はあるものの、なくなったものはないようだった。刑事が「侵入してすぐにあなたが帰宅したから、盗む暇がなかったんでしょう。怪我もなかったし、不幸中の幸いでしたね」と黄色い歯を見せたが、かえでは愛想笑いを返す気になれなかった。

髪の薄い刑事からは質問以外に、女性の一人暮らしであれば侵入されたら警報が鳴る装置ぐらいは設置しておいた方がいいということや、ピッキングができないタイプの錠に替えること、ベランダに男性用の服を干すなどして女性の一人暮らしでないようにカムフラージュすることなどの忠告を受けた。刑事は親切心から助言しているつもりだったのだろうが、かえでは何度も「はい」とうなずくうち、何だか飲み屋で知らない中年おやじから説教されているような気分になってきた。

外に出ていた別の刑事が戻って来て、隣人もその隣の住人も不在だったことや、マンション内で事件に気づいた住人はいないようだということを髪の薄い刑事に小声で報告した。

一時間半ほどで刑事らは引き揚げて行った。かえでは「私、一人でここで寝るんですか」と聞こうとしたが、そうだと言われるに決まっているので口にはしなかった。一人になった途端、心細い気分が大波となって押し寄せてきて、帰宅前に一緒にパスタ料理を食べた同僚の村井留美《むらいるみ》に電話をかけた。彼女が住んでいる賃貸マンションはここから二キロほどのところにある。

「あら、かえで、どうしたの。今日行った店でまた忘れ物したとか?」

かえでは、のんびりしたその声を聞いて、刑事らの前で自分が精一杯の虚勢を張っていたことを思い知った。心のモードボタンが切り替わったかのように、だらしなく泣き出した。

「大変だったねー。そりゃパニックになるよー」パジャマ姿でベッドの上であぐらをかいた留美は、缶ビールのプルタブを押し込んだ。「仕方ないわよ。普段そういうことに対処する心づもりができてる人なんて、ほとんどいないんだから。私だって、同じ状況になってたら、腰抜かすだけで何もできなかったと思うよ」

かえでもソファの上でプルタブを押し込む。ここに来る前に、スカートスーツからジーンズと黒っぽいセーターに着替えた。歩いて移動できる距離だが、タクシーを使った。

今夜は留美宅に泊めてもらうことになった。留美はベッドを使っていいと言ったが、そこまで好意に甘えるわけにはいかず、ソファで寝ることにした。

「大声を出すことさえできなくて……」かえではビールを一口飲んで、苦さをかみしめた。「何だか自分がふがいないっていうか……」

「ショルダーバッグを投げつけてやったんでしょ。何もできなかったってわけでもないじゃない」

「ていっても大外れだったし」

「結果オーライじゃないの？　もし大声出したり、バッグが当たってたりしたら、犯人を逆上させて、大変なことになってたかもしれないじゃないの」

「……うん」そういえばそうかもしれない。

「要するにかえでは、運が良かったんだって。だって、刃物持った泥棒に遭遇したのに、怪我もしなかったし、何も盗《と》られずに済んだんだから」

「話のネタもできたし」

「そうそう。刑事さんとかで、格好いい人、いなかった？」

「いなかった」

「おやじばっか？」

「うん。鑑識の人で一人、若くてちょっといい感じの人がいたけど、玄関で黙々と足跡採取しただけ」

「足フェチなのね」

「多分」

「そういえばさ、私の大学時代の一つ先輩で、男の耳咬《か》みたがる人がいてさ――」

ビールをぐびぐびと飲みながらかえでは、今夜のところはとにかく留美とのおしゃべりと酔いで気を紛らわそうと思った。

かなり飲んだつもりだったが、なかなか寝付けなかった。留美の静かな寝息、外を走る車の音、冷蔵庫のかすかなモーター音などが聞こえている。

留美とは同期入社で、今は共に、中牧《なかまき》製薬が一昨年の春に設立した中牧美術館で事務局員をやっている。入社時の研修で同じ班になり、さらに最初の勤務が共に〔お客様相談室〕だったこともあって、三十になった今もつき合いが続いている。どちらかに恋人がいて疎遠になったりした時期もあるが、今は二人ともそういう相手がいないため、週に一度は二人で外食したり飲んだりしている。二人で飲むとたいがい、以前同僚だった誰それが子供を産んだ後もの凄《すご》く太ったらしいとか、同窓会で会った既婚者女性たちが亭主や子育ての愚痴をこぼしていたとかいう感じの、主婦の道を選んだ同性の悪口になるのだが、たいてい最後は、自分たちの周囲にはろくな男がいないよねー、という締めくくりになる。

中牧美術館では、今は代表権のない会長職に退いている前社長のコレクションや会社所有の絵画を主に展示している。といっても繁華街にある雑居ビルの一、二階にテナント入居しているだけなので、美術館というよりもギャラリーのようなものである。事務局員もかえでと留美だけ。二人で受付業務、電話応対、ダイレクトメールの作成と発送、展示作品と施設の管理などをこなしている。といっても、全く忙しくはない。

美術館とはいっても、要するに大株主である会長とその一族に対するおべんちゃらでやってるだけ。バブル期に投資した絵画の値が下がって売るに売れないから仕方なく美術館にしただけ。こういうことで企業イメージを高められると思っている――さまざまな陰口を叩《たた》かれているが、それでもわざわざ入館料を払って鑑賞しに来る人たちは少なからずいる。そのほとんどは「私たちもこういうことには関心を持っています」「中牧製薬の芸術への取り組みに賛同します」といった意思表示のために受付で記帳することが目的の、取引先関係者である。中牧製薬は製薬業界では大手の一つである。

目を開けて、スモールライトのほのかな明かりを見つめた。

そういえば、麻生卓二《あそうたくじ》はスモールライトをつけず、真っ暗にして寝るのが常だったと思い出した。かえではスモールライトがついていないとなかなか寝付けないせいで、一緒に寝るときにはどっちにするか、いつもじゃんけんで決めていた。

別れて四年になる。つき合ったのはほんの一年とちょっとだった。しかし、今も同じ会社の社員同士なので、仕事で本社などに出向く際にはたまに顔を合わせてしまうことがあり、互いに気まずい感じですれ違っている。

つき合い始めたときは、卓二が配属されている宣伝部の華やかなイメージや、彼が美大出であることなどにまぶしさを感じていた。実際、卓二はデザインや絵画など美術分野に雑多な知識を持っており、かえではそれを素直に凄いと思っていた。細身であごが尖《とが》っているところや、歯が白いところにも引かれた。そして何より、独身であることに。

しかし、ほどなくして、卓二の数々の言動から、本性に気づいた。

美大を出たのは本気で芸術を学ぶためだったのではなく、単に美大を出たという実績を作りたかっただけ。芸術方面の知識は豊富でも、卓二自身は新しいものを生み出す意欲も能力も持ち合わせておらず、他人の創作をけなすことでその劣等感をなぐさめている。普通の社員ではない、特殊能力を備えているがゆえに宣伝部に入れたとみんなに思われたくて、姑息《こそく》な努力を重ねている。

徐々に化けの皮がはがれて、そのたびにじわじわと幻滅していった。

最後はかえでの方から別れを口にした。そのときの「だったら今まで俺がおごった分、返せよ」という卓二の言葉を聞いて、こういう男を一時期にしろ好きになってしまった自分が情けなくなって、涙をこらえられなかった。卓二はきっと、あのときの涙の意味を勘違いしたままなのだろう。

卓二は二年前に結婚したらしいが、一年も持たないで離婚している。子供がいるということも聞いているが、おそらくは相手の女性が引き取って、卓二は養育費を払わされているのだろう。

目を閉じて、なんであんな男のことを思い出すんだと自問した。

今日あんなことがあったせいで、恋人がいれば守ってもらえたのではないかという考えが頭のどこかにあるからだろうか。

そんなことより、明日から一人で寝られるだろうか。

犯人は、どんな人間なんだろうか。自分のことを知っている誰かなんだろうか。

今度あんなことがあったときは、どうするべきなんだろうか。

大声を出す?

いや、駄目。留美が言ったように、大声を出したりしたら、かえって犯人を興奮させて、刺されていたかもしれない。

自分は死体になって、司法解剖されるのだ。あの髪の薄い中年刑事が執刀に立ち会って、裸の女がメスで切り刻まれるのを見るわけか。

殺される前に、レイプされたかもしれない。抵抗して、顔やおなかを無茶苦茶に殴られるのだ。最悪だ。

どうしてわざわざそんな事態を想像しなきゃならないんだ。

かえでは舌打ちし、ソファの上でもぞもぞと寝返りを打った。

結局、何度も寝返りを打ったり、忍び足で冷蔵庫から缶ビールを出して飲んだりしてばかりで、朝まで眠れなかった。

洗面所の鏡で見ると、目の下にくまができていた。

留美から「仕事、休む？　いいよ」と言われ、「そうだねー」とあいまいにうなずくと、彼女が中牧美術館の事務局長を兼任している桑原《くわばら》総務課長に電話を入れて、昨夜の強盗事件のことを説明してくれた。本人に代わるよう言われたようだったが、留美は「今、鎮静剤飲んで寝てるんです」と応《こた》え、軽くウインクして見せた。

結果、二、三日休んでいい、との了解を取ってくれた。

かえでの頭の中に、桑原課長の前歯の出た顔や天然パーマをなでつけた横分けの髪形が浮かんだ。あの男からは先日、留美と別々に呼びつけられて「結婚して退職する予定はないのか」と聞かれている。桑原課長は「君は貴重な戦力だし急に辞められては困るから、確認しておきたいだけなんだけどね」ともっともらしい前置きをしたが、遠回しに「お局《つぼね》様はうちには要《い》らない、もういい加減に退社してくれ」という本音は明らかだった。中牧製薬もご多分に漏れず男中心の組織である。

留美はバナナとインスタントコーヒーの朝食をさっさと済ませ、洗面所で歯磨きや化粧をして、「しばらく泊まってもいいよ。あるものを適当に食べてね。もし帰るんなら鍵閉めて、後で返して。予備持ってるから」と合い鍵を手渡して出勤した。かえでは「ありがとう」と礼を言って見送った後、目玉焼きとトーストの朝食を取り、朝刊を読んだ。当たり前のことだったが、昨夜の事件はベタ記事にもなっていなかった。

ごろごろしているだけでは申し訳ないと思い、食器洗いと掃除機がけをした。窓を開けて外の空気を入れた。留美の部屋は八階にあり、周囲は民家が多いせいで眺めがいい。空にはすじ雲が引っかき傷のように並んでいる。右手には大きな川があり、左手の遠くには山が連なっている。

マンションの上階に住むのと、下の方に住むのとではどちらが安全なんだろうか。ふとそんなことを考えてみたが、全く判らなかった。

ソファに座って一息ついたところで、急に眠気がやってきた。そのまま横になり、しばらくまどろんだ。

チャイムが鳴って飛び起きた。意思と関係なく心臓の鼓動が速まった。

おそるおそる、玄関に向かった。留美が出て行ったときに、ドアはちゃんと施錠してチェーンもかけてある。

応対するべきかどうか迷っていると、もう一度チャイムが鳴らされた。そこにいるのは判ってるんだぞ、とでも言われているような気がした。

息を殺してドアを見つめた。覗き窓から見てみようか。でもそれをしたら、中にいることに気づかれるかもしれない。

何かが起こりそうな間《ま》。ひざが勝手に小刻みに震え出した。馬鹿、いくじなしと心の中で自分を叱りつけた。

ほどなくしてドアの郵便受けに、何かが投函《とうかん》された気配があり、かすかに遠ざかる足音がした。

隣の部屋のチャイムが鳴らされた。不在らしく、会話は聞こえてこない。

かえでは、そっと投函物を取り出してみた。一枚の紙切れが入っていたのみ。ふとんの丸洗いをしますというチラシだった。

ただの営業回りか。一気に身体から力が抜けて、息を吐《つ》いた。

壁の時計を見ると、留美が出勤して二時間近く経《た》っていた。ちょっとまどろんでいただけのつもりだったのだが、泥のように眠っていたということか。

まだ眠気が残っていたが、洗面所で顔を洗った。睡眠不足気味にしておいた方が、今夜眠れそうな気がする。

これから何をするべきかを考えて、すぐに結論が出た。

まずは自宅の錠をピッキングできない種類に替えること。それと、ベランダに面したサッシ戸を、ガラスを割られたら警報が鳴るような装置をつけるぐらいのことはするべきだ。二階だったら、ベランダから侵入される可能性は常にある。

それをしてからではないと、とてもあそこでは眠れない。

昼前に、自分が住むマンションまで歩いて戻った。

途中で、昨夜の犯人にどこかから見られているのではないかという気がしてきて、かえでは何度も振り返り、男性の通行人とすれ違うたびに身構えてしまった。

自宅の玄関ドアの鍵を開けるときに、何か武器になるものを持っているべきだったと後悔したが、今また侵入者が中にいる可能性なんていうのは、街を歩いていて有名芸能人にぶつかるよりも確率が低いはずだと思い直した。

それでも、鍵を差し込む前にドアに耳を当てて気配を窺《うかが》い、いつでも逃げられるように及び腰で鍵を回した。

開錠される金属音が妙に大きく響いた。ノブをひねってドアを少し開け、中を覗き込む。

息苦しさを感じて、呼吸を止めていたことに気づいた。

当たり前のことながら誰もいない。かえではそれでも、スニーカーをはいたままでしばらく気配のないことを確かめ、それから上がった。

押し入れ、整理ダンス、ベランダなど、人が潜むことが可能な場所を調べた。

ひと安心してから、もしかして自分はこれから毎日こういう儀式をしなければ気が済まなくなるのだろうかと不安になった。

マンションを管理している不動産会社に電話をかけて、昨夜のことをざっと説明すると、応対した男性は、会社持ちでただちにピッキングが通じない錠に交換することを約束してくれた。その際、他の入居者には錠の交換のことを内緒にしてもらえないか、というようなことを遠回しに頼まれた。他の入居者から次々と高性能の錠への取り換えを要求されては困る、ということらしい。

一時間ほどして、二十代半ばぐらいと思われるスカートスーツ姿の小柄な女性が、作業服を着た三十過ぎぐらいの細身の男性を伴ってやって来た。双方からもらった名刺で、女性がこのマンションを管理する不動産会社の社員で、男性の方は鍵屋だと知った。女性社員は「このたびは大変なことで、お見舞い申し上げます」とちょっと変な言い回しの挨拶《あいさつ》をした。謝罪をしているわけではない、と言いたいのかもしれない。

錠は三十分程度で交換が完了した。鍵屋の説明には専門用語が入っていて判りにくかったが、取り付けられたのは電子ロック式の錠で、ピッキングだけでなくサムターン回しなどの錠破りも防ぐことができる、とのことだった。かえでがサッシ戸のガラスを割られたときに警報が鳴る装置を取り付けたいのだがと言ってみたところ、うちでは扱っていないので防犯機器の業者か警備会社に問い合わせてみて欲しい、と鍵屋は答え、警備会社の方は単なる防犯機器の販売ではなくて侵入者を感知して警備員が駆けつける防犯システムの契約になるのでちょっと費用がかかるかもしれませんよ、とつけ加えた。

不動産会社の女性社員はうなずきながら二人のやりとりを聞いていたが、ドアの鍵以外の防犯機器も会社持ちでやりましょうとまでは言わなかった。

二人が帰った後すぐに電話帳で防犯機器を扱っている業者を調べて電話をかけた。聞いてみると、ガラス破壊感知器という名称の、割られると警報が鳴るだけのタイプのものは値段もさして高くないと判り、即決で注文した。ガラス強化フィルムを貼ることも勧められ、かえではついでにそれも頼んだ。外見は透明なフィルムだが、貼っておくだけでガラスが割れにくくなり、侵入をあきらめる可能性が高まるというのが、業者側の説明だった。

三十分ほどして作業服を着た中年男性がやって来て、一方的におしゃべりをしながら取り付け作業をした。男性の娘も来春就職して一人暮らしを始めるとのことで、防犯システムだけはちゃんとしたところに住まわせるつもりだという。さらに彼は、手のひらの静脈を読み取る住民認証システムや監視カメラ、赤外線感知器、警備会社から警備員がすぐさま駆けつけるシステムなどについていろいろと説明をしてくれた。

取り付けが終了して業者の男性が帰った後、気がつくと午後二時になっていたが食欲が湧《わ》かず、気を紛らわせることと空腹になることを兼ねて、部屋の掃除や洗濯をした。

ジーンズの尻ポケットに入れてあった携帯電話が振動した。

画面を見ると、麻生卓二からだった。何の用かと不審に思い、しばらく迷ったが、出てみることにした。

「あ、俺、俺。麻生」

「何？」

「俺が電話するのは筋が違うとは思ったけど……大丈夫か」

「何が」

「いや、桑原総務課長から聞いたもんで」

そういえば卓二は桑原課長と同じ大学の出身で、社内でも同じ派閥に属しているというようなことを聞いた覚えがある。これまでに卓二の口から自分のどんな情報が桑原課長に伝えられてきたのかは、想像しないことにした。

「それで、何の用？」

「そう言うなって。大丈夫なのか」

返事をしないでいると、ため息が聞こえた。

「でも、怪我もしなくて、盗られた物もなかったんだってな。そういうのはさ、不幸な目に遭ったんじゃなくって、自分は幸運なんだって思った方がいいと俺は思うな」

同じようなことを留美からも言われ、そのときはとてもありがたく感じた。なのにこの男から言われると、なぜ苛立《いらだ》ちが急膨張して破裂しそうな気分になるのか。

返事をしないでいると、卓二はさらに、犯人は本来空き巣として侵入しただけだから窃盗犯だけれど、帰宅した住人を刃物で脅して逃げたから法的には事後強盗といって、強盗犯と同格に扱われるというような、どうでもいい知識のひけらかしを始めた。底の浅さは相変わらずである。

「それでさ、犯人とかに心当たりはあるのか」

何であんたにそんなことを話さなきゃいけないのかと心の中で告げながら「ない、全然」と答えた。

「覆面とかしてたわけ、そいつ」

「してた」

「そうか……言っとくけど、俺じゃないからね」

卓二が笑っている。もしかしたら、軽口で気を紛らわせてやろうという、彼なりの配慮なのかもしれなかったが、かえでは許せない気分が一気に高まった。

だから黙って切った。そのまま電源もオフにした。

安楽椅子に座って、身体を揺らした。もともと実家にあったのだが、あまり使われていないようだったので欲しいと言ってみたら母親が送ってくれたものだ。一人でテレビを見るときなどは、いつもこの椅子を使っている。

今夜、一人で寝られるだろうか。

連日甘えるわけにはいかないから、今夜はここで寝るべきだ。でも、大丈夫だろうか。

そうだ、何か武器になるものをそばに置いておけば、少しは安心感が得られて眠れるのではないか。かえでは「そうね、うん」と声に出した。

何がいい？

やっぱり刃物だ。刃物なら女性でも扱えるし、相手をひるませるだけの力がある。

キッチンの引き出しにあったのは、ありきたりの文化包丁と、フルーツナイフが一本ずつ。昨夜犯人が手にした包丁は、警察が証拠物として持ち帰ったのでここにはない。別に返して欲しいとは思わない。

何も悪いことなんかしていないのに、刃物を持った犯罪者に脅されて、おびえているなんて、理不尽だ。どうしてこちらが震えてなきゃならないのか。包丁を握って眺めるうちに、そんな思いがにわかに高まってきた。

かえでは包丁を右手に持って、軽く前に突き出してみた。さらに何度か突いたり振ったりしてみて、女が武器にするには重過ぎると感じた。料理などで使うときにはこの大きさで何の違和感もないのだが、武器として使うにはコントロールしづらい。

フルーツナイフの方がコンパクトで、手に馴染《なじ》みそうな感じだった。プラスチックの鞘《さや》から出して、目の前に敵がいると想定して突いた。

続けるうちに「んっ、んっ」と声を出すようになった。

呼吸が荒くなって我に返った。

何をやってるんだ、三十になった女が一人でこんなことをして。馬鹿じゃないの。

かえでは大きく息をついて、ナイフを鞘に戻した。

寝ているときに侵入されたら、枕元に用意しておいたフルーツナイフで刺す？

本当に刺せるのか？　相手を一気に制圧できるぐらいに、本当にやれるのか？

かえって相手を逆上させるだけのことではないのか。簡単に取り上げられて、逆に刺されてしまうのではないか。

相手がもっと強力な武器を持っていたらどうするのだ。

昨夜みたいに帰宅したときに中に犯人がいたら？　ちょっと待ってください、フルーツナイフを取って来ます、とでも言うのか。

犯罪被害に遭うのは家の中に限らない。外だって危険がいっぱいある。だったらいつもショルダーバッグやジャケットにナイフを忍ばせておくのか。そんなことをしていたら、ただの頭のおかしい女ではないか。

かえでは包丁とフルーツナイフを元の場所に戻し、安楽椅子に座り直した。

ちょっと違う。こういうのじゃない。自分が欲しているものって、何だろう。

守ってくれる男？　嫌な考え方だ。守ってもらうために恋人が欲しいなんて、歪《ゆが》んでる。

安心。そう、とにかく安心したいのだ。守ってくれる恋人でなくてもいい。防犯設備、犯人の逮捕、嫌な気分を忘れさせてくれる何か楽しいこと……何でもいい。何でもいいから、今のこの形容しがたい不安感から解放されたいのだ。

時間が経てば、そういう気分も少しずつなくなってくるものだ。でも、それまでの間、わざわざ不安感を抱えていることはない。積極的に消してゆくことができるなら、それに越したことはない。

少し頭の中が整理されたような気がした。

ドアの錠を取り換えて、ベランダ側のサッシ戸に強化フィルムと破壊感知器を取り付けた。これで確かに、少し安心感が得られたではないか。だったらこの調子で、もっと安心できることを、どんどん実行していけばいい。

犯人は、たまたまこの部屋に盗みに入っただけなのだろう。

でも、もしかしたらそうではなくて、自分のことを知っているかもしれない。前から密《ひそ》かに尾行したり、どこかから監視していたり、郵便受けから手紙を抜き取ったり、燃えるゴミの袋を持ち去って中身を調べたり、友人知人にそれとなく接触して情報を集めたりしていたかもしれない。

そういう可能性がかなり低いことは、頭では判っている。でも、完全否定もできない。それが不安を作り出している。

これからはもっと気をつけるべきだ。不審者には注意して、怪しいと思ったら人相を覚えておいた方がいい。不審車輌《しゃりょう》も、車種やナンバーを控えておくとか、携帯電話のカメラで撮影しておくとかした方がいい。郵便受けにはダイヤル錠をかけてあるけれど、いつも開錠番号の一つだけをちょっと動かすだけで済ませていた。これからは面倒臭がらずにすべての数字を変えよう。燃えるゴミも、個人情報が判るものだとか古くなった下着なんかは入れるべきじゃない。

一つ一つは小さいことだけれど、そういうことを積み重ねてゆけば、それにつれて不安感も小さくなってゆくはずだ。うん、この調子。

もっと何かないだろうか。

外観を変えるというのは？

外観が変われば、印象が変わる。印象が変われば、ストーカーはその気をなくしてしまうかもしれない。例えば、白い肌の女が好きで目をつけたのに、その女が陽焼けしてしまったら幻滅して、他の標的を探すようになるのではないか。細身の体型に執着するストーカーであれば、標的だった女が太ってしまったら、やはりその気をなくすはずだ。

考え過ぎ。でもいいではないか、少しでも安心感を得られるのなら。

かえでは安楽椅子から立ち上がり、洗面台に向かった。

鏡に映る自分と向き合った。特徴的なところって、どんなところだろうか。

やせ形の体型。胸は大きくない。目がやや細めで、色白で、少しえらが出ている。

髪はどうか。肩まで伸びている黒いストレートの髪。茶髪の方が主流になった最近では、少し重たい感じに見えなくもない。

そうだ、まずは髪形を変えよう。かえでは決めた。これでまたほんの少し、安心を得られるはずだ。それに、気分転換にもなる。


携帯電話の電源を入れ直し、行きつけのヘアサロンの番号を押したが、「おかけになった電話番号は現在使われておりません」という声が返ってきた。

店は自転車で十分ぐらいのところにあるので、行ってみることにした。ペダルを漕ぎながら、不審な人影や車に注意することを心がけた。

ヘアサロンは空き店舗になっており、入居募集の看板が掲げてあった。

店舗を移転するのであれば、その旨の看板が出ているはずなので、経営に行き詰まるなどの事情で店をたたんだ、ということのようだった。

ハガキで知らせるとか、電話を一本入れるとかぐらい、してくれてもいいのに。かえではため息をついた。

その場でしばらく思案した結果、いったん帰宅してフリーペーパーなどで適当な店を探すことにした。

自転車を漕ぎ始めて二、三分ほど経ったあたりで、にわかに空模様がおかしくなって、雨粒が降りかかり始めた。空を見上げて小雨で済むかな、などと思っていると、願いに反して雨雲はますます暗さを増して、それと共に雨の勢いも強まっていった。

これは駄目だ、どこかで雨宿りしなければと思って辺りを見渡した。車があまり通らない住宅街で、商店の軒先のような場所が見当たらない。

少し進んだところで、折りたたみ式の物干しから白いタオルを取り込んでいる女性と目が合った。白いブラウスシャツにベージュのパンツという格好で、髪を後ろで束ねている。小柄で、かわいいという形容が似合いそうな顔をした女性だった。年は自分と同年代ぐらいだろうと、かえでは見当をつけた。

彼女のすぐそばに、理容店であることを示す、赤、青、白の斜線がくるくる回る電光柱が立っていた。そういえば、ここに理容店があったと思い出した。

雨に降られて困っていることに気づいたらしい。理容師らしいその女性から「よかったら雨宿りしませんか」と、にこやかに声をかけられ、かえでは気持ちがほっと緩むのを感じながら「すみません」と頭を下げ、自転車を店の前の狭い駐車スペースに入れた。

お陰で髪や背中が少し濡れた程度で済んだ。店内に客は他におらず、理容師もこの女性一人だけしかいないようだった。

女性理容師がタオルを貸してくれた。さらに彼女は外に出て、かえでの自転車のハンドルとサドル部分が濡れないよう、傘をかぶせてくれた。かえでが「どうもすみません」と礼を言うと、女性理容師は「お客さんの忘れ物で、ずっと取りに来ないやつだから」と笑った。

理容店に入るという体験は、小学校低学年のとき以来だった。客用の席が三つ並んでいるだけのこぢんまりした店で、ヘアサロンとはまた違った、独特の整髪料の香りが漂っている。控えめな音量で、ボサノバらしきインストルメンタル曲が流れていた。

ソファに座らせてもらってタオルで髪を拭きながら、そうだ、この店でカットしてもらえばいいではないかと気づいた。この女性に切ってもらうのなら、いい気分でひとときを過ごせそうな気がする。

「あの……せっかくなのでカット、お願いしていいですか」

そう言ってみると、取り込んだタオルをたたんでいた女性理容師は「あら、雨宿りしたぐらいでそんなに気を遣わなくってもいいんですよ」と白い歯を見せた。

「あ、いえ、そういうつもりじゃなくって、ちょうど髪を切ってもらうところを探してたところなんです」

「あら、そうなんですか。でも、うちで切っちゃっていいの？」

「ええ。こうやって店にいるのも、何ていうか……」

「何かの導き、みたいな」

「ええ……」

互いに笑い、女性理容師は「ありがとうございます。じゃあ、何かの導きがあったということで、どうぞ」と真ん中の席に誘導した。

「どういうふうにします」と聞かれて、かえではできれば今までの自分と違う印象にしたいということ、そのためには髪形だけでなく、茶髪に染めたいという希望を口にした。

「イメチェンしたいってこと？」

「ていうか……」

かえでは少しためらったが、相手が女性であるという安心感も手伝って、昨夜の一件を話した。他人に伝えることで早く冷静に振り返ることができるようになるかもしれない、という計算もあった。

女性理容師は目を丸くして聞いていたが、「大変でしたね、でも怪我とかしなくて幸いでしたね」と笑顔で肩を軽くもんでくれた。

「幸運なのか不運なのか、よく判りませんけどね」

「そうね。でも、少なくとも犯罪から身を守るっていう意識は、他の人よりも強く持てるようになった？」

「ええ、それは確かに。今日さっそく、マンションのドアをピッキングできない種類のやつに替えましたし、ガラス破壊感知器とかも取り付けましたから」

「肩、凝《こ》ってるみたい。カット始める前にちょっとマッサージしましょうか」

　女性理容師はそう尋ねたが、返事を待たないで肩や背中のマッサージを始めた。

　昨夜の出来事のせいで身体が強張《こわば》り続けていたらしい。マッサージは最初痛みを感じたが、筋肉の強張りがもみほぐされてゆくにつれて、水底に沈んでゆくような解放感に浸ることができた。

　女性理容師はおしゃべり好きらしく、以前一緒にやっていた夫と離婚したときにこの店をぶんどってやったということや、男性客中心の理容店の方が気を遣わなくて済むといったことを、マッサージを続けながら話した。

「一人暮らしなんですか」

「ええ。子供もいませんしね」

　寂しくないですか、と口にしかけたが、代わりに「防犯とか、何かやってますか」と聞いた。

「うーん、そうですねえ……表札は名字だけにして下の名前は表示しないとか、自宅の方に電話がかかってきたときにはこちらから先に名乗らないとか、そういうことは習慣にしてますけど、その程度かな。でも、せっかくお客さんから話を聞いたから、これからはいろいろ考えてみますね」

マッサージに続いて、あお向けにされて洗髪された。ほどよい指の刺激が頭から全身に染み渡り、睡眠不足だったこともあって、かえでは心地よい睡魔に逆らえなくなり、意識が遠のいてゆくに任せた。女性理容師は相変わらず何か話しかけていたようだったが、かえでは生返事をすることしかできなかった。

しばしのまどろみの後、「起こしますよ」との声で目を覚ました。自動椅子が起き上がり、かえでは鏡と向き合った。

誰、この人。かえでは半ば放心状態で見つめた。

度を過ぎた短さだった。普通のサラリーマン男性よりも短い。おまけに前髪がばっさりと切り落とされて、広い額が露出している。

いつだったか、ファッション雑誌の〔映画に登場するヒロインたちの髪形〕とかいう特集の中でこんな髪形を見た覚えがあった。何だったか……確か、〔勝手にしやがれ〕という映画だったように思う。モノクロのグラビア写真の中で、チンピラ風の主人公男性の後ろを笑顔で歩くその女の子を眺めながら、ここまで短くする勇気はないなあと苦笑した記憶がある。

なぜか今、自分がそれに似た髪形をしている。

髪は染められておらず、黒髪のままだったから、ちょっと印象は違うけれど。

女性理容師が笑っている。

「似合うわ、とても」女性理容師が満足げにうなずく。「やっぱり、胸を張ってゆくためには、おでこは出さなきゃね。どう、少し自分が変わったような気、します？」

「私、こういうふうにしてくれって、言いました？」

自然と、少し詰問するような口調になった。女性理容師は、あれ、という表情になった。

「洗髪しながら、どういう髪形にするか話し合ったじゃないですか」

「え……」

「ほら、犯罪者におびえて外見を変えるっていう後ろ向きな考えはやめて、思い切って、犯罪者に立ち向かってやるっていう気持ちを髪形で表現しようって」

怪訝《けげん》そうに見つめられ、かえでは「あ、ああ」とあいまいにうなずいた。

おぼろげではあるが、そういう覚えがなくもない。

どうやら、寝ぼけながら、女性理容師の提案に「そうですね」とか「ええ」とか相づちを打って同意してしまった、ということのようだった。

窓の外を見ると、雨はやんでいた。

席を立つとき、ほんの一瞬だが鏡の中の自分に決意のこもった眼差《まなざ》しを向けられたような気がした。


帰宅して、洗面所の鏡の前に立った。

胸を張ってゆくためには、おでこは出さなきゃね。

最初見たときはあまりの驚きで否定的な気分にしかなれなかったけれど、不思議なもので、こうして眺めていると、これでいいのかもしれない、という気分になってくる。

おでこを出したり、極端に短くしたりしたのは、犯罪者に立ち向かってやろうという気持ちを表現するため。

「うん、そうか。うん」

かえでは鏡の向こうにいる新しい自分とうなずき合った。

悪いのはあの強盗犯の方なんだから、被害者である自分がこそこそする道理はない。

じゃあ、防犯はいらないってこと?

そうじゃない。防犯はもちろん必要だ。ただ、コンセプトを間違っていたのだと思う。

防犯というのは、犯罪者の目から逃れるためのものじゃない。

犯罪者の意のままにさせてたまるか、という意思表示なんだ。もっというなら、犯罪者に思い知らせてやるという気持ちの表れ。

「うん、いい、その考え」

かえではそう口にし、気分がじわじわと高揚してくるのを自覚した。マイナスの領域から抜け出せないでいた精神状態が、髪形の変化をきっかけにプラスに転じた、といったところだろうか。

急に空腹を感じたので、食事を作ることにした。自炊はしばしばやっているので、材料はある。よし、腹ごしらえだ。

プレーンオムレツにトースト、野菜ジュースの食事を取った後、ガラス破壊感知器を取り付けに来てくれた業者に電話をかけた。応対に出た女性に他にどんな防犯機器を扱っているかを聞いてみたところ、感知器や警報装置、監視カメラ、無線機などの他、さまざまな護身用具もあると言われてますます興味が膨らみ、店舗を訪ねることにした。

玄関でスニーカーをはいているときに、ジーンズの尻ポケットに入れた携帯が振動した。取り出して画面を見ると、留美からだった。

「どうしてるかなと思って電話したんだけど」

「割と大丈夫だよ。髪形変えたら、少し気分転換できたみたい」

「ほんと。どんなふうにしたの？」

「へっへっへ。会ったときのお楽しみ」

「ふーん、判った。今夜はどうする？」

「いつまでも甘えてたらよくないんで、今夜からまた自分のところで寝るね」

「寝られそう？　私の方はいいのよ、別に」

「うん、ありがと、でも大丈夫だから」

「……そう。じゃあ、まだ仕事中だから」

「うん、あ、あのさ」

「何？」

「私、犯罪者にびくびくするの、やめることにした」

「え、どういう意味？」

「別に深く考えなくていいよ。言葉のまんま。じゃあね」

切ってから、かえでは舌を出した。確かに他人には意味が判らないかもしれない。

店舗は自転車で十分ほど、国道沿いの雑居ビル二階にあった。かえでがしばしば買い物をしているスーパーの手前に位置していたが、これまで気に留めたことはなかったせいで、へえ、こんなところにこういう店があったんだ、という感じだった。

防犯機器を扱っているからなのか、あまり広くない店舗内の窓にはすべて重厚な金網が取り付けられてあった。全体に薄暗くて、スペースの半分ぐらいは商品の陳列ではなく積み上げられたダンボール箱によって占められていた。

いくぶんずんぐりした体型の中年女性が出迎えた。

「さっき電話くださった方？　岩瀬さん？」と聞かれて、「はい」とうなずくと、女性は「このたびは災難でしたね」といくぶん同情のこもった表情になった。

さまざまな防犯機器を見せてもらいながら話をするうちに、ガラス破壊感知器を取り付けに来た男性はここの店主で、店番をしているこの女性は奥さんだということが判った。奥さんの口からも、娘さんが来春就職して一人暮らしをすることになっているという話が出た。

どういう防犯機器をさらに備えるべきなのかよく判らなかったので、かえではその点について尋ねてみた。すると奥さんは「玄関ドアの錠がピッキングやサムターン回しに対抗できるものになったわけだし、ベランダ側もガラス強化フィルムが貼られて破壊感知器も設置したのなら、もう充分なんじゃない？」と言った。

「そうなんですか」

「岩瀬さんのところは玄関ドアとベランダのサッシ戸の二か所が侵入口になるでしょ。その二か所の備えはできたんだから。強いていえば監視カメラかな。でもマンションの所有者の了解を取らないとちょっとね、そういうのは。そこまでおカネかけなくってもいいと思うし。あとは……護身用具ぐらいかなあ」

かえでがそれを見たいと頼むと、奥さんは数点の品を出してきて使い方の説明をした。

三十分ほど後、かえでは三点の護身用具の代金を払った。店を出るとき、後で店主と奥さんが自分のことを話題にしたら、それぞれが記憶している岩瀬かえでの髪形があまりにも違っていて、互いに「違う、その人じゃない」などと言い合うかもしれないなと想像して、くすりと笑った。


陽が沈みかけて既に薄暗くなっていた。かえでは自転車を力強く漕いでマンションに戻り、部屋の中でさっそく護身用具を取り出した。

購入したのは、スタンガン、特殊警棒、催涙スプレーの三点。

まずはスタンガンを握った。携帯電話ほどの大きさの長方形で黒色、上の部分に二つの電極がついている。グリップについているスイッチを押すと、この電極部分から高圧電流が放出されて、青白い光と共にバチバチッという音が発生する。電源はアルカリ乾電池。かえでは何度かスイッチを押して、青白い光に見とれた。この光が、犯罪者の身体を一瞬にしてけいれんさせ、平衡感覚を麻痺させてしまうのだと思うと、妖《あや》しい美しさを感じる。

かえでが購入したものは電圧が三十万ボルトのタイプで、威力としては充分のものだった。大の男を倒すには、十五万ボルト以上のものが有効、というのが店の奥さんの説明である。

犯罪者に襲われたときの状況を想像してみた。背後から組みつかれる、正面から組みつかれる、殴られる、押し倒される、刃物で襲われる……どんな場合でも、まずは相手を油断させるべきだ。カネを要求されれば財布を差し出す。身体を要求されたら従うふりをする。そうやって敵を油断させて、隙をついてスタンガンを押しつけ、スイッチを押す。敵はたちまち脱力して、身体が動かなくなる。効果が持続する時間はそのときどきの状況や相手の体質などによって差があるが、どんな相手でも数十秒は動けなくなるらしいから、その間に逃げればいい。逃げる前に敵の顔か腹を力いっぱい踏みつけてやれ。

説明書を読んでみた。スタンガンで全身がしびれて動けなくなっても、意識は失われないと書かれてある。怪我や傷跡も残らず、後遺症もなし。相手の身体に電極を接触させる必要があるが、少々厚手の服の上からでも充分に効果がある。

次に、催涙スプレーを手にした。手のひらに収まる大きさで、ぱっと見は消臭スプレーや携帯用ヘアスプレーのような感じである。容器の説明書きによると、主成分に唐辛子エキスが使われており、至近距離で吹きかけられると激しい目の痛みに襲われて涙が止まらなくなる他、肌の灼熱感《しゃくねつかん》、咳《せき》、鼻水などが三十分ほど続くという。射程距離は三メートル程度で、相手の鼻を狙えば失敗しない。ただし、風が吹いているときや狭い密室内で使用するときは自分にかかることがあるので注意しなければならない。

かえでは、部屋の空間に向けて少しだけ噴射してみた。手で扇《あお》いで自分の方に粒子を引き寄せてみる。

いきなり目に痛みが走ったので、あわてて目を閉じ、手探りで窓を開けた。

催涙スプレーの粒子を外に追い出した後、特殊警棒を握った。ショルダーバッグに忍ばせやすいということや、狭い場所でも扱いやすいということで、一番コンパクトなものを選んだ。三段伸縮式になっており、短い状態では十六センチしかないが、ボタンを押してさっと振れば四十センチに伸びる。軽くて丈夫な特殊合金製で、女性でも片手で扱うことができる。色は数種類ある中から高級感のあるゴールドを選んだ。

何度か、一振りして伸ばしたり、短く戻したりしてみた。操作は簡単で、ボタンを押して振るだけ。振るたびにカチッという心地いい金属音がして、戦闘モードに入ったという感じがする。

目の前に敵がいると想定して、シミュレーションをしてみた。大振りはいけない。

小さな動作で、シュッと、的確にやるべきだ。組みつかれそうになったり、殴られそうになったときは、まずは手を叩《たた》いてやれ。敵は痛みにうめいて、叩かれた手をかばおうとする。そうしたら、がらあきになった顔に第二弾攻撃をお見舞いするのだ。

かえではしばらくの間、右や左から特殊警棒を振ったり、ショルダーバッグからすばやく出したりする練習を繰り返した。息が荒くなって、夢中でやっている自分に気づいて苦笑した。

三つの護身用具をダイニングのテーブルに並べた。催涙スプレーも特殊警棒も、外見は化粧品の一種だと言われれば納得してしまう感じだ。スタンガンも、ハンディマッサージ器などに見えなくもない。いくら護身のためといってもショルダーバッグに刃物を忍ばせていたりしたら頭のおかしい女だけれど、こういうものなら大丈夫、むしろ危機管理意識の高さの表れだ。かえでは「いいね、うん」とうなずいた。

チャイムが鳴った。忍び足で玄関ドアに近づいて覗き窓から見ると、留美だった。ショルダーバッグを肩にかけて、ポリ袋を手に提げている。仕事帰りに寄ってくれたらしい。

チェーンと錠を外してドアを開けると、留美が目を見開いて片手を口に当てた。

「どうしたの?」

「あ、これね」かえでは髪を触った。「思い切って、イメチェン」

「うん、それもだけど、息切れしてるみたい……おでこのところに汗かいてるよ」

「ああ……ちょっと運動してたから」

留美は戸惑った顔のまま笑顔を作り、「思ったより元気そうだからよかった」とポリ袋を差し出した。

「何、これ」と受け取って中を見る。容器入りのゼリーとプリンが数個入っていた。

「かえで、こういうの好きだったから」

「ありがと。入ってよ。一緒に食べよ」

「うん、じゃあ、ちょっとだけ上がるね」

ダイニングに入って留美は「何、これ」と、怪訝《けげん》な顔を向けた。テーブルの上には護身三点セットが置いたままになっている。

「買ったんだ、護身用に」

かえではそれぞれを手に取って説明した。スタンガンを実際に放電させて青白い火花を走らせ、特殊警棒をワンタッチで伸ばして見せた。催涙スプレーはさすがに噴射しなかったが、さきほど少し使ってみて目にひどい痛みがあったことを教えた。

「へえ……凄いね」

留美は、少し引きつった笑顔を見せた。

「でしょ。こういういいものがあったのよね」

「ていうか、かえでが凄いよ」

「どうして」

「だって……昨日のかえでとは、何だか別の人みたいになってるから」

「そうかな。髪形でイメチェンできたからかな」

「髪形だけじゃなくて、顔つきが違ってる」

「そう？」

「うん。運動してたっていうのは、もしかしてこういうのを」と留美が特殊警棒を指差した。「振り回してた、とか」

「へへえ、まあね」

おどけて応えたつもりだったが、留美は完全に表情を強張らせていた。

ダイニングのテーブルで一緒にゼリーを食べながら、中牧美術館の来館者が今日は少なかったという報告を聞いたり、最近評判になっている恋愛もののテレビドラマの話をしたりした。

その間、留美は表面上はにこやかだったが、どこか居心地が悪そうな、そわそわした雰囲気があることをかえでは感じていた。

案の定、留美は長居せず、二十分ほどで「あ、今日は洗濯しなきゃ」と腕時計を見ながら席を立った。

玄関で見送るとき、かえでは「明日まで休ませてもらうけど、明後日からは出勤するから。事務局長にはそう言っといてくれない？」と頼んだ。

「あ、はーい」留美はそう答えてから、少し迷う素振りを見せ、「あのさ、カウンセラーとかにかかってみたらって、思ったりもするんだけど」と言った。

「へ？」

「親戚が総合病院で働いてるから、紹介できると思うよ、そっち方面の先生」

「あ……ありがと。でも、多分いらないと思う。別に落ち込んだりしてないし」

留美がぎこちない笑い方でうなずいた。

「そう。ならいいけど」

「帰り、気をつけてね。よかったら、どれか貸そうか、護身用具」

「あ、いい、いい」留美はあわてた様子で手を振る。「まだ早い時間だし」

留美を見送った後、かえでは、実際に襲われたときに三点セットをどういう順序で使うべきかを検討した。

敵との間にある程度の距離があれば催涙スプレーが有効だろう。一歩踏み込んで手を伸ばせば届く距離に近づけば特殊警棒。さらに密着する距離になればスタンガンだ。上手い具合に、敵との距離によって使い分けるようになっている。

そうだ、催涙スプレーは指で押すだけなので、左手に持ってもいいではないか。そうすれば、右手で特殊警棒を持つことができる。二刀流だ。かえでは実際に左右の手にそれらを持って、何とおりかのシミュレーションをしてみた。

敵に組みつかれてしまったり、押し倒されてしまったら、スタンガンの出番だ。ということは、催涙スプレーや特殊警棒はショルダーバッグの中に入れておけばいいとしても、スタンガンは服のどこかに忍ばせておくべきだろう。

検討した結果、スタンガンはジャケットの右ポケットにしまっておくことにした。少しポケットが膨らむけれど、目立つほどではないし、ここに入れておけば、相手に組みつかれたときでも取り出して首筋にお見舞いすることができる。服の上からでも有効だというのだから、ポケットに入れたまま攻撃することだってできる。

高揚した気分は収まらず、もっと何かしたいと思った。

そうだ、防犯や護身のことをもっと調べよう。知識が増えれば、それだけ備えが充実するし、犯罪者に立ち向かう気持ちもさらに高まるはずだ。

かえではまず、ノートパソコンの電源を入れて、〔防犯〕や〔護身〕のキーワード検索をかけてみた。だが、該当項目が多くて、欲しい情報がどこにあるのかさっぱり判らない。試しにいくつか開いてみたが、地域の防犯活動を紹介するものだったり、護身用具の通信販売業者が開いているサイトだったりして、欲しい情報を得るのには手間がかかりそうだった。

腕時計を見た。午後七時を過ぎたところ。かえでは大型書店でその分野の専門書を探すことにした。もちろん出かけるに際しては、ジャケットのポケットにはスタンガンを忍ばせ、さらに催涙スプレーと特殊警棒を入れたショルダーバッグを肩にかけた。

書店で二冊の本を購入し、帰宅してさっそく読み始めた。一冊は自衛隊でテロ対策部門の責任者だったという軍事ジャーナリストが書いた〔犯罪者から身を守るために〕、もう一冊は総合格闘技のトレーナーが書いた〔護身バイブル〕で、いずれもふんだんに解説写真が使われていて、初心者にも判りやすそうな作りだった。

途中、あり合わせの食材で簡単な夕食を作って食べたり、入浴や洗濯をしつつ、読み続けた。ページをめくりながら、参考になる部分はメモに書き留めた。

二冊に目を通し終えたのは、深夜の午前二時過ぎだった。もともと睡眠不足だったが、読んでいるときに眠気は感じなかった。ようやくあくびが出たのは本を閉じて、書き留めたメモを眺めているときだった。

蛍光灯をつけたまま、パジャマにも着替えないでベッドの上で眠りに落ちたのだと知ったのは、翌朝九時前に目覚めたときだった。

大きく伸びをしたかえでは、さっそくトレーニングを始めた。普段から身体を鍛えておくべきだということは、二冊の専門書に共通して強調されてあった重要事項である。確かに、最低限の身体能力がないと、防犯も防災も絵に描いた餅に終わってしまう。犯罪者を撃退するにはそれなりの筋力がなければならない。

二冊の専門書にあったことを参考にして、かえでは四種類のトレーニングをやることにした。

まずは腕立て伏せ。この運動では胸、肩、上腕三頭筋（力こぶの裏側にある筋肉）など、上半身の〔押す運動〕に使われる筋肉を同時に鍛えることができる。大切なのは回数ではなく、筋肉にしっかり負荷をかけて刺激してやること。そのためには、両手の幅を肩よりも拳一つ分ほど広く取り、身体をまっすぐに保ったまま、鼻先が床に着くところまで肘を曲げることを心がけなければならない。やってみたところたった三回で潰れてしまい、いかに自分が身体のメンテナンスを怠ってきたかを痛感した。

続いて、斜め懸垂。この運動は背中、上腕二頭筋（力こぶ）、前腕など上半身の〔引く運動〕に使われる筋肉が鍛えられる。鉄棒の代わりにかえでは、ダイニングのテーブル下に潜り込んで、下から縁をつかんでやってみた。身体の傾斜角度をやや緩めにしたせいで、こちらは七回できた。

スクワット。大腿部《だいたいぶ》の他、下背部などを強化するトレーニングである。太股《ふともも》の裏側が床と平行になるまでしゃがんでから、立ち上がる。しゃがみ込んだときの反動を使って立ち上がったら大腿部の刺激にならないので、ゆっくりと行う。二十回を超えたところで、両脚の筋肉がきしんでいるような痛みを感じたので、今日のところはここでやめておいた。

最後にクランチ。腹筋運動である。あお向けに寝転んで両膝を立て、両手は頭の後ろで組む。この状態から頭を起こす。上半身全部を起こしてしまうのではなく、肩の後ろ側が床から浮く程度にしておくところがポイントとなる。いわゆる起き上がり腹筋は腰を痛める危険性があるが、この運動はそういう心配がない上、腹直筋への刺激がより大きい。

四種目を一セットずつで、所要時間は十分とかからない。かえではカレンダーの今日の日付のところにペンでレ印を入れた。これから毎朝、起きがけにこの簡単トレーニングを実践すること。最初はろくにできないとしても、続けてゆけば、少しずつ結果は得られるはずである。

簡単な朝食を取った後、資源ゴミに出すためにベランダに置いてあった「缶・ビン」専用のポリ袋から、ビン類だけを出し、水洗いした。ワイン、ライトビール、サプリメント飲料、ポン酢など合わせて八本。これをベランダの手すり近くに並べた。二階ベランダからの侵入者がうっかりビンを倒し、音が響くという寸法である。特に夜間は有効だ。

玄関の靴入れを開けて、ハイヒールを箱にしまい込み、パンプスなど、かかとの低い靴を手前に並べ直した。次にクローゼットの中もスカート類を奥の方に押しやり、パンツ類を手前に並べるようにした。これからは外出するときは極力、動きやすい格好にすること。考えてみれば、これは単に防犯のためだけでなく、地震や事故など、不慮のアクシデントに遭ったときにも身を助けてくれる。

長いマフラーも収納ボックスの奥にしまった。マフラーは犯罪者につかまれて首を絞められるおそれがあるし、すれ違うトラックなどに引っかけでもしたら、悲惨な事故になる。アクセサリー類も、犯罪に巻き込まれたり事故に遭ったりしたときに自分の身体を傷つける可能性があるものは、やめておくべきだ。

安楽椅子に座って一休みしたが、すぐに護身用具を手にしたくなって腰を浮かせた。特殊警棒を振り、スタンガンの青白い光を眺め、催涙スプレーを使うシミュレーションをやってみる。しばらくの間、そんなことを繰り返した。

触れれば触れるほどに、手に馴染《なじ》んでくる気がする。考えてみれば、「この子」たちのお陰で昨夜はぐっすり眠れたのだ。護身用具の一つ一つに名前をつけてやりたい気分だった。

特殊警棒で軽く、自分の上腕を叩いてみた。これで思いっ切り叩かれたら、とんでもない痛さだろう。腕で防いでも骨折するかもしれないし、頭に当たったら……。

犯罪者と闘っているつもりで突いたり強く振ったりを繰り返した。そうしているうちに突然、鈍い音が響き、同時に右手がじーんとくるしびれに襲われた。

「あーあ」

かえでは苦笑した。壁が見事にへこんで、くっきりと特殊警棒の先端部が刻印されている。ここを出てゆくときは、敷金から壁の補修費を引かれるだろうな。

スタンガンに持ち替えて、黒く四角い姿を眺めた。

どれぐらいの威力があるんだろうか。特殊警棒なら想像はつくし、催涙スプレーも少しだけれど噴射してみて、効果は確かめた。でも、スタンガンだけは今ひとつ確信が持てない。でも、全身がけいれんして動かなくなるのだから、自分の身体で試すのは怖い。

かえではしばらく迷った末に、電極を密着させないよう、少しだけ離して、かかとで試してみることにした。かかとなら皮膚が厚いし、少し離せば効果が半減して、身体へのダメージはあまりないはずだ。

ダイニングの床に座って、左足のかかとを引き寄せた。
一、二、三……でやろうとしたが、どうしてもためらってしまってできない。
一度、深呼吸をして、思い切ってスイッチを押した。

だが、電極を離し過ぎたせいで何も感じなかった。

一センチぐらいのところまで近づけて、もう一度スイッチを押した。

「いたーっ」

鋭い痛みのせいで、かえでは大きくのけぞり、後頭部を床にぶつけた。

かかとがしびれて、じんじんしている。こんなものを首筋に当てて使ったりしたら、いくら屈強な男でもひとたまりもないだろう。

急に笑いがこみ上げてきた。一人でこんなことして、変な女。でも、いけてる。かえでは、仰向けになってへらへら笑った。


午後、かえでは護身術を教えてもらえるところを探した。二冊の専門書には、さまざまな局面での身を守る方法が記されてあり、その理屈は判るのだが、頭で判ったからといって実際にそのとおりに身体が動くわけではない。敵に組みつかれそうになったときに腹部や金的を蹴りつける、あるいは下がりながら敵の頭を押さえつけて四つん這《ば》いにさせる、ということは理解できても、そういうことは普段から練習していないと、しかるべきときに実際にできるとは限らない。敵に殴られそうになったときに腕でブロックしたりかわしたりするのもしかりだ。

もちろん、大の男相手に大立ち回りを演じられるようになろうと思い上がっているのではない。実際に危険な場面に出くわしたら、まずは抵抗しない素振りを見せて敵を油断させるべきだ。そして、隙をついて反撃し、とっとと逃げるのが基本だ。

しかし、それでもかえでは、今のこの高揚した気分を満たすために、護身術の練習が必要なのだと思った。

どうしてなんだろうと、かえでは考えてみた。

自分に自信をつけるため。そうかもしれないけれど、それだけではないような気がした。うまく表現できないが、今まで眠っていた何かが目覚めたような感じ？

人間の脳は左脳と右脳に分かれている。左脳は理性的な思考や建前論を受け持っていて、右脳は感情やひらめき、本音を担当している――というようなことを、いつだったかテレビ番組で聞きかじった。その番組では、会社で決められた仕事をこなし、私生活でも日々同じことを繰り返していると、左脳ばかりが使われて右脳が萎縮《いしゅく》してしまう、というようなことも指摘していた。神経が首のところで交差しているせいで、右利きの人は左脳が使われやすく、右脳は刺激されにくい、というようなことも。

もしかしたら、今まで眠りに落ちていた右脳が覚醒して、新たな行動に駆り立てているのかもしれない。実際のところは判らないが、かえではその仮説を気に入った。

ノートパソコンを開いて、インターネットで護身術教室のことを調べた。

関連サイトの数が多かったが、いついつどこそこで護身術教室が開かれた、というような報告や、個人的なことをつづったブログの中に護身術教室という単語がたまたま入っていただけ、というものばかりで、欲しているものがなかなか見つからない。

次に〔道場〕の項目で電話帳を調べた。護身術というものがないのなら、空手や柔道で妥協しよう、という考えからだった。

市内に一軒、柔術の道場があり、その広告の中にあった〔レディース護身術コース〕という文字に目が吸い寄せられた。

あった、あった。場所も駅に近いから、仕事帰りに行ける。

でも、柔術って何？　柔道とは別のもの？　合気道みたいなもの？

インターネットの辞書で調べてみると、もともとは柔道の母体となった日本古来の格闘技のことだが、最近では柔道を起源としてブラジルを中心に発展した格闘技として知られている、とあった。寝技による関節技や絞め技を多用するところに特徴があり、多くの柔術選手が総合格闘技のリングに上がって活躍している、とも書かれてある。

かえでは携帯電話を取り出した。まずは見学のアポ取りだ。

翌日から、かえでは仕事に復帰した。かえでの髪形を見た顔なじみの来館者らが「雰囲気変わったね」などと驚きや戸惑いの表情を見せ、かえではそのたびに「どうも」と笑っておいた。

留美とは、来館者がそばにいないときに雑談を交わしたりしていたが、以前と違って微妙な距離が生じたことを感じないわけにはいかなかった。かえでは、これ以上気味悪がられるのはよくないと思い、護身術教室のことは言わないことにした。

仕事はこれまでと同じことの繰り返しだが、私生活は一変した。

朝は起きがけに四種目トレーニング。最初のうちはひどい筋肉痛に見舞われたが、数日でそういうこともなくなった。一週間後には腕立て伏せが八回できるようになり、他の種目も順調に限界が伸びてきた。

護身三点セットは、就寝時は布団の両側と枕元に分散させて置き、通勤など外出する際はポケットやショルダーバッグに忍ばせる。電車に乗るときは衝突事故の可能性を考えて後ろの車輌を選び、また犯罪者対策としてドアの近くを確保する。

週に二回、仕事帰りに〔レディース護身術コース〕で汗を流し、道場に行かない日はレンタルビデオ店で総合格闘技の試合のＤＶＤを借りて、実践の動きを盗むことを心がけた。

〔レディース護身術コース〕一回の練習は一時間半。柔道着に似た柔術ジャケットを身につけて、基本的な技のかけ方やその防御法を、ゆっくりした動作で何回も反復するというのが中心メニューだった。指導する若い女性インストラクターが言うには、反復練習をしているうちにとっさに身体がそのとおりに動くようになるし、技はすばやくかける必要はない、その前段階の形を作ることが大切で、それができれば技は確実にかけることができる、とのことだった。受講生は十人前後で、二十代の女性が中心だったが、女子高生や年輩の女性もいた。

かえでは防犯だけでなく防災にも興味が向き、地震や水害などでライフラインが遮断されることを想定して、大型ポリタンクに水を蓄え、非常食を買い込んだ。週末に少しずつそれらを消費して、そのたびに新しいものを補充することとした。

その他、住まいにさらなる細工を施した。まず、ホームセンターで金具や針金、ペンチなどを購入し、玄関から上がったところとベランダ側のサッシ戸の足もとに、侵入者を転倒させるよう、罠《わな》を仕掛けた。簡単にいうと、床から約二十センチの高さに、針金を張ったのである。かえで自身がうっかり転ぶことのないよう、針金の端にはフックを取り付けて、帰宅すればワンタッチで取り外せるようにした。

かえでは、犯罪者から身を守るというよりもむしろ、犯罪者に一泡吹かせてやりたい、痛めつけてやりたいといったやや危険な考えに取りつかれている自分に気づいた。

そういえば――と、さらに思い当たることがあった。スタンガンなどの護身三点セットを忍ばせて外出していると、最近は実際に使ってみたい、痴漢でも引ったくりでもいいから何か起きないだろうかと期待するような気持ちになってしまうのだ。

かえでは、心のバランスがおかしくなっているのかもしれないと不安を覚えはしたが、いや、そうではない、これまでの自分こそが心のバランスを崩していたのだ、今はその反動でちょっと戦闘的な気分が高まっているけれど、やがてちょうどいいところに落ち着くはずだと思い直し、自分を納得させた。

仕事に復帰して十一日後の夜、見覚えがある髪の薄い刑事が若い刑事を伴ってかえでのマンションを訪ねて来た。玄関口で男性の写真を数枚見せられ、この中に知っている人物はいるかと聞かれたので、一人も知らないと正直に答えたところ、刑事はその中の一枚を取り出して、「この男を昨日逮捕しました」と言った。別の窃盗容疑で逮捕し、ピッキングで侵入したり覆面をかぶるという手口が共通していることから同種の未解決事件について追及したところ、かえでの部屋への侵入を含めて余罪十数件を認めた、とのことだった。

写真で見る限り、被疑者は色白で頬骨《ほおぼね》が出ていて、凶悪どころか、むしろ弱々しい感じの中年男だった。何だこんな奴だったのかという、舌打ちしたくなるような気分だった。

強盗事件から二週間後、午後一番に事務局長を兼務する桑原総務課長が中牧美術館にやって来て、留美とかえでは順に応接室に呼ばれた。

先に呼ばれた留美が五分ほどで憮然《ぶぜん》とした表情で戻って来たので「どうしたの」と聞くと、彼女は「すぐに判るよ」と小声で答えた。

かえでが応接室に入ると、ソファの向かいに座るよう促された。留美のさきほどの態度といい、この重苦しい雰囲気からして、人事の話だなとかえでは察した。

腰を下ろすと、桑原課長は「この前の事件、大変だったね。眠れない夜もあったと思うけど、最近はどう？」と聞いてきた。

「大丈夫です」

「そう」桑原課長はうなずいてから、咳払いをした。「実は、内内示ということで異動を伝えておきたいんだ」

やっぱり。

「定期異動じゃありませんね」

「うん、でも珍しいことじゃないよ。村井君からさっき聞いたかもしれんが」

「いいえ」

「あ、そう」桑原課長は作り笑いだとばればれの顔を見せる。「実は、君には、十二月一日付で中牧食品の工場に出向という形で行ってもらうことになった」

異動日まで一週間もない。

「村井さんと一緒に、ですか」

「ああ、でも村井君は工場の方じゃなくて、中牧食品本社の営業部だ」

営業……これまでとは全くの畑違いである。

「私は工場の、どんな仕事なんでしょうか」

「倉庫管理課だ」

「デスクワークですか」

「基本的にはそうだと聞いているが、身体を動かす仕事も多少あるかもなあ」

「…………」

さすがに言葉を失った。仕事の内容のことではない。

中牧食品は中牧製薬の子会社で、会社も工場もここから五十キロも離れた隣県にある。通勤可能な距離ではあるが、往復で二時間は費やさなければならなくなる。

しかも、中牧食品は本社が近々株式を手放すかもしれないと噂《うわさ》されている。中牧製薬の傘下でなくなれば、本社に戻れなくなるかもしれない。

異動に従え、それが嫌なら辞めろってかい。かえでは心の中でつぶやいた。

「どうして私たち二人が急に子会社に出向になるんでしょうか」

「会社で異動はつきものだ。中牧食品から人を欲しいと言われれば、有能な社員を送り込むのは当然なんじゃないかな」

あらかじめ考えた台詞《せりふ》を棒読みするみたいに言いやがって。かえでが睨みつけると、桑原課長は、何だ、という感じで眉間《みけん》にしわを寄せた。

「三十を過ぎた女性社員は追い出せ。そういうことですね」

言ってやった。もう後戻りはできない。

「何を馬鹿な」桑原課長は険しい顔で頭を振った。「そんなひねくれた考え方をするもんじゃない。それとも君は何か、本社の仕事の方が子会社よりも高級、事務仕事の方が倉庫管理よりも高級だと言いたいのか」

「中牧食品て、売りに出されるんじゃないんですか」

「現時点では、そういうことはない」

「売りに出されたら、出向者の身分はどうなるんですか」

「だったら、もし、の話を今してもきりがないだろう」

「嫌らしいやり方ですね」

「何がだ」

「世間から見れば不当な配置転換なのかどうか微妙なところを狙うあたり、中牧製薬らしいやり方だと言ってるんです。いっぺんに大人数に対してナタをふるうんじゃなくて、少しずつ崩していくのも、一致団結されて抵抗されたら困るからでしょう」

桑原総務課長は露骨にため息をついた。

「全く話にならん。君みたいなのを甘ちゃんというんだ。この程度の人事でがたがたわめくなんて、ただのわがままだ。文句があるのなら、どこにでも訴えろ。恥をかくのは君の方だぞ」

かえでは返事をしないで席を立ち、受付に戻った。

こんなやり取りがあったと教えると、留美は「うそ……」と絶句した。

仕事の後、留美を誘って二人の住まいの中間付近にある居酒屋で飲んだ。かえでとしては内内示に対してどうするか、という話し合いをするつもりだったが、留美の方は既にあきらめモードに入ったようで、「仕方ないよ、通勤圏内の異動だし。中牧美術館の仕事が楽過ぎたと言えなくもないし」とか「労組も会社となあなあだから守ってくれないでしょ。訴訟とか、そういうこと始めたって泥沼になって、結局会社にいられなくなるもん」といった弱気な言葉を口にするばかりだった。

「じゃあ、すんなり異動に従うわけ？」と聞くと、留美は信じられないという顔を向けた。

「何ができるっていうのよ」

「それは判らないけど……私、こういう人生って、やだ」

「やだって言ったって……」留美は苛立ちをにじませた。「どうしろっていうのよ」

「どうすればいいかとか、何ができるかとかは判らないけど、嫌なものは嫌だっていう当たり前の気持ちを捨てたら、何も変わらないわよ」

「かえで、酔ってるわよ」

「だって、意味判んないこと言ってるし。嫌なものは嫌だっていう当たり前の気持ちを捨てなかったら、どうなるわけ？　何か奇跡が起きるわけ？」

「酔ってないよ」

かえでは「起きる」と答えたかったが、さすがに口にはできなかった。

結局、二人だけの飲み会は噛《か》み合わず、居心地の悪い雰囲気のまま一時間ほどでお開きとなった。店の前で別れるとき、留美は「どっかいい転職先、ないかなあ」と独り言のような感じでつぶやいていた。


帰る途中で甘い物を食べたくなり、コンビニに寄った。大型のアイスクリームを買うついでに総合ビタミン剤もかごに入れた。最近は栄養摂取にも気をつけている。

店内に客はもう一人だけ。やせ形の若い男が雑誌を広げている。髪をぼさぼさに伸ばして、暗い感じの男だった。かえでは目の端でその男を捉えながらレジにかごを出した。

精算中、その男が背後にやって来た。ちらと振り返ったが、男はかえでには関心がなさそうに見えた。

いや、判らないぞ。油断しちゃいけない。かえでは心の中で身構えた。

レジの若い男性店員から「スプーンは何個おつけしましょうか」と聞かれ、かえでは「二つください」と答えた。一つでいいと言うと、一人暮らしだと言いふらしているようなもので危険だ。

精算を終えて店を出てから振り返ると、マークしていた男は普通に雑誌の代金を払っていた。こちらを見ようともしない。

かえでは歩き出してから、何かを期待しているのなら、スプーンは一個でいいですって言うべきだったなと、心の中で舌を出した。

自宅マンションの一階エントランスに入ったときに、男女がもみ合っているところに遭遇した。紫色のセーターにジーンズ姿の茶髪の女性と、白いジャージの上下姿の男。エントランスは狭く、エレベーターと一階駐車場に通じるスチールドアと、飲料の自動販売機と観葉植物があるだけ。男女はスチールドアの前にいた。

女性の名前も、学生なのかＯＬなのかも知らない。だが隣人だということは判った。男の方は見覚えがないが、以前からときどき聞こえていた口論の相手だろうと察した。

女性がかえでに向けた表情には、どこか助けを求めるような感じがあった。対して男の方からは、刺々《とげとげ》しい視線を投げつけられた。

男は金髪を伸ばしており、あごの部分だけにひげをたくわえていた。中肉中背よりもいくぶんがっしりした体格。首に金のネックレスが光っている。男の両手は女性の手首をつかんでおり、女性はそれを振りほどこうとしている。

「何見てんだ、こら」男がかえでを睨みつけた。「とっと消えろ」

「大丈夫?」とかえでが女性に声をかけたが、それにかぶせるようにして男が「関係ねえだろ、お前によぉ」と怒鳴った。

確かに関係はない。ただの痴話喧嘩かもしれないし、女性が助けを求めたりしない限り、干渉するわけにもいかない。

でも、こいつ殴りたい――かえでは男に一瞥《いちべつ》をくれてから、エレベーターのボタンを押した。

男が強引に女性を外に連れ出そうとしたようだった。それに合わせて女性が「いやっ」と叫んだ。

振り返ると、女性と目が合った。次の瞬間、女性が「助けてっ」と声を裏返らせた。

スイッチが入った。かえでは「やめなさい」と男に告げた。

「お前に関係ねえって言ってんだよ、馬鹿たれ」男はさらに目つきを鋭くした。

先手を取るべきだ。そうでないと危険だ。かえでは自分に言い聞かせた。

かえでが間合いを詰めると、男が「何だぁ」と怒鳴り、女性をつかんでいた手を離してこちらに向き直った。

間髪を入れず右足のつま先を蹴り出した。護身術教室で反復練習してきた前蹴り。

確かな感触を得た。男が苦悶《くもん》のうめき声を漏らして腹を押さえ、身体をくの字に曲げた。

やった、うまくいった。全身の血がいっぺんに騒いだ。

と、気を緩めた直後、言葉にならない叫び声と共に男から体当たりを食らった。しまったと思ったときは尻餅をつき、そのまま後頭部を床にぶつけていた。とっさに受け身を取ろうと思ったのだが、間に合わなかった。大型アイスクリームと総合ビタミン剤が入ったポリ袋が手から離れ、転がった。

頭がくらくらする。

「てめえ、このおおっ」

男が上から顔を狙って蹴りつけてきた。

とっさにショルダーバッグを突き出してそれを防いだ。

蹴りから顔は守られたが、ショルダーバッグが横に飛んだ。

ああっ、武器が――大きく計算が狂い、頭の中が真っ白になった。これから使うはずの武器がもうなくなった。どうすればいいのか。

男がさらに何か怒鳴りながら蹴ってきた。女性が「やめてっ」と叫んでいる。

脳が揺れる感覚。ほおに鈍い痛み。しかしかえでは、相手のその足を両手でとっさに抱え込むようにしてつかまえた。

そのまま床の上を転がった。男がバランスを崩して倒れる。

立ち上がろうとするが、頭がふらふらして身体が思うように動いてくれない。それでも男が先に立ち上がるのを阻止しようと、腰の辺りにしがみついた。

男が振り払おうとする。背中と肩を殴りつけられたが、密着したせいで顔には飛んでこなかった。

二人ともバランスを崩して再び倒れた。

男が上になって殴ってきた。かえでは足で蹴り返して離れようとした。

両脚で男の胴体を挟む体勢になることができた。護身術教室で習ったガードポジションという形だ。この体勢だと、相手が殴ってきても顔には届きにくい。

予想どおり、男が上から殴ってきた。かえでは顔に拳が飛んで来ないよう、両ひざをしぼって男の身体を遠ざけた。

スタンガンを使いたかったが、男が殴ってくるので、ジャケットのポケットに手を入れる余裕がない。

顔にパンチが届かないため、男はかえでの腹部を殴ってきた。ショートパンチなので威力は落ちるはずだったが、それでも呼吸が止まった。

かえでは上体を少し起こして右手を伸ばした。

男の髪の毛をつかむことに成功。男が振り払おうと暴れる。さらに腹部が鈍痛に見舞われた。

男が腕を振り回し、身体をよじって立ち上がろうとした。かえではそれをさせまいと両脚で男の腹部を絞めつける。男がさらに怒鳴りながら暴れた。

つかんでいた髪の毛を放し、すぐさま男の右腕を両手でつかまえた。

ええと、ここからどうするんだっけ……かえでは護身術教室で反復練習した三角絞めに移行する方法を頭の中でおさらいした。

できそうだと感じ、かえでは右足を振り上げて一気に男の後頭部に持っていった。即座に男の後頭部のところで両脚をクロスさせる。

男の右腕と首が、かえでの両脚の輪の中に挟み込まれた格好になった。要するに、脚を使ってたすきがけの形で絞めつける形である。かえでは両脚に力を込め、同時に男の右手首を両手でつかんで引っ張った。

「こらああっ」

男が殺意のこもった形相でうめきながら、後方に脱出しようともがいた。しかし三角絞めがいったん決まったら、後方に逃れようとすると余計に強く絞まる。

男は自由が利く方の左手で殴ってきたが、かえでの肩の裏側に当たっただけで、たいした痛みではなかった。かえでは、これを外されたら殺されるかもしれないので、とにかく力を緩めてはならないと自分に言い聞かせた。

男が殴ってこなくなった。顔を見ると、充血して赤黒く染まっており、こめかみ辺りに静脈が浮き出ていた。頸動脈《けいどうみゃく》が絞めつけられることで脳に酸素が供給されなくなり、数秒で意識が遠くなってくる——確かそんな理屈だったはずだ。

今ならスタンガンが使える。かえでは右手を男の手首から放してジャケットのポケットを手探りで求めた。

そのとき、男の身体がびくんと震えて、一気に脱力したのが判った。見ると白目をむいている。

落ちた（失神した）と判り、かえではあわてて両腿の力を緩めた。このまま絞め続けると死んでしまうかもしれない。

念のため、足の裏で突き放すようにして男から距離を取った。男は横にくずれ、ひくひくと身体をうごめかせている。

かえではジャケットのポケットからスタンガンを出して、男の背中に押しつけ、スイッチを押した。

男は全身をけいれんさせた。

かえでは大きく息をついて起き上がった。

女性が自動販売機の陰に隠れるような感じで、呆然《ぼうぜん》と突っ立っている。

「携帯……」かえでは女性に言った。「携帯持ってるでしょ。電話して」

女性は、意味が判らないのか、引きつった顔でかえでを見返している。

「警察に電話しろって言ってんのよっ」

怒鳴り声がエントランス内に響いた。

めまぐるしい日々が始まった。

かえでが倒した男はやはり、隣の部屋からときどき聞こえていた口論の相手だった。あの日男は、隣人女性から別れ話を切り出されて激高し、強引に連れ出そうとしたときにかえでに遭遇したのだった。

かえではほおに青あざができたものの、三日でほぼ消えた。思えば、男から殴られたというのは初めてだったのだが、体験してみるとこの程度のダメージか、という感じだった。

警察は最初からかえでの正当防衛を認めてくれて、事情聴取を担当した小太りの刑事は丁寧かつ敬意のこもった応対だった。

男の方は二件の傷害容疑で逮捕された。

男はかえでに遭遇する直前に、別の傷害事件を起こしていた。被害者は、隣人女性と最近つき合い始めたという飲食店主の男性で、二人の関係を知っての一方的な暴行だったらしい。被害男性は頭や顔などに打撲を負い、肋骨《ろっこつ》も骨折して全治一か月の大怪我だった。

その他、隣人女性が二十代前半で、被害者男性が経営する飲食店で働いていたということや、逮捕された男が三十七歳の自称パチプロで数年前にも傷害容疑で逮捕されたことがあることなどを、かえでは後日テレビ番組で知った。

凶悪な男を女性が絞め落とした、ということで、かえでは新聞やテレビ、週刊誌などから取材攻勢を受ける羽目になった。目立つことは本意ではなかったが、正当防衛なのだからこちらがこそこそするのは筋が違うと思い直し、住まいであるマンションに立ち入らないことを条件に外の公園などで顔のぼかしなしで取材を受けた。道場で練習する様子も取材したいと言い出すテレビ局があったが、他の練習生に迷惑がかかるので断った。

マイクを向けられるたびにかえでは事件の経過や、自宅で窃盗犯に遭遇した事件をきっかけに防犯の重要性を認識するようになり、今は護身術教室にも通っていることなどを繰り返し語った。記者らは一様に、かえでの護身三点セットに興味を持ったようで、それについての質問が集中した。かえでは要求に応じて護身用具を見せて説明し、実際にはスタンガン以外は使ったことがないことを正直に話し、そしてこういうものは使わないに越したことはないと思っていることをつけ加えておいた。

会社には有給休暇を目一杯申請した上で、それが切れる十一日目に合わせて退職願を郵送した。桑原総務課長が電話をかけてきて、形だけ翻意を促したが、思うところあって辞めることにしたというかえでの言葉を待ってましたとばかりに了解し、いちいち詳細を聞こうとはしなかった。その日のうちに総務の女性社員から電話がかかってきて、退職の手続きや退職金の振込先などの事務連絡を受けた。

マスコミの取材攻勢のせいで、留美とは電話で話すことしかできないでいた。かえでは退社することについて、精神的に疲れたのでしばらく休養を取りつつ、後のことを考えたいと、必ずしも本音ではない説明をしておいた。留美は心配そうではあったが、翻意を促すようなことは言ってこなかった。マスコミにつきまとわれなくなったら一緒に飲もうねと約束したが、かえでは、互いに「そのうちに」と思っているうちに月日が経ってしまいそうな気がした。

ワイドショー番組や週刊誌が、かえでが持ち歩いている護身三点セットと同じ物を紹介して、使い方や購入方法などを紹介していた。元格闘技選手のタレントを呼んで、かえでが男を絞め落とした三角絞めという技について解説する番組もあった。

女性週刊誌のいくつかから頼まれて、単なる取材とは明らかに別扱いの、人物にスポットを当てるタイプのインタビューも受けた。地元の新聞社からも取材を受け、〔地域の顔〕欄で大きく取り上げられた。できるだけ包み隠さず話そうと考えて質問に答えたせいで、大手製薬会社に勤務していたが不本意な子会社への出向を言い渡されて退職したということも記事の中で触れられてあった。その新聞の掲載日に桑原総務課長がさっそく留守電に「お話ししたいことが……」と吹き込んできたが、余計な発言をするなと押さえ込むつもりだと判り切っているので、かえでは無視することにした。

外出すると、見知らぬ相手から「あ」と指差されることが増えた。中には「岩瀬さーん、こっち向いてくださーい」と携帯電話のカメラを向ける女性もいて、かえでは多少戸惑ったものの、手を振ったり会釈したりして応えた。そうするうちに、自分がどうやら英雄視されているらしい、だったら無理にこの流れに逆らわないでいっちょう身を任せてみるか、そうすればまた道が開けるかもしれない、という気分になってきた。どうせ失うものなんてないのだ。

隣人女性は知らないうちに引っ越していなくなっていた。かえでは、助けてもらったのだから礼ぐらい言うものではないかと多少苦い思いにかられたが、彼女もマスコミにつきまとわれただろうし、自分のことを怖がっているかもしれないと気づいて、今度は笑いがこみ上げてきた。

地元警察署からも表彰されることになり、かえでは断る理由もないので警察署に出向いて感謝状を受け取った。式は簡単なものだったが、ここにもマスコミが押し寄せて、カメラやマイクを向けられた。

式の後、署長室に招かれて署長や副署長、本庁の参事官だという人たちとしばらく歓談することになった。その際、署長から「岩瀬さん、護身用具というのは要するに武器なんですよ。ああいうものは犯罪者に悪用されることもありますから、マスコミでの発言は慎重にお願いします」と釘を刺され、招かれた理由はこれだったらしいと察した。

　額入りの感謝状を収めた箱をわきに抱えて警察署を出たとき、署の駐車場で紺のブレザー姿の大柄な男から声をかけられた。かえでは身構えたが、顔つきや体格、背筋の伸びた姿勢などからして警察関係者だろうと察した。

　名刺を渡され、警察官ではなく、古《ふる》屋《や》玄《げん》という名前の、アラカワ警備保障の広報室次長だと知った。警備会社では全国に支社や営業所を持つ大手である。

「実は折り入ってお話ししたいことがありまして、失礼ながらこんなところで声をかけさせていただきました。できれば市内にある弊社営業所などでお聞きいただければありがたいのですが、いかがでしょうか」

　古屋は五十過ぎぐらいに見えたが、かえでに対してかなり低姿勢の態度だった。

「はあ……あまり時間がかからないのなら、今からでも構いませんけど」

　どういう用件なのか、何が目的なのかといったことをいちいち確かめるよりは、とっとと出向いて、そこで聞いてしまった方がいい。

　古屋は「え、今からですか」と意外そうな顔をしたが、すぐに気を取り直した様子で「それは助かります。ではお送りしますので」と、警察署の外に待機させてあった白い大型車に案内した。

アラカワ警備保障の営業所は、警察署からほど近い裁判所の裏通り、弁護士事務所や司法書士事務所が入居している雑居ビルの一階にあった。

応接室でコーヒーを出され、向かいには古屋と、営業所所長の二人が座った。所長の態度からして、古屋の方が格上のようだった。

説明は古屋がした。

弊社の者どもはもちろんですが、特に社長の上野《うえの》が岩瀬さんのことを絶賛しているといいましょうか、熱心な支持者でして——。

現在無職ということであれば是非弊社に仲間として迎えたいと私どもは考えております。ええ、もちろん正社員としてですが、仕事の方はですね、イメージキャラクターとして防犯啓発のための講演やイベント出演を中心に活動していただきたいと——。

他にも、防犯ビデオへの出演や弊社監修の形で体験記を出版するといったことも現在検討しておりまして——。

かえでは突然のことに軽いめまいを覚えながら、「私なんかよりも、女性の格闘技選手とか、警察の女性ＳＰ出身の方とか、ふさわしい人がいるんじゃないでしょうか」と尋ねた。すると古屋らはとんでもないという感じで頭を振り、つい先日までずぶの素人だった岩瀬さんだからこそ、また実際に犯罪者を撃退した岩瀬さんだからこそ意味があるんです、と切り返された。

かえでは、作り笑顔が引きつっていることを自覚しつつ、「はあ」とうなずくばかりだった。

帰宅したかえでは、玄関ドアの前に立って、覗き窓を見つめ、耳を澄ませて中の様子を窺った。

物音も人の気配もなし。ドアの上にある電気メーターの回転板もゆっくり回っており、冷蔵庫などの電気しか使われていないようだった。

左右を見渡して誰もいないことを確かめ、キーを差し込んで回す。ドアをゆっくりと開け、中を覗き込む。もちろん異常なし。

かえでは壁のスイッチを押そうとしたが、その手を止めた。

今の自分に明かりは要《い》らないと思った。

ダイニングに入った。何者かが襲いかかってくるところを想像してみたが、現実の部屋はしんと静まり返っていた。

わきに抱えていた、感謝状の入った箱をテーブルにそっと置いた。

蛍光灯から垂れ下がっているひものつまみを狙って、パンチを繰り出した。何度もつまみを拳ではじく。ジャブで牽制《けんせい》して右ストレート。次はワンツー。相手の攻撃をダッキングでかわし、すぐさまボディに左フックを見舞う。ひるんだ相手の顔面にさらに右フック。

防犯のカリスマ。護身の女神。そんなキャッチフレーズが頭に浮かんだ。

自分自身が変わったというだけじゃない。棲《す》む世界が変わったのだ。

人生の第二幕が始まる。

暗い部屋の中で蛍光灯のひもに向かってボクシングの真似事《まねごと》をしている女。他人が見たら、かなり気味悪いだろうな。

「うふふふっ、ふふふっ」

かえでは一人笑いながら、パンチを繰り出し続けた。

花の巻

列車からホームに降りたちひろは、乗降客が行き交う中できょろきょろしているおじいちゃんの姿を見つけた。

おじいちゃんもすぐに気づいて、ほおを緩ませて近づいて来た。

「よく来たね、ちひろ。一年見ない間に大きくなったね」

「お世話になります」

「何を他人行儀なことを言ってんの」

おじいちゃんは笑いながら、ちひろが肩に掛けていたデイパックを奪うようにして取り、自分の肩にかけた。

ホームから改札へと下りるときに、先を歩くおじいちゃんは、階段ではなくて、エスカレーターの方を選んだ。

「休みの宿題は、もうやったのか」

エスカレーターで下っているときにおじいちゃんが振り返った。片方の眉の中に白髪が一本あって、それが妙に長く伸びて目立っていた。髪はあんまりはげてないけれど、白髪が混じっていて、しかも寝癖がついていて、てっぺんのところがはねていた。

「春休みは宿題ないんだよ」

「あ、そうか」

「お母さんに言われて、ドリルとかはやってるけど」

「あ、そう。ええと、次は五年生になるんだっけか」

「うん」

おじいちゃん、会社で働いてたときはもっと頭、ぴしっとしてたのに。ちひろは、昨年会ったときに比べると、おじいちゃんがだらしなくなったように感じた。

それに、少し太ったようにも思う。もともとやせ形だったので、中肉中背に近づいたということで、結構なことなのかもしれないけれど。

「五年生では、背は高い方なのか」

「普通」

他のお客さんたちも周りにいるのに、いろいろ聞かないで欲しかったけれど、それを言うこともまた恥ずかしいので、ちひろは我慢した。

おじいちゃんとおばあちゃんの家は、お父さんの実家にあたる。ちひろが住んでいるところからは列車の特急でも三時間以上かかるので、あまり頻繁に行き来することはできず、泊まりに行くのは年に一回か二回ぐらいである。

ちひろが一人で泊まりに来たのは今回の春休みが初めてだった。お父さんがおじいちゃんちに電話をかけて、ちひろが七泊するということが勝手に決められている。お母さんが海苔《のり》を箱詰めするパート仕事でぎっくり腰になって何日か入院することになり、お父さんは仕事が忙しいためだった。

改札を抜けて駅から出たところで、おじいちゃんは飲み物の自動販売機の前で立ち止まった。

「ちひろ、ジュース買ってやろう。何がいい」

「別にのど渇いてないよ」

「遠慮しなくていいから」

遠慮とかしてないし――と言いかけてから、それでは久しぶりに会ったおじいちゃんに冷たいような気がして、「じゃあ、ウーロン茶」と頼んだ。

「へえ。ちひろも、もうあれなんだな。食べ物とか飲み物とかのカロリーを気にする年頃なんだ」

おじいちゃんは苦笑いみたいな感じで口もとを緩めた。

別にカロリーがどうのこうのではなくて、ただウーロン茶を飲みたかったから頼んだだけなのだけれど、ちひろはいちいちそういうことは言わないで、「ありがとう」と受け取った。

おじいちゃんがその場に立ったままでいるので、どうやらこの場で飲め、ということらしかった。ちひろは心の中でため息をついて、プルタブを押し込んだ。

「お父さんは相変わらず忙しいか」

「うん」

「毎晩遅くに帰って来る？」

「うん。日曜日ぐらいしか、顔見ないし。でも日曜日も仕事あったりするし」

「そうか。お母さん、早くよくなるといいな」

「うん、そんなにひどくはないらしいから」

ウーロン茶に口をつけた途端、おじいちゃんは先に立って歩き始めた。歩きながら飲むのか。ちひろは今度は、本物のため息をついた。

太陽が傾きかけていた。自分の家を出たときは晴れていたけれど、いつの間にか空にはネズミ色の雲が広がっていた。


おじいちゃんの家は、駅から歩いて五分ぐらいのところにある。二階建てのこぢんまりした家で、お父さんと伯父さんの兄弟が子供時代に使っていた二階の部屋は、今は壁がなくなって一つにされ、おばあちゃんが開いているパッチワーク教室や、カルチャーセンター仲間とのフラダンスの練習に使われている。

おばあちゃんは、台所で夕食の準備をしていた。おばあちゃんはおじいちゃんと違って、身体にいっぱいお肉がついている。

ちひろは思い出して、デイパックの中からお父さんお母さんからことづかった和菓子の箱を出して、おばあちゃんに「お世話になります」と渡した。

「他人みたいなことを言わないの」おばあちゃんが笑いながらちょっと怒ったように言った。「テレビでも見て待ってて。パソコンもあるから、インターネットのゲームとかしてもいいわよ」

「うん、でも何か手伝うよ」

「今日のところはいいから」

いいと言われてまで手伝うという気にはならず、ちひろはテレビを見ることにした。

夕食はとんかつだった。ちひろが小一か小二ぐらいのときに、とんかつが好きだというようなことを口にしたことがあるらしくて、それ以来、おばあちゃんはちひろが泊まりに来た初日はとんかつを作ってくれる。今はそんなに好きじゃないということを教えた方がいいのかもしれないけれど、別に嫌いなわけでもないのでそのまんまにしている。

おじいちゃんはビールで晩酌をしている。あんまりお酒は強い方じゃないみたいで、いつも顔が赤くなる。

「ちひろ、明日どこ行こうか」

おばあちゃんが聞いた。明日は日曜日だ。

「無理に行かなくてもいいよ」

「だって、平日はいろいろあるから。特におばあちゃんがさ」

「じゃあ……でも、どこでもいいよ」

「服とか買ったげよか」

「いいよ、そんなの」

「何でも買い与えるのが愛情じゃないぞ」とおじいちゃんが言った。

「たまにしか会えないんだからいいでしょ」

おばあちゃんが口を尖《とが》らせる。

「もっと、ちひろにとって、心の財産になるようなことをしてやった方がいいんじゃないかと言ってるんだ」

「何よ、それ。例えば何をすればいいの」

おじいちゃんはしばらくの間、考えているふうだったけれど、言うべきことが思いつかなかったのか、何も言い返さなかった。おばあちゃんも心得たもので、必要以上に追い詰めるようなことはしないで、話題を変えて、ちひろに学校でのことを聞いてきた。

夕食後、おじいちゃんが風呂に入っているときに、ちひろはおばあちゃんの後片づけを手伝った。

おばあちゃんが洗った食器を食器乾燥機に入れながら、「おじいちゃん、前よりちょっと元気なくなったみたい」と思ったことを言ってみた。

「あの人は会社人間だったからね」おばあちゃんは苦笑した。「退職してからこの一年、何をするでもなくごろごろしてばかりなのよ。再々就職先を探したこともあったけれど、見つからなくてね」

おじいちゃんは長年勤めた会社を三年前に退職し、それから別の会社でしばらく働いたけれど、一年ほど前にそこも辞めて、今は何もしていない。

「趣味とかないの、おじいちゃんは」

「将棋が少しはできるんで、市立図書館の中にある将棋コーナーに一時期通ってたんだけど、小学生に負けちゃったらしくて、それから行かなくなっちゃったのよ。プライドが高い人だからねえ。地区のグラウンドゴルフクラブとかにも誘われてるんだけど、嫌なんだって。地域の人たちに溶け込む自信がないみたいね」

おばあちゃんがいろいろ誘ったらいいのに——という言葉をちひろは飲み込んだ。おばあちゃんがやっているパッチワークやフラダンスを、おじいちゃんがやるところはとても想像できない。

翌日の日曜日は、おじいちゃんとおばあちゃんと三人で水族館に行って、帰りに和食レストランで食事をした。水族館では一度、おじいちゃんとおばあちゃんが魚の名前をめぐって言い争いになったけれど、係員の人に聞いてみたら二人とも間違っていたことが判《わか》り、ちひろは引き分けの結果に少しほっとした。

月曜日、おばあちゃんはやるべきことがたくさんあった。午前中はカルチャーセンターの陶芸教室で、昼はパッチワーク仲間のお食事会で、その後も場所を移しておしゃべりをするのだという。おばあちゃんは出かけるとき、おじいちゃんにではなくちひろに「お願いね」と言った。

朝起きたときは小雨が降っていたけれど、おばあちゃんが家を出たときにはもう上がっていて、晴れ間が少しずつ広がり始めていた。ちひろは、持ってきたドリルを一時間ほどした後、おじいちゃんに断って一人で近所を散歩した。

これまでに何度か遊んだことがあった児童公園に行くと、中学生ぐらいの、ちょっとたちの悪そうな男の子たち数人がしゃがんで何かしゃべっていた。からまれそうな気がして怖かったので立ち寄るのをやめにし、川沿いの桜並木道に向かった。

桜は、昨日の夜から朝にかけて降った雨のせいでかなり散ってしまっていたけれど、その代わり地面はピンクの絨毯《じゅうたん》みたいで、そこを歩くのはちょっとしたものだった。誰も踏んでいない雪の上を歩くときよりも贅沢《ぜいたく》なことをしている感じがする。

学校があったので校庭に入ってみたけれど、中学校だったらしくて遊具らしいものはなかった。

その後、あちこちに足を延ばしてみたものの、面白そうなところはなく、そのうちに道に迷いそうな気がしてきたため、帰ることにした。

歩きながら日登美《ひとみ》ちゃんのことを考えた。

日登美ちゃんは四年生になったときに初めて同じクラスになり、二学期のときに隣同士の席になって仲良しになった。彼女はバレーボールクラブで活躍していて、高くジャンプをして強烈なスパイクを打つ。ドッジボールとかも男の子に負けない。だから、日登美ちゃんと仲良しになったことでクラスの中でも何となく一目置かれるような感じになり、二学期から三学期にかけては得意な気分でいられた。

その日登美ちゃんから、「四月から一緒にダンス教室に通わない?」と誘われて、ついオーケーしてしまった。でも、ちひろはダンスに興味などなく、運動神経にも自信がないからやっても日登美ちゃんとの差を見せつけられて落ち込むだけだとすぐに思い直した。

日登美ちゃんは、ちひろが一緒に行くとすっかり決めてしまって、今度一緒に練習用のシューズを買いに行こうとはしゃいでいる。

どうしよう……。やっぱりやめとくって言ったら、怒るだろうな。日登美ちゃんを怒らせたら、他の子たちも加わって、いじめられるかもしれない。

ダンス教室、行くか。全然やりたくはないけれど。

おじいちゃんちに帰り着くまでに結論を出すことはできなかった。

昼食は宅配ピザだった。おじいちゃんが気を遣ってくれたらしい。ちひろがティーバッグの紅茶を淹《い》れた。

「ちひろ、これ食べたらどっか出かけようか」

「どこに」

「そうだな……動物園とかはどうだ。何年か前に連れて行ってやっただろう」

おじいちゃんは孫娘を退屈させまいとして無理してるみたいだった。でも動物園は嫌いじゃない。ちひろはうれしそうな顔を心がけて「うん、行く」と答えた。

列車に乗ったときには空も青々としていて、太陽がまぶしかった。

動物園の入口前に立ったとき、おじいちゃんはしばらく無言だった。それから「ごめんごめん」と頭をかいた。

休園だった。そういえば、月曜日はこういうところは休みというのが普通だ。

ちひろにとっては、動物園に入れないことよりも、おじいちゃんがますます気を遣うことになりそうだということの方が、重荷だった。

「あ、そうだ」おじいちゃんが手を叩《たた》いた。「おじいちゃんがずっと働いてた会社の工場に行ってみようか。帰りの列車の途中にあるから、ちょうどいい」

おじいちゃんは、ピーチウェアという名前の、ベビー衣料品メーカーに長年勤めていた。あまり有名な会社じゃないみたいで、ちひろの友達はみんな知らないと言っていたけれど、ちひろは幼稚園ぐらいまで、ピーチウェアの製品と共に育った。

工場見学か。あまり気乗りはしなかったけれど、おじいちゃんがずっと働いてきたところを見てみるということに興味がないわけでもない。ちひろは「うん、行く」と了承した。

列車の中でおじいちゃんは、退職したときはピーチウェアの商品検査室というところの室長だったということや、商品検査室が工場で作られた商品の引っ張り強度や摩耗強度、色落ちなどを厳しくチェックするから、優秀な製品を世に送り出すことができるのだということを話してくれた。でも途中からおじいちゃんの話は、マーケティングリサーチがどうのとか、中国などに工場進出する会社が増えてどうだとかというのになり、ちひろは訳が判らないまま「ふーん」と相づちを繰り返すことになった。

ピーチウェアの工場は小学校ぐらいの敷地の広さがあって、錆《さ》びついている金網でぐるりと囲まれていた。中の建物はどれも長年の雨や風を受け続けてきた、という感じのくすみ方だった。

門から入ってすぐ先にあった建物の一階で見学者用の札をもらい、それを胸につけて奥に進んだ。展示室みたいなところを見て、渡り廊下を歩き、工場の中をざっと見学し、それから商品検査室に向かった。途中で社員の人たちが何度か、おじいちゃんに挨拶《あいさつ》をしてきて、おじいちゃんが孫娘を連れて来たことをいちいち教えるので、「何年生？」と聞かれて同じ返答を繰り返さなければならなかった。でも中には、おじいちゃんが「よう、久しぶり」と声をかけたのに、にこりともしないで「どうも」と言うだけの人もいた。

工場でも商品検査室でも、おじいちゃんは熱心に説明をしてくれた。ピーチウェアはアパレル業界の中でも品質試験の念入りさでは定評があるそうで、「最初はいいと思っても使って飽きる商品は駄目なんだ。最初それほどでなくても使えば良さが判る商品を作らないと」と話してくれた。でも、ちひろにとってはあまり興味の湧《わ》く話ではなかった。

商品検査室の小さな事務フロアで、おじいちゃんと並んで応接ソファに座らせてもらった。ソファはところどころひび割れがしていて、中のスポンジみたいなのが見えていた。

向かいに座ったおじさんはすごく太っていて、ネクタイが窮屈そうだった。

「ええと、栗原《くりはら》さんは？」とおじいちゃんが聞くと、向かいのおじさんは「今ちょっと、工場長室なんですよ」と言った。

「またこれ？」

おじいちゃんが両手の人差し指を立ててそれでチャンバラをするような仕草をする

と、おじさんは「ええ、まあ」とあいまいにうなずいた。

その後、おじいちゃんもおじさんもしゃべらないで、しばらくしーんとなった。おじさんが急にちひろに「何年生?」と聞き、ちひろは今日何回目かの同じ返事をした。学校は楽しいかとか、おじいちゃんは何か買ってくれるかとかまでは聞かれず、その代わりおじさんはおじいちゃんの方に向き直って「室長に御用ですか」と聞いた。

「あ、いやいや」おじいちゃんは苦笑して手を振った。「近くに来たもんで、ちょっと顔を出してみただけだから」

「ああ、そうですか」

おじさんはぎこちない笑い方で相づちを打った。

おじいちゃんはそれからいくつか、最近の会社について尋ね、おじさんは答えたけれど、話が弾むという感じではなかった。

おじさんが腕時計を見た。

「じゃあ、長居するのも何だし、そろそろ行こうか」

おじいちゃんがちひろに言い、ひざに両手をついて腰を浮かせた。おじさんは引き止めるようなことはせず、「また是非寄ってくださいね」と、あまり心がこもってない感じの顔で言った。

帰りの列車でちひろはおじいちゃんと並んで座った。おじいちゃんは急に元気をなくしたみたいで、何度か小さくため息をついていた。

理由は察しがついた。おじいちゃんはきっと、会社の人たちがもっと懐かしがってくれて、歓迎してくれると思っていたのだ。でも実際は違っていた。表向きは笑顔だけれど、何しに来たの、という感じだった。おじいちゃんもそのことに気づいて、すぐに帰ることにしたのだろう。

列車の中は割とすいていて、男の人も女の人も、約束事みたいに目をつぶっている。イヤホンで何か聴きながら頭を小刻みに動かしている隣の若い女の人は、すごく陽焼けしていて、白っぽい口紅をしている。向かい側でお母さんのひざの上に乗っている赤ちゃんが、その若い女の人をまじまじと見つめていた。

おじいちゃんが急に「ちひろ、友達から年賀状とか来るか」と聞いた。

「うーん、あんまり」

「何枚ぐらい」

「十枚ぐらいかな。メールで来る方が多いよ」

「自分のパソコン持ってるのか」

「ううん。家族みんなで使ってる」

「そうか」おじいちゃんは一度、咳払《せきばら》いをした。「おじいちゃんは、会社にいたときはこれぐらい年賀状が来てたんだ」

おじいちゃんはそう言って、親指と人差し指を広げた。五センチぐらいはありそうだった。

「へえ、すごいね」

「ところが、会社を辞めたら、たった二十枚ぐらいになっちゃったよ。くれた人は同窓生とか、親戚とか、そういう人ばかりで、会社や取引先の人はほとんどなかった」

「ふーん」

まだ話の続きがあるのかと思って待ったけれど、おじいちゃんはそれ以上のことは言わないで黙り込んだ。

しばらくしてから、ちひろはおじいちゃんに言ってみた。

「おじいちゃん、趣味とかないの」

「あー？　どうして」

「別に……ないのかなって思ったから」

おじいちゃんは頭を少しかいた。

「ないな、趣味なんて。ずっと仕事が趣味を兼ねてたようなもんだし」

「何か始めたらいいのに」

「……ゴルフはやったことがあるけど、面白いと思わなかったし、カラオケもグラウンドゴルフも何だか好きになれないし。おじいちゃんの世代はなあ、趣味なんかにうつつを抜かしてる奴は白い目で見られてたんだ」

「ふーん」

「ちひろは何か趣味あるのかい」

「私はね……ゲームと、あとは水泳かな」

「そういや、スイミング教室に通ってるんだったな」

「うん。でも、最近ちょっとやる気なくしかけてんだ」

「どうして」

「私、一年生のときからずっとやってるのに、最近入ったばっかりの子に負けたから」

ちひろは言ってから、おばあちゃんから聞いたことを思い出した。おじいちゃんは将棋ぐらいしか趣味らしいものがなかったけれど、その将棋も小学生に負けてしまって、やらなくなってしまったという。

　その話が出るかな、と思ったけれど、おじいちゃんは「まあ、勝ち負けだけのために水泳をやるわけでもないだろうし、あんまり気にしない方がいいんじゃないか。それに、今は負けてても、続けてればいつか勝つかもしれないだろ」と、よくある励まし方をしただけだった。きっと、自分の恥を孫娘に話したくはないんだろう。

「退職したらやってみたかったこととか、なかったの」

「特には。退職したら何かしら見つかるだろうと思ってたけど、何もないんだ、これが」

「楽しい？　何もすることがなくて」

「楽しいわけないさ」おじいちゃんは少し苛立《いらだ》った感じで言ってから、しまったという顔になって無理に口もとをにゅっと引き上げた。「まあ、そうだな。ちひろもそう言ってくれることだし、何か探してみるとするか」

ちひろは、おじいちゃんが心の中でさらに「あればいいけど、ないさ、そんなの」とつぶやいたような気がした。

おばあちゃんが帰って来たのは夕方の五時前だった。それまでの約二時間、ちひろはパソコンを借りてインターネットで心理テストをしたりして時間を潰した。おじいちゃんは同じ部屋で寝転びながらテレビを見ていたけれど、リモコンで何度もチャンネルを替えてばかりいた。

ちひろはおばあちゃんから「今日はどこかに連れてってもらったの？」と聞かれ、ピーチウェアの工場見学をしたことを話すと、おばあちゃんは顔をしかめて「ごめんね、つまんなかったでしょ。明日の午後、おばあちゃんと服を買いに行こうね」と言った。

翌日の午前中、ダイニングのテーブルでちひろがドリルをやっているときに、向かい側で新聞を読んでいたおじいちゃんが「ちょっと散髪にでも行って来るかな」と言った。

「ちひろも髪、切ったらどう?」フローリングワイパーで床を拭いていたおばあちゃんから声がかかった。「散髪屋さんは嫌? 美容院じゃないと駄目かな」

ちひろは普段、同じ町内にあるカットハウス、つまり美容院で髪を切っている。今までに散髪屋とか理容店とかを利用したことはなかった。

そのせいで、多少の興味を覚えた。

「私、こないだ切ったばかりだから。でも、散髪屋さんて入ったことないから、ついて行ってみようかな」

「お、そうか」おじいちゃんがちょっとうれしそうな顔になって新聞をたたんだ。

「なに、たいして違いなんかないさ。散髪屋はひげとか産毛とかを剃《そ》ったりするところが違うっていうぐらいのもんだ。確か、荒川《あらかわ》さんの店、子供向けの漫画がたくさん置いてあったんじゃないかな」

「ジャンプ?」

「そういうのもあったと思うよ。あと、コロコロ何とかっていうやつ、ほれ」

「コロコロコミック」

「うん、そんな名前だったかな」

「じゃあ、もうちょっとだけ待って」

ちひろはドリルの残りにラストスパートをかけた。


国道を渡ったところにある、おじいちゃんがいつも利用しているという近所の荒川さんの店は閉まっていた。店はシャッターが下りていて、〔臨時休業致します〕との貼り紙がされてあった。おじいちゃんは「ありゃりゃー」と頭をかいた。

ちひろは、おじいちゃんのやることって裏目に出てばっかりだなあと思った。家ではごろごろしてるだけだし、外に出たら出たでささいな目的を達することができない。

「どうしようか。仕方ないから帰るか」

まだ午前十時前。家に帰っても退屈だ。そこでちひろは「桜、見て帰らない？　ほら、川沿いの」と提案してみた。

「桜？」おじいちゃんは少し眉をひそめた。「まだ咲いてたかなあ」

「だいぶ散っちゃったけど、まだ咲いてるよ」

おじいちゃんはあまり気乗りはしていないようだったけれど、孫娘の誘いを断るわけにいかないということか、「よし、じゃあそっちに散歩でもするか」と同意した。

すかすか状態の桜の花をときおり見上げながら川沿いを歩いた。天気はいいけれど、冷たい風が吹いて、そのたびに桜の花びらがはらはらと流れ落ちていた。「散った桜は、たちまち薄汚れちゃうな」おじいちゃんがつぶやいた。「枝についてるときはみんながちやほやしてくれるけど、散ったらただのゴミなんだな」

歩道には、誰かに踏まれて汚れた花びらが、あちこちにあった。

川沿いの道から折れてしばらく歩いたところに、散髪屋があった。客はいないようで、出入口のドアは開け放たれ、女の人が店の前の細かい砂利を、熊手でならしていた。割と若そうな感じの女の人だった。

ふと目が合い、女の人がにっこりほほえんで「こんにちは」と言った。ちひろも同じ挨拶を返した。

「ここで散髪、しちゃうか」おじいちゃんが立ち止まった。「たまにはいつもと違うところで切るのもいいだろう」

もしかしておじいちゃん、この女の人が気に入ったのかな。ちひろはそんなことを考えながら「そうね、せっかくだし」とうなずいた。

女の人が一人でやっている店らしかった。コロコロコミックはなかったけれど、〔美味しんぼ〕がたくさんあったので、時間は潰せそうだった。

おじいちゃんは三つある座席の真ん中に案内された。女の人が「お客さん、初めてですよね。ご近所なんですか」と聞き、おじいちゃんが「ああ。歩いて十分ほど南側の、交番とかガソリンスタンドとかある、あの辺に住んでるんだけど、いつも行ってる店が臨時休業しちゃって」と説明した。行きつけの店が別にあることを話すのはきっと、その後来なくなっても気にしないでくれ、ということを伝えたいんだなと、ちひろは思った。

女の人はおしゃべり好きらしくて、おじいちゃんの髪を洗いながら、離婚したことや、そのときにこの店を相手からぶん取ったことをほがらかに話し、ひげを剃っているときには、ずっと前に美容院で働いていたこともあったけれど男性客相手の理容店の方が気疲れしなくていいといったことを、話していた。おじいちゃんはあまり返事ができる状況ではなかったので、「んー」とか「へえ」とかの答えをしていた。

女の人は、おじいちゃんの肩をもみ始めた。おじいちゃんは気持ちがいいのか、「あー」と何度かうなっていた。

「髪、どうしましょうか。思い切って短くしちゃいましょうか」

女の人が聞き、おじいちゃんは肩をもまれて頭を揺らしながら「んー」と答えた。鏡越しに見ると、おじいちゃんは目を閉じて、口を少し開けていた。何だか半分眠っちゃってるみたいだった。

女の人はバリカンを取り出して、「じゃあ、これでやっちゃいますよ」と聞いた。

おじいちゃんはまた「んー」と答えて、うなずいた。

芝刈り機みたいな音がしたかと思うと、おじいちゃんの髪は瞬《また》く間に刈られていった。白と黒が混ざった髪が、どんどん落ちてゆく。ちひろは、あんなに刈ったら丸坊主になっちゃうんじゃないかなと、ちょっと心配になったけれど、女の人は手際よくバリカンを操っているし、おじいちゃんも文句を言わないので、〔美味しんぼ〕の続きを読むことにした。

女の人の「さ、終わりましたよ」との声でちひろは顔を上げた。

鏡に映っているおじいちゃんは、高校球児みたいな丸坊主そのものだった。ただし、おじいちゃんは白髪が多いので、ごま塩頭だった。

おじいちゃんはやっぱり眠っていたらしかった。女の人からもう一度「終わりましたよ」と言われて、ようやく目を開けた。

そして、おじいちゃんは鏡に映っている自分を見て、ぽかんと口を開けた。

「な……、な……」

「似合ってますよ、すごく」

女の人はにこにこしている。このお客さんの髪形はこれしかないという、自信に満ちた態度だった。

「……誰がこんなにしていいと言った」

「あら」女の人は心外そうに、少し顔を曇らせた。「思い切って短くしていいかと尋ねたら、いいとおっしゃいましたし、バリカンで刈っていいかと聞いたときにも、いいとおっしゃったはずですけど。ね」

女の人は最後の「ね」のときに、ちひろを振り返った。

鏡越しにおじいちゃんと目が合った。怖い顔。

仕方なく、ちひろはうなずいた。

「そんなこと、言ったか、俺」と、おじいちゃんに念押しされて、もう一度うなずいた。

おじいちゃんは鏡をもう一度見つめ、そのまま固まった。放心してるみたいだった。

帰り道、おじいちゃんはずっと無言だった。しかも早足で、ちひろのことなんかお構いなしにずんずん歩いている。ちひろは何かかけるべき言葉がないか考えたけれど、何も思い浮かばなかったので、仕方なく小走りで後に続いた。

帰宅するとおばあちゃんがびっくりして「どうしたの、その頭」と聞いたけれど、おじいちゃんは「うるさい」と怒鳴って、寝室に入ってしまった。

ちひろが事情を説明すると、おばあちゃんはあきれ顔でため息をついた。

「おじいちゃん、もしかしてぼけてきたのかしら」

「ていうか……寝ぼけてただけだと思うけど」

「いくら寝ぼけてても、そんな生返事をするなんて、ちょっとおかしいわよ」

「肩をもんでもらって、気持ちよくなって、熟睡しちゃったんじゃないかな」

「だからって、丸坊主にされるのを気づかなかったなんて」

おばあちゃんはそう言って、もう一度ため息をついた。

午後、ちひろはおばあちゃんに連れられて百貨店に行った。出かけるときにおばあちゃんはおじいちゃんに一緒に行かないかと聞いたけれど、おじいちゃんはぶすっとして「行かん」と言った。家を出てすぐ、おばあちゃんは「やあね、自分のせいであなったのに、八つ当たりなんかして」と言った。

ちひろは一応遠慮したけれど、それでもおばあちゃんが服を買ってやると言うので、ジーンズとベージュのライダースジャケットを買ってもらった。その後、百貨店内のレストランで一緒にパフェを食べた。

「おじいちゃんの誕生日、もうすぐじゃなかったっけ」

確か、あと十日ぐらいでおじいちゃんの誕生日だったはずだ。残念ながら、その頃にはもう、ちひろは家に帰っている。

「おじいちゃんは、何か買ってあげようかって言っても、いらないって言う人なのよ」おばあちゃんは笑った後、しばらく考えるような顔になってから、「よかったら、ちひろが何か選んであげる？　ちひろからのプレゼントだってことなら、案外喜ぶかもよ」と言った。

「選んでもいい？」

「いいわよ」

「何が喜ぶかなあ」

「さあ。あの人、不精者だから、ジャージとかがいいんじゃない？」

ジャージか。ちひろは、おじいちゃんがジャージの上下を着て散歩をしているところを想像してみた。あの坊主頭では、何だか変だった。

でも、孫娘が選んだプレゼントをもらったら、少しは機嫌が直るんじゃないかという気がしたので、とにかく何か選んであげることにした。

紳士服売場を見て回ったけれど、おじいちゃんに似合いそうなものは見つからなかった。あきらめかけたときに、寝具売場でちひろはそれを見つけた。

紺色の、何となく見覚えがある、柔道着みたいなやつに目が吸い寄せられた。マネキンが着ている姿はちょっと変な感じだったけれど、おじいちゃんだったらもっと似合いそうな気がした。ジャージなんかよりよっぽどいいんじゃないかと思った。

「何？　さむえ？」おばあちゃんはそう言ってから「まあ、いいかもね。でも、おじいちゃんが着たら、ほとんどお坊さんね」と笑い出した。

「さむえっていうの？　これ」

「そうよ。まあ、昔からある和式のジャージみたいなものかしらね」

おばあちゃんはそう言って、値札と一緒についている商品タグに印刷されてある文字を見せてくれた。作務衣という漢字があった。

おばあちゃんも特に反対しなかったせいで、おじいちゃんへのプレゼントが決まった。ついでに、作務衣に合うようにということで、紺の足袋《たび》と鼻緒の草履も買った。


帰宅して渡すと、おじいちゃんは最初「そんなことしなくていいのに」と少し顔をしかめ、中身が作務衣だと知るとさらに困惑したみたいだったけれど、ちひろが選んだということを思い出したようで、「ありがとね」と笑顔になった。ちょっと、というか、かなり無理した感じの笑い方だった。

おじいちゃんは寝室で作務衣に着替えて、リビングにやって来た。

見るなりおばあちゃんが「あ、いいじゃない」と言った。

「そうか」おじいちゃんはまんざらでもなさそうに、えりをつまんだり袖を引っ張ったりして見せた。

「似合う、似合う。ね、ちひろ」

「うん、昔から着馴《きな》れてる人みたいに見えるよ」

した。

着てみて、気に入ったらしい。おじいちゃんはちょっと照れた感じで、にやにやし
「そうかな」

おばあちゃんが「ちひろが選んだときは、うそでしょうって思ったけど……確かに似合うわねえ」と感心していた。

おじいちゃんはリビングから再び出て行って、しばらく戻って来なかった。ちひろが様子を見に行くと、洗面台の鏡の前で、横向きになったり、えりの開き具合を調節したりしていた。

その後、おじいちゃんは「ちょっとその辺を歩いて来る」と言い残して出て行った。ちひろは誘われれば一緒に行くつもりだったけれど、おじいちゃんはいそいそと一人で出かけてしまった。

一時間ほどしておじいちゃんが戻って来た。ダイニングのテーブルで、家から持って来た携帯ゲーム機をしていたちひろの向かいにどかっと座り、「あ」と小さく舌打ちした。乱暴な座り方をしてしまったことを反省したらしかった。

「いやあ、久しぶりにいっぱい歩いたよ」

おじいちゃんがにやにや顔で言った。

「どこまで歩いたの」

「一つ向こうの駅の辺りまで行っちゃったよ。これを着ると、何だが身体を動かしたくなっちゃってね。この服にこの頭だろ。ときどきさ、知らない人が会釈すんだよ」

「お坊さんと思って？」

「多分な。困ったもんだ」

　でも、おじいちゃんの顔は、あまり困っているという感じではなく、どちらかというとうれしそうだった。

　おじいちゃんはその後、ノートパソコンを開いて何かし始めた。ちひろが覗《のぞ》き込むと、作務衣のことを調べているようだった。

「ちひろ。ぜんしゅうって知ってるか。仏教の一つなんだけど」

「坐禅の禅の、禅宗？」

「お、知ってるのか」

「名前だけは」

　図書館で借りた歴史物の学習漫画で読んだことがあったけれど、誰が広めたかとか、どういう特徴がある仏教なのかということはきれいに忘れてしまった。

「作務衣の作務というのはなあ、清掃、草むしり、畑仕事といった身体を動かす仕事のことなんだってさ。精一杯、作務に打ち込むことも大切な修行だっていう考え方なんだ」

「ふーん」

そのときの話はそれだけだったけれど、おじいちゃんの内面では何かが変わってきたようだった。そのことは、夜におじいちゃんが風呂に入っているときに判った。おばあちゃんが「ちひろ、おじいちゃんにいい贈り物してくれたね、ありがと」と言いながらお茶を出してくれた。

「そうかな」と気のない返事をすると、おばあちゃんは、ちひろをまじまじと見つめて、ゆっくりうなずいた。

「だって、おじいちゃんが玄関の履物を揃《そろ》えてくれたのよ。そんなのって、結婚してからこれまでで初めてなんだよ」

翌朝、ちひろは窓の外に人の気配を感じて目覚めた。カーテンの外はもう明るい。壁の時計を見ると、朝の六時半。眠り直す気になれないので起きることにした。カーテンを開けて外を見ると、おじいちゃんが作務衣姿で軍手をしてしゃがみ込み、狭い庭の雑草を抜いていた。抜かれた雑草は一か所に集められて小山になっていた。

サッシ戸を開けるとおじいちゃんが振り返った。

「おはよう、起こしちゃったかい」

「おはよう。こんな朝からどうして草むしりしてんの」

おじいちゃんは立ち上がって、小さなうめき声と共に腰を伸ばした。

「まあ、特に理由はないけど、最近、運動不足だから。どうせ身体を動かすんなら、何かが片づく方が一石二鳥でいいんじゃないかと思ってね。天気も割といいからさ」

確かに、空は快晴だった。

作務衣が予想以上におじいちゃんの何かを変えたらしい。

「おじいちゃん、手伝おうか」

「いや、これはもうすぐ終わるから」

おじいちゃんはそう言うと、またしゃがみ込んで雑草を抜き始めた。まるで、自分の楽しみを取られたくないかのようだった。

ちひろが着替えて外に出たとき、おじいちゃんは錆《さび》の浮いた大型のスコップで、エアコンの室外機の近くに穴を掘り始めた。庭は昨日まで、ラベンダーやペパーミントなどのハーブ類が植えられている細長い花壇や紅かなめの植え込みがある以外は雑草だらけだったけれど、今は見違えるようにすっきりしていた。ちひろは、山積みになっている雑草を見て、おじいちゃんは何時に起きたんだろうかと思った。

穴を掘っているおじいちゃんの額にはうっすらと汗が光っていた。少し息が上がっているけれど、表情は楽しげだった。

「おじいちゃん、雑草埋めるの」

「ああ。燃えるゴミに出さなくても、こうすればまた土に還るからね」

「雑草がなくなって土が肥えて一石二鳥だね」

「そういうこと」

手伝うことがなさそうだったので、ちひろは花壇に水を撒《ま》くことにした。


午前中、おじいちゃんは一人でいろんなことをした。

大型のペットボトルを切って小型のバケツみたいな入れ物を作り、おばあちゃんに「これから生ごみはここに入れてくれ。俺が毎日埋めてやるから」と渡した。おばあちゃんが「そんなことをして外が臭くならないの」と聞くと、「何言ってるんだ。土の微生物がちゃんと分解するんだから、臭いわけがないだろう。ちゃんと調べたんだから心配するな。お前が三角コーナーに何日も放っておく方がよっぽど臭いぞ」と言い返していた。

それからおじいちゃんは、おばあちゃんが普段掃除をしていないと思われる、カーテンレールやエアコンの上だとか、蛍光灯とかを化学ぞうきんで拭いた。それからお風呂場の排水口も掃除した。さらには洋服ダンスの引き出しの底にろうそくをこすりつけて、すべりをよくしたり、靴箱の中にしまいこんである靴に丸めた新聞紙を入れたりもした。靴に新聞紙を詰めると脱臭と湿気取りができるのだという。

おじいちゃんがしたのは、おばあちゃんが普段していないことばかりだった。そのせいで、おばあちゃんも口出しはしなかった。おじいちゃんは自分だからこそできることを探して、実行しているみたいだった。何にしても、次から次へと仕事を見つけては処理してゆくさまは、それまでのおじいちゃんとはほとんど別人だった。

おばあちゃんは苦笑しながら、ちひろにこっそり「どうしちゃったのかしらね。三日坊主で終わらなきゃいいけど」と耳打ちしてきた。茶化すような感じだったけれど、細めた目と緩んだ口もとで、おばあちゃんが喜んでいることは間違いなかった。


昼ご飯のときに、リビングにある電話機が鳴った。応対を終えてテーブルに戻って来たおばあちゃんは、「あちゃちゃ……」と顔をしかめた。

「何だ、どうした」と、おじいちゃんが聞いた。

「午後二時から、みなもの会があること、忘れてたわ」おばあちゃんはそう言ってから、ちひろの方を向いて「地元の新聞の、エッセイ投稿者の集まりなのよ」と説明した。

おばあちゃんはときどき、新聞にエッセイを投稿していて、これまでに十回以上、掲載されている。掲載されたエッセイは切り抜かれてクリアファイルに綴《と》じられてあるので、ちひろも読ませてもらったことがある。季節を意識した、ちょっとした出来事を書いたものが多かったように思う。

「行ったらいいじゃないか」

おじいちゃんが言うと、おばあちゃんは鼻の上にしわを寄せて手を振った。

「行きたいけれど、町内の役員会とかち合っちゃってるから」

「あー、あれか」おじいちゃんは口に運びかけていた箸を止めて、少し考えるような顔になった。「じゃあ、役員会の方、俺が行ってやろうか」

「えっ」おばあちゃんが唖然《あぜん》とした顔になった。「いいの？」

「そんなにびっくりすることないだろう。別にたいした会合でもなかろうに」

「それはそうだけど……行ってくれるの？」

「ああ。別に行きたいってわけじゃないけど、仕方ないし」

「だって、あなた、今までそういう地域の集まりとか、嫌がって──」

「行かなくていいのか」おじいちゃんは遮るように言った。「それとも行って欲しいのか。どうなんだ」

「あ、じゃあ、お願いします。時間はせいぜい三十分ぐらいだから」

おばあちゃんは嬉《うれ》しそうに両手を合わせた。

役員会は近所の公民館であった。公民館といってもプレハブよりはしっかりしている、という程度の造りのもので、無理すれば二十人ぐらいが座れそうな畳敷きの部屋が一つあるだけの施設だった。

ちひろは、公民館の真ん前にある小さな児童公園で時間を潰していた。ブランコと鉄棒と滑り台があるだけの狭い公園で、ブランコはこぐと金属がこすれる音がした。公園の先客は、若いお母さんと三歳ぐらいの女の子一組だけだった。若いお母さんは、ベンチに座って携帯電話で誰かとおしゃべりをしていて、ときどき大笑いしている。女の子が、ちひろと遊びたそうな感じで寄って来たので、滑り台の階段を登るときに転落を防ぐ役目をしてやったり、ブランコに乗せて背中を押してやったりした。

公民館はサッシ戸が少し開いているので、役員会のやりとりが聞こえていた。年輩の男の人や女の人が七、八人いるようだった。誰かが何か言い、他の人たちがぼそぼそと「はい、異議なし」とか答えることの繰り返しみたいだった。

しばらくして、「他に何もなければ、これで終わりにしたいと思いますが」という声がして、みんながまた「異議なし」と言ったけれど、「あ、ちょっといいですか」という、聞き覚えのある声がした。

サッシ戸越しに中を見ると、おじいちゃんが立ち上がっていた。

「町内の親睦《しんぼく》を図るということで、春の校区ソフトボール大会参加と、中央公民館での文化祭、秋の校区運動会とグラウンドゴルフ大会、それと子供まつりを今年もやる、ということについては異論はありませんが、何かこう、他の町内ではやっていない何かをやる、ということはできませんでしょうか」

「何かって、例えばどんなものですか」という女の人の声がした。ちょっと棘《とげ》がある感じの言い方だった。

「すぐにはちょっと出てきませんけど、恒例行事はどれもこれも単発の、一過性のものですよね。でもそれだと、町内の人々の交流というのは、実際にはなかなかうまくいかないんじゃないかと……」

「ええと、小野《おの》さん、でしたよね」という男の人の声がした。「小野さんは今まで町内の活動にかかわっておられなかったので、ご存じないと思いますけど、私らはそれぞれの行事を通じて、お互いの顔と名前を覚えてきましたし、道で会えば笑顔であいさつをするようにもなるんです。そりゃ、よその町内がやってるのと同じことだと言われればそのとおりですけど、町民の交流という目的はちゃんと達せられてると思いますがね。子供まつりではバーベキューパーティーとかもして、ご近所と一緒に飲みながらいろんな話もしますし」

「あ、いや……すみません、決してケチをつけてるわけじゃないんです」

しばらく、場がしーんとなった。

「そしたら」と、頭がつるつるでかなり年輩らしき男の人が言った。「小野さんは、何かアイデアがおありなら、後日で結構ですので私に言ってもらえますか。いちいち役員会を開かなくても、私の方から役員の方には話を通すことができますし。それでどうです」

　さっき、おじいちゃんにちょっときつい言い方をした男の人が「その辺は会長さんの判断にお任せします」とうなずいたけれど、「でも、予算はどうします。小野さんがどういう新規事業を考えておられるのかが判らないので、見当がつきませんけど」と続けた。

「あ、予算とかはいいです。おカネをかけてやろうっていうわけじゃありませんから」

「予算なしでいいんですか」

「少しぐらいなら、自腹でやりますから」

　あんなこと言っちゃって、大丈夫なんだろうか、おじいちゃん。ちひろは、ブランコに乗っている女の子の背中を押してやりながら、後で恥をかいてまた元の引きこもりになってしまうところをちょっと想像してしまった。

　役員会を終えて公民館から出て来たおじいちゃんは、「さあ、これから地域興しだ」と笑いながら手もみした。「ちひろも手伝ってくれよな」

「何をするの」

「実は、昨日散歩してたときに、あるものを見て、ちょっと考えたことがあってね」

おじいちゃんがもう一度そこへ行くというので、ちひろも同行することにした。

止まったブランコに乗ったままの女の子に「ばいばい」と手を振ると、ちょっと寂しそうに手を振り返した。彼女のお母さんは、まだ携帯で誰かとおしゃべりをしていた。


それは十分ほど歩いたところにある住宅地にある家だった。ちひろがそれを見て「わ、すごい」と漏らすと、おじいちゃんは「だろ」と、得意げに言った。

コンクリート塀に囲まれた二階建ての一軒家だった。家自体はよくある感じのものだったけれど、外観はとんでもなく違っていた。花に満ちていたのだ。

コンクリート塀にも家の外壁にも、たくさんの小さな陶製のプランターが針金を使ってぶら下げられてあった。それこそ所狭しという感じで、色とりどりの花たちが競い合うように、塀や壁を埋め尽くしている。チューリップ、すみれ、つつじ、バラ、スイートピー、マーガレットなど、ちひろが知っている花もあったが、知らない種類の方がはるかに多かった。

いったい、プランターはいくつあるんだろうか。ちひろは指差して数え始めたが、途中で判らなくなった。

「昨日、ここを通ったときに思ったんだ。うちの町内全体をこんな感じに花でいっぱいにできたら、きっとすごいだろうなって」

「町内の家を全部、こういうふうにするっていうこと?」

「うん。花で飾るってことだけが問題じゃないんだ。町内のみんなで力を合わせて、もっとこう、友達になるっていうか、さ」

そんなの無理に決まってるじゃん、やりたがらない人だっているだろうし——と言いかけた言葉をちひろは飲み込んだ。今のおじいちゃんだったら、もしかしたら何とかするかもしれない。

「とりあえずは、この家の人から話を聞いてみようと思う。手入れ方法とか、どれぐらいの費用がかかったかってことなんかを知る必要があるからね」

おじいちゃんはそう言うと、門扉を開けて敷地内に入り、玄関のチャイムを鳴らした。表札には〔木戸〕とあった。

インターホンで「はい」と、男の人の返事があった。

「あの、私、小野《おの》と申しまして、この近くに住んでおる者ですが、お宅様のお花のことについて、ちょっとご教示いただけないものかと思いまして……」

「お待ちください」と答えてから出て来た木戸《きど》さんは、おじいちゃんと同年代ぐらいの、四角い顔の人だった。体格がよくて、おじいちゃんより一回り大きく、顔もいかつい感じだった。

「突然お訪ねして申し訳ありません」

おじいちゃんは頭を下げてから、自分の名前や住所を言い、ちひろのことも孫娘だと紹介してから、自分の町内をできればこういうふうに花でいっぱいにできたらと考えているので、手入れや費用、プランターを吊《つ》り下げるやり方などを教えていただけませんでしょうか、と頼んだ。

木戸さんは口をぽかんと開けて聞いた後、苦笑しながら舌打ちをした。

「小野さん、とおっしゃいましたよね」

「はい」

「花を育てた経験はおありなんですか」

「いえ、全くの素人でして……」

「やっぱりね」木戸さんは意味ありげにうなずいた。「これだけの花を育てるには、それだけの知識と手間と、かなりの費用が必要なんです。種まきの時期もそれぞれ違いますし、花ごとに適した土を選んで、壁にかかってるやつなんかは、はしごに登って毎日水をやらなきゃならないんです。花好きの人が自分の家もこういうふうにしてみたいというのなら判りますが、町内の方々にも同じことをやれと強要できるもんじゃないと思いますよ」

「はあ……」

「そりゃあ、町内全体がこんなふうになれば、すごいことですよ。街中の評判になるでしょうし、たくさんの人が見に来て、にぎわうかもしれません。でも、現実問題として無理ですよ、それは。花のことをよくご存じない方ならではの面白い発想ではあるけれど、とても実現可能なことだとは思えませんね」

「……そうですか」

木戸さんは、ちょっと言い過ぎたと思ったようで、ちひろを見て苦笑してから、「きつい言い方をしてすみません。まあ、花のことで聞きたいことがあれば、いつでもお教えしますので」とつけ加えた。

帰り道、おじいちゃんはずっと黙り込んでいた。ちひろもかけるべき言葉が見つからず、おじいちゃんの背中を見ながら歩いた。

家が近づいてきたところでおじいちゃんがぽつりと言った。

「でも何とかしたいんだよな、殺風景なこの町内を」

おじいちゃんは、まだへこたれてなかったらしい。ちひろは少しだけほっとした。

と思っていると、おじいちゃんはさらに続けた。

「うん、木戸さんちの真似《まね》をする必要はないんだ。やりようによっては何とかなるはずだ。な、ちひろ」

ちひろは条件反射的に「うん」と答えたが、そんな方法があるものだろうかと、心の中で首をかしげた。

帰宅したおじいちゃんは、すぐにパソコンを立ち上げてインターネットを使って調べものを始めた。ちひろが覗き込むとおじいちゃんは、「手間や費用をかけないで町内を花いっぱいにする方法を調べるんだ」と説明した。

「あるといいね」

「あるさ。木戸さんは、知識と手間と費用が必要だって言ったけど、それはあの人んちみたいに、いろんな種類の花を飾るからだろう。知識なんかなくっても、手間や費用をあんまりかけなくても育つ花を選べばいいんじゃないかと考えたわけだよ、俺は」

ちひろはそれを聞いて、何気なく「あさがおとか？」と聞いた。

キーボードを操作していたおじいちゃんの手が止まった。

「あさがおか。あさがおは手間がかからないのか」

「多分。小学一年生の理科で、一人一鉢育てるぐらいだから、丈夫な植物なんだと思うよ。水だけやっとけばちゃんと育ったっていう感じだったし」

「ほう」

「私んちの近所の公園なんか、勝手にあさがおが伸びて、またその種が落ちて、次の年はさらに増えてって感じで、去年なんか金網にあさがおがいっぱいからまってたし」

「つまり、デリケートじゃない、タフな植物だから、ほとんど何もしなくてもいいわけか」

「多分。それに、あさがおだったら今が種まきどきだよ。花は七月から十月か十一月ぐらいまで咲いてるし」

「あさがおか……」

おじいちゃんはインターネットであさがおのことをいろいろと調べた。結果、ちひろが言ったとおり、育てるのに手間や費用がかからないということが判った。

「おじいちゃん、いいじゃないの、あさがお。木戸さんちみたいにプランターを壁にかけたりしなくても、あさがおだったら勝手につるが伸びてくから、上から網を吊しとくだけでいいし」

「なるほど。悪くないな。最初はひまわりにしようと思ったけれど、ありがちだしな」おじいちゃんは自分のあごをなでた。「あさがおとなると、下に置くプランターと土と、網の費用だな、問題は。土はその辺の土でもちゃんと育つみたいだから、ご近所に協力してもらえば何とかなるかもしれないけど、プランターと網は買わなきゃな」

「百円ショップにあるよ」

「うそ」

「あるって。うちのお母さんが家庭菜園とかで買うから」

「家庭菜園って、ちひろんちはマンションじゃないか」

「ベランダだよ、ベランダ。百円ショップで買ったプランターを置いてプチトマトとか育ててるの。網はね、ハトやカラスよけのために張るの」

「へえ」おじいちゃんは感心した様子だった。「そしたら、案外安く上がりそうだな」

「だね」

でも、おじいちゃんはしばらく考えるような顔で黙り込んでから、「あさがおは、朝しか咲かないんだろ」と言った。

「そりゃそうだよ、だからあさがお。昼に咲くのはひるがおっていう別の種類の花だし、夕方はゆうがお」

おじいちゃんは突然、両手をぱんと叩《たた》いた。

「ゆうがおだ、ゆうがお」

「どうして」

「朝はみんな、仕事だとか学校だとかに出かけるから、花が咲いてても見る余裕がないだろ。でも、ゆうがおならそんなことないじゃないか」

「あー、そうかもね」

「ちょっと想像してみろよ、ちひろ。仕事とか学校からみんなが帰って来る、な。そして自分の町内に入るとだ、そこらじゅうにゆうがおが咲いてるんだ」

ちひろはそのさまを頭の中に描いてみた。

夕食前に、ゆうがおに水をやっているおばさん。青々としたゆうがおのつるや葉が、塀や家の壁を覆っている。葉にかかった水滴が暮れなずむ夕陽の光を受けてきらきらしている。近所の人同士が、互いの家のゆうがおの色や立派さをほめ合っている。遊びから帰って来た子、塾から帰って来た子、部活を終えて帰って来た子たち、それに仕事帰りのおじさんおばさんたちを、ゆうがおの花が迎える。ゆうがおは言葉を話せないけれど、咲いているだけで「おかえり」って言ってるみたいに見える。

「いいね、ゆうがお。あさがおよりゆうがおかもね」

「だろ」

「カラスが鳴くから帰るんじゃなくって、ゆうがおが咲くから帰るわけね」

「そうそう」

ゆうがおなら何とかなりそう。ちひろもちょっと、わくわくした気分になってきた。

夕食後、おじいちゃんはソファに身を沈めてテレビを見ているうちに、小さないびきをかき始めた。おばあちゃんは「暗くなるまで遊び回っていた子供の頃に逆戻りしたみたいね」と苦笑しながら毛布をそっとかけた。

翌朝、おじいちゃんは町内会長さんの家を訪ねて計画を話し、おおまかな了解を取りつけた。町内会から予算は出ない代わりに、プランターや土を供出してくれる人を回覧板やビラ配布で募ることになった。ただし、ゆうがお作戦を実施していいのは町内の中で、おじいちゃんの家を含む十班の範囲だけ、ということになった。町内は一班から十班まであって、それぞれが十五世帯ぐらいずつある。他の班の班長さんたちを説得するのが大変だ、というのがその理由らしかった。おじいちゃんは「いいさ、十班がゆうがおでいっぱいになるだけでもすごい眺めになるんだから」と言っていた。おじいちゃんはパソコンを使ってチラシを作った。タイトルは〔ゆうがお作戦にご協力を〕として、土やプランターの提供を呼びかける内容のものを作ったけれど、文字だけのチラシではあまりインパクトがないということで、インターネットを通じてゆうがおの写真画像を探し、色とりどりにたくさん咲いているものを選んで取り込んだ。おじいちゃんちにはカラープリンターがなかったので、おばあちゃんのフラダンス教室仲間の人の家にデータを入力したフロッピーディスクを持ち込んで一枚だけ印刷させてもらい、それをコンビニエンスストアでたくさんコピーした。

午後からちひろはおじいちゃんと手分けをして、そのチラシを町内の郵便受けに入れて回った。その後、二人で百円ショップとホームセンターを回り、土とプランターと網の在庫や金額を確かめた。

おじいちゃんと歩いている途中、何度か知らない人たちが会釈をしてきた。たまたま目があってそうしたんじゃなくって、おじいちゃんのことをお坊さんだと思ってのことのようだった。おじいちゃんはすっかりその勘違いに乗じて「こんにちは」とにこやかに会釈を返していた。

「草履で歩いてるとさ」おじいちゃんはおもむろに言った。「道というもののありがたさが判るよ。一歩一歩、地面を踏みしめて歩くという気持ちを、長年の靴の生活のせいで、忘れてたよ、俺は」

ちひろには、今ひとつ意味が理解できなかったけれど、おじいちゃんが作務衣を着るようになったことで、それまで見過ごしていたことにもいろいろと気がつく人になったらしいということは確かなようだった。

一度帰宅して、おじいちゃんが剝《む》いてくれたリンゴをおやつにして食べた。おじいちゃんがトイレに行ったときに、肩叩きの杖《つえ》で自分の肩を叩きながら通販雑誌を眺めていたおばあちゃんが「リンゴまで剝くようになっちゃったのね」と、半ばあきれ顔で言った。

その後、ちひろはおじいちゃんと一緒に十班の各家を回ることにした。両隣など顔なじみの近所は後回しにして、遠いところから訪ねることにした。

最初にチャイムを鳴らしたのは、背の高いコニファーの植え込みで囲まれている二階建ての家だった。見えないけれど番犬が家の横にいるようで、さかんに吠《ほ》えていた。出て来たのは、おばあちゃんよりはずっと年下と思われる、黒いセーターを着た細身のおばさんだった。おじいちゃんがゆうがお作戦について説明をすると、おばさんは顔を曇らせて「プランターって、どこに置くんです」と聞いた。

「ええと、北浜《きたはま》さんのお宅の場合はですね、植え込みの前に並べてはどうかなと思うんですが」

「じゃあ、うちの植え込みの木に網をかけて、そこにゆうがおを這《は》わせるんですか」

「というか、植え込みがあれば網はいらないかも……」

「それはちょっと」おばさんはちょっと馬鹿にしたような笑い方をした。「変じゃありませんか。うちは植え込みの手入れ、ちゃんとやっているつもりですし、それなりに見栄えがするよう配慮しているつもりなんですよね。なのに、その上にゆうがおのつるが這い回るなんていうのは、ちょっとねえ」

「はあ……」

「悪いんですけど、ゆうがおのプランターを置くのにふさわしい家をお選びになったらいかがでしょう。うちではなくて」

「……そうですか。いや、これは失礼致しました」おじいちゃんはそう言って頭を下げ、ちひろを促して門扉の外に出た。「でも、気が変わったらいつでもおっしゃってくださいね。この木にゆうがおの花がいっぱい咲いてたりするのも、なかなか素敵だと思いますし」

おばさんは「どうも」とだけ言って玄関ドアを閉めた。

ちひろが「駄目みたいだね」と言うと、おじいちゃんは「何の、これからさ」と笑った。

その隣の家は白い金属格子のフェンスで囲まれていた。おじいちゃんがチャイムを鳴らし、出て来た少し太り気味のおばさんに説明をした。

「それは、町内会の決定事項なんでしょうか」

おばさんは、何だか迷惑そうな感じだった。

「いえ、決定事項というか……これは義務ということではなくてですね、十班が力を合わせてここの通りをゆうがおでいっぱいにしようじゃないかという、私からの提案ということでして……」

「あの、そういう根拠があいまいなことをおっしゃられても、はい判りましたと申し上げるわけにはいかないんですよね。ゆうがおを育てるのは手間がかからないとおっしゃいましたけど、水やりだけでも毎日しなければならないことが一つ増えるということですし、つるが伸びてきたら二階から網を張ったり、雑草が生えたら取り除いたりしなきゃいけないわけでしょう」

「網張りは、おっしゃっていただいたらお手伝いしますので。雑草も、プランターですからそんなには……」

「そりゃあ、小野さんはあれですから、退職されて時間がおありだからそうおっしゃいますけど、うちは共働きで、子供が来年、高校受験を控えてるんです。小野さんにとってはたいした手間じゃないかもしれませんが、うちは同じようなわけにはいかないんですよ」

「はあ……」

「他の方々はどうおっしゃってるんです」

「まだ、お隣の北浜さんのところから説明を始めたところでして」

「北浜さんは何ておっしゃってるんですか」

「それが……」おじいちゃんは頭をかいた。「あまり乗り気ではないようでして」

おばさんは、やっぱりねという感じで意地悪そうに口もとを緩めた。

「じゃあ、まずは他の方々の意向を確かめてから、あらためていらしていただけませんか」

玄関ドアが閉まったところで、ちひろが「嫌味なおばさんだね」と言うと、おじいちゃんは「そんなこと言うもんじゃない」とたしなめてから、「これは、まあ、何だ……今まで、町内の行事とかにずっと背を向けてたツケかな」とつぶやいた。

通りに出たときに、黒い犬を連れて歩いている女の子と出くわした。ちひろと同年代ぐらいの、色白でちょっとおとなしそうな感じの子だった。犬がおじいちゃんとちひろに向かって吠えたけれど、女の子が「これっ」とリードを軽く引っ張ると、吠えなくなった。

「そこの子？」

ちひろがさっき断られた家を指差すと、女の子は怪訝《けげん》そうにうなずいた。

「何年生？　私、五年生。小野ちひろっていうの」

ちひろは言いながら、おじいちゃんに感化されていつの間にか自分が積極的な態度になっていることに気づいた。今までの自分だったら知らない子にいきなりこんな風に声をかけたりできなかったのに……。

女の子は「四年」と言って少し間を置いてから、「北浜みづきです」と名乗った。

「みづきちゃん、ちょっと聞くけど、みづきちゃんの家の回りの木にさ、ゆうがおのつるが伸びて、花をたくさん咲かせてたら、なかなかいいと思わない？」

北浜みづきは、少し考えるような顔になった後、口もとを緩めた。

「何か、クリスマスツリーみたい」

「クリスマスツリーか。うん、いいね、夏のクリスマスツリーだ」

ちひろは言いながら、手に持っていたチラシのうち一枚を彼女に渡した。

「できたら、みづきちゃんのお母さん、説得してくれないかなあ。十班があるこの通りをさ、今年の夏はゆうがおでいっぱいにしてみたいって思ってるんだ」

「それをしたら、どうなるの」

予想外の問いかけをされて、ちひろは言葉に詰まった。そしてとっさに「奇跡が起きるよ、きっと」と口走った。

「奇跡？ どんな」

「さあ、どんなっていうのは判らないけれど、ほら、クリスマスの日には奇跡が起きるっていうじゃない。だから、みづきちゃんちで夏のクリスマスツリーをやったら、何かが起こるかもよ」

言ってすぐに、子供じみた説明をしてしまったと後悔した。北浜みづきも少し小馬鹿にしたような表情になり、「じゃあ、お母さんに言うだけ言ってみる」と気のない返事をしただけで国道の方に行ってしまった。

「奇跡が起きる、か」おじいちゃんが笑った。「いいね」

その後もちひろはおじいちゃんと一緒に十班の家を回った。留守の家もあったが、暗くなってから出直して、この日のうちに十五軒すべてに説明をすることができた。

結果は全滅だった。大賛成の人も、一応賛成の人もいなかった。みんな、そんなことをやろうと言われても困る、面倒臭いことを持ち込まないでくれ、という感じの態度で、十班の大勢が賛成したら従ってもいいけれど、そうじゃなかったらやりたくない、というような返事だった。中にはもっと露骨に冷たいところもあった。ある家のおじいさんからはきっぱりと「そんなことしたくありません」と言われ、別の家のおばさんからは「みんながみんな同じことをしようという考えは好きじゃありませんので」と冷たく追い返された。

おじいちゃんは夕食のとき、テレビのバラエティ番組を見ながら「この人、何ていったっけ。最近よく出てるよな」とか、「この里芋、よく煮えてるな。いける、いける」とか、作務衣の袖を鼻に当てて「今夜のうちに洗濯して干しとくか」とか、どうでもいいことをいろいろとしゃべっていた。本当はがっくりきてるんだけれど、そのことを隠してるということは明らかで、ちひろはどう声をかけてあげればいいか判らず、どうでもいいおしゃべりにもうまくつき合ってあげることもできないでいた。

寝るときに、ソファに身を沈めてぼーっとテレビを見ていたおじいちゃんに「お休み」と言うと、おじいちゃんは「あ？　ああ、お休み」と気の抜けた返事をしてから、部屋から出て行こうとしたちひろに「あのさ」と呼び止めた。

「何？」

「うちだけでも、やろうや、ゆうがお」

「……そうだね」

「よし、じゃあ、明日、プランターとか土とか種とか、買おうな」

「うん」

ちひろは何だか、急に泣きたくなったけれど、我慢してもう一度「お休み」と言った。

翌朝もおじいちゃんは早起きして、黙々と拭き掃除や生ごみの処理などの仕事をした。

朝食後、町内会長さんから電話がかかってきた。親戚の造園業者が余分の土を仕事ついでに持って来てやると言っているがどうだろうか、という話だった。おじいちゃんは「ありがとうございます。是非お願いします」と、見えない相手に頭を下げていた。

造園業者のおじさんは予想外に早く、一時間後ぐらいにやって来た。そして、おじいちゃんちの敷地内に軽トラックを入れ、スコップで荷台の土をかき下ろして花壇の前に高さ一メートルほどもある小山を二つ残して帰って行った。それを見たおばあちゃんが「えっ、土って、袋に入ったやつじゃなかったの。どうするの、こんなに」と文句を言い、おじいちゃんは「まさかこんなにあるとは俺も……でも、せっかく持って来てくれたものをいらないとは言えなくてさ」と後頭部をかいた。

ホームセンターと百円ショップを回って、ゆうがおの種やプラスチックのプランターなど、必要なものを買った。おじいちゃんは車を持っていないので、買ったものは自転車の荷台に乗せて押した。網は、つるが伸びてからでいいということでまだ買わず、代わりにつるが短いときに巻きつくための、一メートルぐらいのつっかい棒をたくさん買った。ついでに軍手やちひろ用のスコップも買った。

おじいちゃんが買ったゆうがおの種は、よく見かけるあさがおの黒い種と違って、白くてナッツの仲間みたいに大きかった。おじいちゃんによると、「こいつはつるが太くて丈夫なんだ」とのことだった。

スコップでプランターに土を入れ、ゆうがおの種を三つずつ埋めた。プランターは全部で八個作り、道路に面した生け垣の前に並べた。

造園業者の人からもらった土の山は、少ししか減らなかった。

敷地の外側に並べたプランターを、ちひろはおじいちゃんと一緒に眺めた。

「ちひろ。明日が帰る日だっけ」

「うん」

「じゃあ午前中、遊園地に連れてってやろう。そのまま駅に送ってやるから」

「いいよ、別に、そんなことしなくても」

「遠慮するなって」

「……じゃあ行く」

「ちひろ、昨日、北浜さんちの子に、ゆうがおで奇跡が起きるって言っただろ」

「言ったね」

「こんなちっぽけな」と、おじいちゃんは親指と人差し指で小さな物をつまむ仕草をした。「種一個が、やがて二階までつるが伸びるんだ。それだけで充分、奇跡だよな」

ちひろは「そういやそうだね」とうなずいてから心の中で、家でごろごろするしか能がなかったおじいちゃんが、今こういうことをやってるってことがそもそも奇跡だよね、と続けた。

心の声を聞かれたわけじゃないだろうけど、おじいちゃんは、急に「むふふっ」と笑った。

翌日はあいにく雨降りだったため、遊園地行きは中止になった。代わりにおじいちゃんとおばあちゃんに連れられて大型スーパーに行き、ゲームセンターでメダルゲームをして、パスタ専門店で食事をした。

おばあちゃんがまた洋服を買ってやると言うので、ちひろは子供用の作務衣を探した。店員の人に聞いてみると、Sサイズならあるが子供用というのはない、とのことだった。Sサイズのを試着してみるとちひろには少し大きかったけれど、袖をまくれば何とかなった。濃紺の作務衣を着た自分の姿を鏡に映すと、自分よりも少し芯《しん》のしっかりした子がそこにいるように見えた。

ちひろが「これにする」と決めると、おじいちゃんは苦笑しつつも喜んでるみたいだった。おばあちゃんは「本当にいいの」と何度も念押しした。

駅までついて来てもらった。ホームに上がるとき、おじいちゃんはエスカレーターには見向きもしないで階段を上った。それを見たおばあちゃんは、ちょっとエスカレーターに未練がありそうだったけれど、ちひろと並んで階段を上り始めた。

列車に乗り込むとき、おじいちゃんが「ちひろ、いろいろありがとうな」と、作務衣の袖を指で軽く引っ張って見せた。

坊主頭に似合う、なかなかいい笑い方だった。

帰宅して、この一週間の出来事を話したが、お父さんもお母さんも、おじいちゃんはちひろの前でだけ無理して働き者のおじいちゃんを演じてただけだと言って、全く信じてはくれなかった。おばあちゃんに買ってもらった作務衣を見てお母さんは「何でぇ」と眉根を寄せていた。お母さんが腰につけているコルセットよりよっぽど格好いいと言いたかったけれど、口にするのはやめておいた。

翌日、日曜日の昼前、ちひろは作務衣を着て、日登美ちゃんが住んでいるマンションに向かった。靴はスニーカーだからちょっと変だけれど、恥ずかしいとは思わなかった。剣道着姿で道場まで自転車で通っている子供たちはたいがい、スニーカーを履いている。

エレベーターに乗っているときに急に心臓がどきどきしてきて、チャイムを鳴らすときは喉がからからに渇いていた。でも、引き返そうとは思わなかった。

日登美ちゃんのお母さんがインターホンに出たので自分の名前を言い、日登美ちゃんいますかと聞いた。

待つ間、深呼吸をした。

まだ心臓がどきどきしていたけれど、大丈夫、言えると自分に言い聞かせた。

ドアが開いて、日登美ちゃんが「どうしたの、その格好」と目を丸くした。

「ちょっとね。ジャージの代わり」

「ふーん」と言ってから、日登美ちゃんはまあいいかという感じで表情を明るくし、「あ、そうそう、ダンス教室のシューズ、いつ買いに行く?」と続けた。

ちひろは、もう一度深呼吸をした。

「それなんだけど……私、日登美ちゃんに誘われて、勢いで一緒にやるって言ったけど、本当はダンスって興味ないんだ」

　日登美ちゃんがぽかんと口を開けた。

「あ、そうだったの」

「うん、それで、一緒にやるって約束してたけど、ごめん、私やっぱりやめとく。電話で言おうかと思ったけど、こういうことは直接言う方がいいと思って」

「…………」

　日登美ちゃんは急に恐《こわ》い顔になった。

「ごめんね、日登美ちゃん」

「いいよ、別に。もしかしたら、そうなんじゃないかって思ってたから」

　日登美ちゃんはそう言うなり、ドアを勢いよく閉めて姿を消した。その後、施錠する音とチェーンをかける音が続けて聞こえた。

　やっぱり怒ってる。でも、何となくだけれど、仲直りができそうな気がした。日登美ちゃんは短気なところがあるけど、しばらくしたら何でもなかったような態度になっていたりすることがよくある。それに、自分が仲直りしようっていう気持ちをしっかり持っていれば、きっとできるはずだと思った。

　帰宅するとすぐに、日登美ちゃんから電話がかかってきた。

「さっきはごめん」日登美ちゃんが先に言った。「ちょっと腹が立ったけど、今はもう、そうでもないから」

「ほんと？」

「うん。正直な気持ちを教えてくれてよかったと思うし。そんだけ言いたくて」

その日の午後、ちひろは、パソコンでおじいちゃんにメールを打った。友達とはときどきメールのやりとりをするが、おじいちゃんに送るのは初めてだった。

〔おじいちゃん、ゆうがおのおかげか、今日、小さな奇跡が起きました。友達を怒らせるようなことをしてしまったけれど、すぐに仲直りができたのです。ゆうがお、楽しみですね。夏になったらまた見に行きます〕

新学期が始まり、ちひろは園芸クラブに入った。おじいちゃんちでの出来事のせいで、植物を育てることに少し興味を覚えたからだった。

日登美ちゃんは一人でダンス教室に通い始めたけれど、すぐにその教室で何人かの友達ができたみたいだった。別々のクラスになったこともあって、ちひろは以前みたいに日登美ちゃんにべったりという関係ではなくなったけれど、下校時は同じ方角なので、しょっちゅう一緒に帰っている。

その後、おじいちゃんからは、ゆうがおは順調に育っていることを知らせるメールが月に一度ぐらいの割合で送られてきた。でも、〔夏にちひろをびっくりさせたいので、詳しいことは内緒にしておきます」とのことで、ただ順調だということしか教えではもらえなかった。

夏休みが近づいたところで、おじいちゃんから「いつ来る?」と催促のメールが来た。ちひろはお父さんとお母さんにそのことを話し、夏休みの最初の週に泊まりに行くことの許しをもらった。

夕方、駅で出迎えてくれたおじいちゃんは、すごく陽焼けしていて、身のこなしも前よりずいぶんと軽そうだった。この日ももちろん作務衣姿で、かなりすり切れてよれよれになっていた。ちひろの視線で気づいたらしく、おじいちゃんは「こないだもう一着買って、交替で着てるんだ。こっちはちひろが選んでくれた方だ」と、袖を指でつまんだ。

クマゼミとアブラゼミがあちこちで合唱していた。午後六時前だったけれど、太陽はまだまだ高い。

おじいちゃんちがある通りに入ったところで、ちひろは「うわっ」という大声と共に、その場に立ちすくんだ。

おじいちゃんが「へへえ、どうだ」と言った。

道をはさんだ両側に並ぶ家の、柵《さく》や植え込みや網に、ものすごい数の花が咲いていた。薄い青、桃色、紫、白……そして目にまぶしいほどの葉の緑。道の両側が、ゆうがおに満ちていた。つるは太くて丈夫そうで、柵や植え込みに見事にからみつき、さらに網を這い回って屋根まで伸びていた。大きな葉たちは、競い合うように広がっていた。

ふと横を見ると、植え込みの前に木製の大きなプレートが立てられてあった。

〔ゆうがお横丁〕と彫られてあった。

おじいちゃんが軽く、ちひろの背中を叩いた。

「すごいだろ。びっくりさせたくてさ、教えたいのを我慢してたんだ」

「……どうして」

「最初、かわいい双葉が出てさ、そのプランターが家の前に並んでるのを見たうちのお隣さん二軒がさ、うちもやりたいって言い出したんだ。そしたらそのまた隣もって感じで、四月上旬のうちに八軒ぐらいがやってくれることになったんだ。その後、ゆうがおが伸びたら西陽を遮ってくれて涼しくなるっていうことが口コミで伝わって、さらにやってくれる家が増えてね」

「それで、十班全部がゆうがおを育ててくれることになったの？」

「ああ。ゆうがお運動のせいもあってね」

「ゆうがお運動？」

「ちひろ、春に来たときに、カラスが鳴くから帰るんじゃなくって、ゆうがおが咲くから帰る、とか言っただろう」

「だったっけ」

そういえば、そんなことを口にしたような気がしないでもない。

「ゆうがお運動っていうのは、実はそれをヒントにしてできたんだ。ゆうがおが咲く時間になったら、そろそろ家に帰りなよって子供たちに声をかける運動のことさ。町内に小学校のＰＴＡ役員の人がいてね、ゆうがお運動の提案をしたら役員会で了承されて、地域のみんなで子供に声をかけることになったんだ。そしたらそのことを地元の新聞社が取り上げてくれて、防犯協会や警察もいろいろと協力してくれることになって、ちょっとした評判になっちゃってね」

「へーえ」

ちひろは、あらためて通りの左右を見渡した。緑、緑、緑、そしてさまざまな花の淡い、涼しげな色。この場所だけは、周りの殺風景な住宅地とは別世界だった。生い茂るつるや葉の隙間から、今にも妖精たちがひょこっと顔を出しそうだった。

「何か……うそみたい」

「ああ、うそみたいだろ」

おじいちゃんは、ふふんと、ちょっと自慢げに短く笑った。

おじいちゃんちのダイニングで麦茶を飲みながら、ゆうがお運動のことを紹介した新聞記事の切り抜きや防犯協会が作ったというパンフレットを見せてもらった。新聞記事には、作務衣姿のおじいちゃんが子供たちに笑顔で話しかけている写真がばっちり載っていた。

西側の窓の外は、張られた網にゆうがおがからみついて茂っていた。ちひろは、この部屋にエアコンがかかっていないことに気づいた。代わりに、網戸から案外涼しい風が入り込み、風鈴を鳴らしている。去年の夏までこの部屋は、夕方などはエアコンなしではとてもいられたものではない場所だったはずだ。

おばあちゃんが、冷たい桃を切って出してくれた。

「おばあちゃん、すごいね。街の表情って変わるんだね」

「女の人はさ」おばあちゃんは言いながら、うちわでちひろを扇《あお》いでくれた。「髪形を変えたり、化粧をしたり、新しい服を着たりするのが好きだけど、それはそういうことをすることで心も変わるってことを知ってるからなのよね。それと同じで、街だっておしゃれをしたら、生き生きしてくるってことなんじゃない?」

おじいちゃんが「いいこと言うじゃないか」と、人差し指を立てて軽く振った。

「お前にしては」

「最後は余計」

おばあちゃんが、おじいちゃんに出した桃を一切れ取り上げて、ほおばった。

ゆうがおをまた見たくなって、ちひろは持参した作務衣に着替えて外に出た。

太陽が沈みかけていて、影が通りに長く伸びていた。いつの間にか、いろんな人たちがやって来ていた。ゆうがおに水をやる人たち。よそからゆうがおを見に来たらしい、おばさんのグループが、水をやっているおばさんと笑いながらおしゃべりをしている。秋に種がたくさん取れると思うので差し上げましょうか、とか、まあうれしい、とか言っている。

よそのおじいさんとおばあさんのカップルが近くにやって来た。ちひろと「こんにちは」とあいさつを交わす。

どこかから香を焚《た》く匂いがただよってきた。鼻の奥がすーっとする、ひんやりした香りだった。ちひろは、よそからやって来る人たちをもてなすためなんだと感じた。

黒い犬を連れた女の子がやって来た。ちひろは、北浜みづきという名前だったと思い出した。向こうもちひろに気づいて、手を振ってきた。犬も今日は吠えないで、尻《しっ》尾《ぽ》を振っていた。

先に北浜みづきの方が「いつ来たの?」と声をかけた。

「さっき」

「言ったとおりだったね」

「何が」

「奇跡」

「あ……」ちひろは照れ笑いをした。「偶然、偶然」

「違うよ、やっぱり奇跡が起きたんだと思う」

「そうかな……」

「だって、ゆうがおのお陰でさ、近所の人たちの顔とか名前とか自然と覚えたし。前は会っても無視するか、無愛想な顔で仕方なくあいさつしてただけだったのに、近所のおじさんとかおばさんたちが、学校は楽しいかとか、調子はどうかとか、声かけてくるようになったんだよ。私の方も大人と口きくのって嫌だったのに、今では普通にしゃべれてるし。これって奇跡だよ、絶対に」

　ちひろは、北浜みづきの家を見た。二メートル以上あるコニファーの植え込みに、ゆうがおがたっぷり、からみついて所狭しと花を咲かせている。確かに、夏のクリスマスツリーという感じだった。

「みづきちゃんちのお母さん、ゆうがお植えるの嫌がってたよね」

「だよね。だから私、ちひろちゃんのおじいちゃんから種もらって、勝手に木の根元に植えたんだ。つるが伸びてきて気づかれたときに、私が植えたって白状したら、仕方ないわねってさ。本当はね、よその家がみんなゆうがおを育て始めてたから、ちょっと焦ってたんじゃないかな。だから、私が勝手に植えてたって知って、ほっとしたみたい」

「へえ」

見ると、通りにはますますたくさんの人たちが行き交うようになっていた。みんなが互いにあいさつをし、会釈をし、笑って話をしている。

よそのおじさんが紺の作務衣姿で現れ、道に水を撒《ま》き始めた。おじいちゃんに感化されたに違いない。

街がおしゃれをして、街の表情が変わる。でも、変わったのはそれだけじゃない。街に住む人々も変わるんだと、ちひろは思った。

そして、わくわくしながら、やるぞと決めた。

来年は自分の街でも奇跡を起こすんだ。

この物語はフィクションです。
実在の人物、団体などには一切関係ありません。

本書のプロフィール

本書は、二〇〇九年十二月に文春文庫より刊行された『わらの人』を改題して、加筆改稿したものです。

小学館文庫

かみがかり

著者　山本甲士《やまもとこうし》

二〇一四年十一月十一日　初版第一刷発行
二〇二〇年一月二十日　第五刷発行

発行人　飯田昌宏
発行所　株式会社　小学館
〒一〇一-八〇〇一
東京都千代田区一ツ橋二-三-一
電話　編集〇三-三二三〇-五八一〇
販売〇三-五二八一-三五五五
印刷所――中央精版印刷株式会社

この文庫の詳しい内容はインターネットで24時間ご覧になれます。
小学館公式ホームページ　https://www.shogakukan.co.jp

ISBN978-4-09-406100-0